Dear You - saison 3

EMILY BLAINE

Dear You
saison 3

Roman

Le visuel de couverture est reproduit avec l'autorisation de :
Illustration : © DP COM
Réalisation graphique couverture : DP COM

ÉDITIONS HARLEQUIN
83-85, boulevard Vincent Auriol, 75646 PARIS CEDEX 13.
Service Lectrices — Tél. : 01 45 82 47 47
www.harlequin.fr

ISBN 978-2-2803-2675-9 — ISSN 2271-0256

Chapitre 1

Les mains encore tremblantes, je risquai de nouveau un regard vers la photo. Eleanor, rayonnante, heureuse, hilare… L'archétype parfait de la femme épanouie et libre et, près d'elle, cet homme que je connaissais. Le regard sombre, le sourire qu'on devinait éclatant, ses lèvres plaquées sur la peau de porcelaine d'Eleanor.

Daniel.

C'était lui, son amant, l'homme qui la rendait heureuse et différente. Je retournai de nouveau la photo, cherchant une date, mais ne trouvant que l'écriture d'Eleanor : *Dan, novembre 2009.* Un mois avant sa mort. Je recherchai dans ma mémoire la photo floue et volée d'Eleanor avec son amant. Cette silhouette trapue et ces cheveux sombres correspondaient parfaitement à Dan.

Hagarde, je repoussai le cliché et frottai mon visage. Si Andrew apprenait qu'il avait été l'amant de sa femme, il le pulvériserait.

Dan avait-il compris la relation étrange entre Andrew et moi ? Etait-il sorti avec moi, en sachant que je plaisais à Andrew ?

Espérait-il une forme de vengeance ? Ou peut-être juste

une riposte, dont lui seul savourait les effets ? Se doutait-il que j'allais tomber amoureuse d'Andrew ?

Les mots glacés et emplis de colère de Dan me revinrent à l'esprit, grossissant le flot de questions. Les images du Peninsula, d'Andrew, de ma relation courte et pourtant marquante avec Daniel s'entrechoquèrent. J'avais cru que sa rage était dirigée contre moi mais, avec le recul, je pris conscience qu'il en voulait à Andrew… Et pas que pour moi, surtout pour Eleanor.

Il va faire de toi une femme sans âme. Petit à petit, tu ne seras plus toi-même. Ou alors, dans le meilleur des cas, il se désintéressera de toi, du jour au lendemain.

Pendant tout ce temps, il ne s'agissait pas de moi, mais d'elle… Dan l'avait aimée, et l'avait perdue. Tout comme Andrew. La seule différence, c'est qu'Andrew était, aux yeux de tous, le seul homme dans la vie d'Eleanor, le seul autorisé à pleurer sa mort.

Je me demandais si Dan avait raison : est-ce qu'Andrew s'était désintéressé d'elle ? Je ne pouvais pas me résoudre à y croire. Andrew l'aimait, il n'avait seulement pas vu Eleanor s'éloigner de lui.

Toujours à la recherche de mieux, de plus — d'elle-même aussi sûrement —, elle avait rencontré Dan. Et il lui avait rendu la tendresse, la présence, les attentions qu'Andrew ne lui offrait plus.

Tu n'es qu'un pion dans son univers. Il t'écrasera, sans même que tu t'en rendes compte. Et quand il aura réussi à te couper du monde, à te vider totalement, alors tu comprendras que j'avais raison.

Et évidemment, il parlait toujours d'Eleanor. Pas de moi.

D'Eleanor, seule dans cette grande maison, occupée à mener une carrière qu'elle n'avait même pas choisie.

Elle avait dû s'épancher, dire à Dan que son mari la délaissait. Ou peut-être l'avait-il lui-même constaté ?

Une nouvelle vague de questions surgit, encore plus forte que les autres. Je me levai précipitamment du canapé, presque effrayée par l'image obscène qui me traversait l'esprit. Dan et Eleanor dans cette bibliothèque… Ou peut-être même dans leur lit conjugal. Je grimaçai, écœurée, comprenant finalement le sentiment ambivalent d'Andrew au sujet de sa femme. Il l'aimait et, pourtant, une partie de lui devait la détester. La veille, lors de la visite de la maison, j'avais cru naïvement que c'était le souvenir d'Eleanor qui l'avait poussé à déserter leur chambre. Je me doutais maintenant que c'étaient le dégoût et l'amertume.

Je regardai la photo. Elle paraissait si heureuse. Janet disait qu'elle avait l'air différente… Et elle l'était. Simplement radieuse, alors que Daniel semblait la regarder comme si elle était la chose la plus précieuse au monde. J'avais toujours eu une idée assez négative de ces hommes et ces femmes entretenant une relation clandestine. Mais en les observant, si heureux, si joyeux, une réalité autre me frappa : il l'aimait et elle l'aimait.

Cette pensée apaisa ma colère envers Eleanor. Personne ne peut décemment décider de refuser de tomber amoureux de quelqu'un d'autre. Andrew avait surgi dans ma vie sans crier gare, provoquant une envie, un désir et un manque que je n'avais jamais connus avant lui. J'espérais qu'Eleanor avait eu la même excuse.

Jodie m'avait parlé à demi-mot de cette relation difficile avant de me rencontrer. Eleanor était morte depuis trois ans, je ne pouvais pas croire que Dan n'avait vu personne entretemps. Comme Andrew… Je parcourais mes souvenirs, à la recherche d'un élément du passé de Dan.

Comment Eleanor et lui avaient-ils pu se rencontrer ? Ils ne fréquentaient absolument pas le même monde.

Je le connais, lui, et les types dans son genre.

J'arpentai la pièce, agitant la photo entre mes mains, perturbée par la découverte de l'identité de l'amant d'Eleanor. Même si au départ j'avais mené mes recherches, j'avais toujours envisagé un visage anonyme, un homme sans charme qui m'aurait permis de cataloguer Eleanor comme peste ou ingrate. Comme disait Janet, tout n'était pas blanc ou noir…

Et le seul élément qui me revenait sans cesse, c'était le silence de Daniel. Pourquoi avoir entretenu le mystère sur ce passé ? Pourquoi ne pas m'avoir dit qu'il avait côtoyé Andrew, même de façon indirecte ? Cette rage, cette jalousie : personne ne cache son passé sans avoir une bonne raison.

L'idée qu'il s'était rapproché de moi dans un but désintéressé était improbable. Je secouai la tête, cherchant à chasser les pensées farfelues qui fleurissaient dans mon esprit. Andrew… Andrew devait passer avant mes réflexes de journaliste.

Je replaçai la photo dans le livre, espérant que le secret resterait intact pour lui. Le rendre heureux, c'était aussi le préserver.

La porte s'ouvrit alors que je remettais le livre sur son étagère. Andrew passa la tête par l'entrebâillement et me proposa d'aller dîner. Je décidai de ranger ce que je venais d'apprendre dans un coin de ma tête et de le garder pour moi. Je plaquai un sourire sincère sur mes lèvres et pris la main qu'il me tendit.

Le lendemain matin, c'est le bruit de la douche qui me sortit du sommeil. Il était à peine 7 heures et Andrew apparut quelques instants plus tard, cheveux humides et sourire rayonnant, vêtu d'un simple boxer.

— Tu peux rester au lit, lança-t-il en s'asseyant dessus.

— Non… Je crois plutôt que je vais aller courir sur la plage.

— Pas seule, Kathleen !

— Veux-tu te joindre à moi ?

— Ce n'est pas l'envie qui me manque. Mais j'ai une réunion avec une de mes équipes éditoriales dans vingt minutes.

— Donc, ça sera seule ! conclus-je.

— Hors de question !

— Andrew, je ne vais pas rester cloîtrée ici en attendant de pouvoir te voir avant mon départ.

Il fronça les sourcils et soudain la panique me submergea. Je me redressai et calai le drap contre ma poitrine.

— Je vais bien te voir aujourd'hui ? l'interrogeai-je, incertaine.

— Dans l'après-midi, me rassura-t-il. Je t'accompagnerai à l'aéroport. Je ne veux pas que tu te sentes « cloîtrée » ici, soupira-t-il.

— Ce n'est pas ce que j'ai voulu dire… Une fois encore, tu es excessif !

— C'est de la prudence, Kathleen. Uniquement de la prudence.

Il m'embrassa sur les lèvres, alors que je boudais. Je n'aimais pas la tournure que prenait notre relation. D'autant plus qu'à moins de trouver un travail j'allais passer le plus clair de mes journées ici.

— Une voiture viendra te récupérer ici vers 11 heures. On déjeune, on passe l'après-midi ensemble et je t'amène à l'aéroport, annonça-t-il en consultant son téléphone.

— Et en attendant ?

— En attendant ? Je te trouve un compagnon de footing !

Il rangea son téléphone portable et composa un numéro sur le poste fixe installé près de nous. Je le regardai, craignant de nouveau qu'il prenne des mesures extrêmes pour me préserver.

— Oui, Andrew ? résonna la voix lointaine de Nathan.

— Où es-tu ?

— Sur l'autoroute. Un problème ?

— Pas vraiment. Ton dernier footing remonte à quand ?

— Euh... Environ quatre ans.

— Ça ira, sourit Andrew en me jetant un regard.

Je m'effondrai sur le lit, râlant contre lui et ses continuels abus de pouvoir.

— Passe à la maison. J'ai une mission pour toi, lui ordonna-t-il avant de raccrocher.

— Andrew, tu exagères vraiment ! Je n'ai pas besoin... d'un garde du corps.

— Je suis ton garde du corps, me corrigea-t-il immédiatement en revenant vers moi.

— Alors quoi ? Nathan est une sorte de... baby-sitter ?

— C'est Nathan... Ou je t'enferme dans mon coffre-fort. A moins que tu préfères que je ne t'attache au lit ?

proposa-t-il en s'allongeant sur moi. Parce que j'avoue que cette idée est vraiment tentante.

Il enfouit son visage dans mon cou et en attaqua la peau avec ses lèvres. Je gémis contre lui, luttant pour lui résister, mais je savais déjà qu'il avait eu raison de ma volonté. Dégageant le drap couvrant mon corps, il passa sa main sur mes côtes. Je gémis de nouveau, avant d'enrouler mes bras autour de sa nuque.

Nos bouches se retrouvèrent et, très vite, Andrew se cala entre mes jambes, se frottant contre moi. Je passai mes mains sous son boxer et l'en dégageai. Quand enfin nos corps s'unirent, je criai son prénom, mon corps répondant instinctivement au sien.

Il accéléra, me laissant à bout de souffle. Nos bassins bougeaient en rythme, allant à la rencontre de l'autre. Et finalement, un orgasme violent et puissant me traversa. Je m'effondrai sur le lit, le corps d'Andrew tendu au-dessus du mien, son visage extatique et parfait à portée de mes lèvres.

— Tu vas me manquer, murmura-t-il en se dégageant de moi pour me prendre dans ses bras.

— Toi aussi, dis-je avec une émotion non dissimulée.

— Aurai-je droit à des larmes au moment de nos adieux ? sourit-il un peu narquois.

— Je n'ai pas le droit d'être triste ? demandai-je en me soulevant pour lui faire face.

— Si, si, évidemment. Je dois vraiment y aller maintenant, souffla-t-il.

Il se leva et j'eus tout le loisir de voir son délicieux fessier se dandiner devant moi, pendant qu'il récupérait son boxer.

— Que pourrais-je faire pour te faire rester ? tentai-je.

— Pour me faire rester, il faut que tu restes aussi, riposta-t-il dans un sourire satisfait.

Ma volonté à le faire céder aux sirènes de la luxure retomba aussitôt. Je n'avais aucun argument pour contrer le sien. Je ne pouvais décemment pas manquer le mariage de Lynne.

— Je gagne toujours, Kathleen ! railla-t-il en voyant mon visage défait.

Je me levai, entièrement nue, et me pavanai devant lui. Il se contenta de me regarder, appréciant visiblement le spectacle, tandis que je me dirigeais vers son dressing.

— Qu'est-ce que tu fais ?

— J'ai des baskets, mais pas de short pour aller courir. Ça t'ennuie ?

— Sers-toi, dit-il avant de me rejoindre pour prendre une chemise. De toute façon, j'envisage de résoudre ce problème de prêt-à-porter dans l'après-midi.

Je le fixai, espérant obtenir une explication. En vain. Andrew prit un pantalon gris, l'enfila, et attrapa une cravate avant de la nouer autour de son cou.

— Comment ça « résoudre ce problème de prêt-à-porter » ? m'agaçai-je.

— Oh… Pendant deux délicieuses minutes, j'ai cru que tu n'allais pas râler.

— Je ne râle pas, je m'informe ! ripostai-je.

— Laisse-moi prendre soin de toi, murmura-t-il.

Son regard pénétrant eut raison de mon léger agacement, et j'abandonnai. Au-delà du fait que je n'aimais pas ses excès, je craignais aussi de les perdre, et de le perdre, lui. Subir son absence une seconde fois était impossible à imaginer. Je lui souris et l'aidai à nouer sa cravate.

***

Environ dix minutes plus tard, j'accueillis Nathan. Ce dernier m'embrassa avec chaleur. Il m'observa quelques secondes, alors que j'étais vêtue d'un short trop grand et d'un débardeur habilement noué pour ne pas tomber.

— Je comprends maintenant en quoi vos armes sont meilleures que les miennes ! ironisa-t-il alors que nous nous dirigions vers le bureau d'Andrew.

— N'avez-vous pas votre ancienne tenue de cow-boy dans un de vos placards ?

— Je ne l'ai plus… Peut-être devrais-je investir !

— Lynne finira par céder, Nathan, le rassurai-je.

— A moins d'une semaine du mariage du siècle ? Vous délirez, Kat !

— Je trouve pourtant que débouler au mariage de Lynne, au moment où le prêtre demande si personne ne s'oppose à l'union, aurait quelque chose de…

— … suicidaire, finit-il pour moi.

Je ris doucement, mais le sourire de Nathan s'estompa aussi vite qu'il était venu. Je toquai à la porte d'Andrew et entendis sa voix forte nous ordonna d'entrer.

— Nathan, tes clés ! lui intima Andrew sans lever le nez de son écran d'ordinateur.

— Mais… Andrew !

— Tes clés ! Ma voiture est au garage et… je suis déjà en retard, ajouta-t-il en se tournant vers moi avec une lueur d'amusement dans le regard.

— Et ton histoire de footing ?

— Pas moi ! Kathleen veut faire du footing, tu es prié de veiller sur elle comme si elle était la prunelle de tes yeux.

— Elle l'est ! railla-t-il. Si je perds cette fameuse prunelle, je perds mon salaire…

— Et votre tenue de cow-boy, ajoutai-je dans un rire.

— Aussi !

Le regard d'Andrew navigua entre Nathan et moi, totalement perdu. Il secoua la tête, renonçant à comprendre et se leva pour nous rejoindre. Il tendit la main et Nathan lui donna les clés de sa voiture. Il m'embrassa sur la joue, me recommandant d'être prudente.

— Tu es vraiment sexy avec mes vêtements, ajouta-t-il dans un murmure à peine audible.

— Pas seulement quand je suis nue alors ?

Il s'écarta de moi, le regard brûlant, et me fit un sourire entendu. Pendant un bref instant, j'oubliai même la présence de Nathan, espérant qu'Andrew me repousserait de nouveau sur la table de réunion.

— Nathan, prends soin d'elle. Kathleen, fais-lui regretter d'avoir repris la cigarette.

— J'ai arrêté, contra Nathan, presque vexé.

— Je sais que tu fumes en cachette !

— Parce que tu m'exploites outrageusement !

— Vu ton salaire, on se demande qui exploite l'autre ! riposta Andrew.

Nathan râla, plus pour la forme que par réelle colère, et Andrew quitta la pièce quelques minutes plus tard en me faisant un clin d'œil.

— Je crois qu'Andrew a une paire de baskets là-haut !

— Y a-t-il seulement une chance que j'arrive à vous faire changer d'avis ?

— Aucune. Allez vous changer ! lui intimai-je gentiment en sortant du bureau.

*
* *

Après quarante minutes, il me semblait que Nathan était au bord de l'apoplexie. Les mains sur les genoux et le souffle court, il me supplia de m'arrêter. J'acceptai, prise de pitié.

— Vous… Vous… Vous voulez… me tuer ? exhala-t-il péniblement.

— La cigarette, hein ?

— C'est pour aller avec la tenue de cow-boy ! grommela-t-il.

J'éclatai de rire avant de lui proposer de rentrer. De toute évidence, il n'était plus capable de courir. Je profitai de la marche jusqu'à la maison pour discuter de Lynne, l'encourageant à poursuivre. Mais Nathan semblait résolu à ne plus rien tenter.

— Vous vous rendez compte que vous êtes coincé avec moi ici ? lui fis-je remarquer.

— Je sais. Je vais appeler le garage pour voir si on peut récupérer la voiture.

— Une prise d'initiative à l'encontre des instructions de M. Blake ! me moquai-je.

— Andrew a un bolide… Un truc monstrueux, décapotable, et qui fait gémir les femmes rien qu'avec le Klaxon.

Après une douche, je rassemblai mes affaires dans mon sac et enfilai un jean avec une des chemises d'Andrew. Comme disait Nathan, tout est une question d'armes. Je récupérai mon téléphone sur le chevet, faisant tomber au passage les livres d'Andrew. Je les ramassai, remarquant avec un sourire qu'il y avait le livre que j'avais offert à l'inconnu. Andrew avait corné certaines pages et cette simple marque d'attention me fit sourire de nouveau. Il était temps de lui avouer la vérité et de lui dire que j'étais derrière les lettres de Marie.

J'appréhendais l'annonce mais, d'un autre côté, je savais que notre relation n'en serait que plus forte et plus intense. Quelque part, je crois même que je ressentais une forme de jubilation : pour la première fois depuis qu'Andrew était entré dans ma vie, j'avais un coup d'avance sur lui. Je me promis de tout lui dire après le mariage de Lynne.

En repassant devant la bibliothèque, j'eus un pincement au cœur. Après une courte hésitation, je rentrai dans la petite pièce et récupérai la photo d'Eleanor pour la mettre dans mon sac.

Je rejoignis Nathan dans le salon. Après sa douche, il semblait en meilleur état, mais il avait ces marques rouges sur les joues qui trahissaient un effort physique trop important.

— J'ai appelé le garage puis Andrew, et on va récupérer la voiture.

— Si seulement vous aviez cette tenue de cow-boy, j'aurais été à deux doigts de craquer pour vous !

— Ce qui aurait sûrement scellé mon sort. Andrew n'aime pas qu'on convoite ce qui lui appartient.

— Je ne suis pas sa voiture, rétorquai-je.

— Je sais… Et croyez-moi, il le sait aussi ! Vous l'avez… transformé !

Je haussai les épaules, éludant volontairement le sujet. Je n'avais pas changé Andrew, je l'avais juste sorti de la torpeur dans laquelle il était plongé depuis la mort d'Eleanor. Nathan prit sa sacoche et me désigna l'entrée.

— Le taxi est là, déclara Nathan en ouvrant la porte de la maison.

— Et galant avec ça, raillai-je.

— Vous devriez le rappeler à Lynne.

— Je lui dirai, comptez sur moi ! Par contre, je tairai vos performances sportives !

— Vous filez un mauvais coton, Kathleen ! Vous parlez comme Andrew ! Allons récupérer la voiture du maître.

— Elle était en panne ? demandai-je pour faire la conversation.

— Cette voiture ne peut pas tomber en panne ! Elle est entretenue quasiment tous les mois !

Nathan monta dans le taxi et je le suivis, m'installant près de lui sur la banquette. Il donna l'adresse au chauffeur et passa une main sur son visage fatigué. De toute évidence, Nathan avait besoin de vacances.

— Il est dur avec vous, constatai-je.

— S'il l'était vraiment, j'aurais démissionné. Andrew n'est pas si terrible, il est juste très exigeant.

— Je vais lui demander de vous donner des congés.

— Impossible pour le moment… Une grosse transaction nous attend à New York et avec toutes ces…

— Les menaces, terminai-je. Andrew m'a dit que tout était sous contrôle.

— Vraiment ? s'étonna-t-il. Il vous a dit ça ?

— Il m'a menti ?

— Oh… Non… Ce n'est pas ce que j'ai voulu dire, reprit Nathan avec un sourire d'excuse. Andrew fait tout pour assurer votre protection, mais il est inquiet, évidemment.

— Evidemment, répétai-je en fixant le paysage qui défilait sur ma gauche.

Andrew assurait ma protection, mais qui assurait la sienne ? Nathan avait raison sur un point : rien ne pourrait se faire sereinement tant que la personne qui nous voulait du mal était toujours en liberté. Notre bulle de bonheur n'était pas assez hermétique, pas assez solide pour supporter un nouveau drame.

— Donc cette voiture, repris-je après un court silence, tous les mois ? m'étonnai-je.

— Andrew… est très… maniaque au sujet de sa voiture. Il avait payé une fortune pour s'offrir la même voiture que James Bond, lança Nathan, avant que sa voix ne s'éteigne.

— Avait ? répétai-je pour l'encourager.

— Eleanor… Eleanor avait pris sa voiture.

Après cette nouvelle incursion dans la vie de l'ex-femme d'Andrew, le trajet en taxi fut calme. Nathan et moi échangeâmes surtout sur des aspects pratiques, cherchant à faire coïncider l'emploi du temps d'Andrew avec le décalage horaire de New York. Je réprimai plusieurs bâillements, que Nathan ne manqua pas de remarquer.

— Il y a un café en face du garage. Vous devriez y aller pendant que je récupère la voiture.

Je sortis du taxi et traversai l'avenue pour trouver mon salut : la caféine. Je m'installai à une petite table donnant sur la route, observant au loin la silhouette de Nathan s'engouffrer dans le garage. Le cappuccino était brûlant, et je le fis tourner entre mes mains, en pensant à Eleanor et à Daniel.

La chose me semblait toujours aussi surréaliste. Surtout, je ne comprenais toujours pas pourquoi Dan ne m'avait rien dit. Effectivement, il m'avait mise en garde à notre rupture, mais… pourquoi avoir attendu ? Pourquoi avoir tu le mystère ? Ça n'avait aucun sens. S'il voulait me protéger d'Andrew, il n'avait qu'à me prévenir.

Je portai la tasse fumante à mes lèvres, reportant mon

attention sur le garage. Je devinais, masqué par quelques arbres, le corps massif du garagiste précédant Nathan sur le parking. Ils se dirigeaient vers une voiture noire, décapotable. Je souris en repensant à la description de Nathan.

Je l'observai écouter attentivement le garagiste. Ce dernier, de dos, agitait ses mains, se plongeant sûrement dans des explications techniques. Contournant la voiture avec Nathan, le garagiste souleva le capot et ils examinèrent ensemble le moteur.

Puis, à l'instant où le capot claqua sur la voiture, le visage du garagiste m'apparut enfin nettement. Je recrachai mon café et mon sourire s'effondra.

Ma tasse vacilla entre mes mains et, tandis que Jim et Nathan se serraient la main, les pièces du puzzle, les morceaux de la vie d'Eleanor s'assemblèrent sous mes yeux : le garagiste était le père de Daniel. La voiture était le seul lien qui expliquait le choc du monde d'Eleanor contre celui de Daniel.

Nathan s'installa au volant de la voiture et manœuvra pour se garer devant le café. Après m'être assurée que Jim n'était plus à l'extérieur, j'en sortis, titubante, stupéfaite et presque anesthésiée par ma découverte, et rejoignis le siège passager. L'esprit encore perturbé, j'entendis à peine Nathan me demander si je voulais de la musique. J'opinai, absente, me demandant étrangement comment Andrew aurait réagi en apprenant qu'il confiait sa voiture au père de l'amant de sa femme… Peut-être même que Daniel avait travaillé ici.

— Nathan ? l'interpellai-je au bout de plusieurs minutes de silence.

— Oui ?

— J'aimerais que vous me parliez d'Eleanor, lâchai-je.

Nathan se tourna vers moi, presque horrifié, et la voiture dévia légèrement de sa trajectoire. Il reprit le contrôle d'un habile coup de volant et se racla la gorge.

— Je la connaissais à peine. Pour moi, elle était juste la femme d'Andrew. Une fille sympa, sans plus.

— Et l'accident ? tentai-je.

— Je me souviens que Meghan m'a appelé en pleine nuit. J'étais à Houston, chez mes parents. Je suis rentré, Andrew était effondré. J'ai cru qu'il n'allait jamais s'en remettre.

— Et ensuite ? Je veux dire… l'enquête.

— Il n'y avait pas besoin d'enquête, souffla-t-il. Il y avait du verglas. Eleanor n'était pas une fille spécialement prudente. Elle a déboulé trop vite dans un virage. La voiture était dans un sale état, ce n'était pas étonnant qu'elle ne s'en soit pas sortie.

— Je comprends, marmonnai-je. C'est une jolie voiture, ajoutai-je pour changer de sujet.

— N'est-ce pas ? Et Andrew est hyperméticuleux avec sa voiture… Croyez-moi, si vous lui cherchez un point faible, vous l'avez trouvé.

Nathan contourna le building de *Blake Medias* et nous gara au sous-sol, à la place réservée d'Andrew. En sortant du véhicule, mes yeux tombèrent sur une autre plaque de parking. Celle d'Eleanor. Comme si Andrew espérait son retour. Nathan me rejoignit et comprit immédiatement où mes yeux s'étaient posés.

— Ça fait des semaines qu'Andrew demande à l'enlever.

— Oh ! fis-je, un peu perdue.

— Il a revendu la voiture d'Eleanor, après l'accident,

mais il a mis des mois à se décider à enlever cette plaque. Venez, il nous attend.

Le bureau d'Andrew était au huitième étage. L'ascenseur, extrêmement silencieux et ultramoderne, s'ouvrit sur un couloir en parquet. Nous passâmes devant plusieurs bureaux, dont celui de Nathan, puis de Meghan, avant d'entrer dans un espace entièrement vitré. Une petite femme brune leva la tête vers nous et un sourire franc apparut sur son visage.

— Bonjour, monsieur Evans.

— Emily. Je vous présente Kathleen Dillon... Kathleen est...

— Je sais qui elle est, le coupa-t-elle en m'adressant un sourire chaleureux. Je suis ravie de vous rencontrer.

— Le patron est dans son bureau ou occupé à besogner en salle de réunion ?

— Le patron est derrière toi ! Et *tu* devrais besogner en salle de réunion ! lança la voix d'Andrew derrière nous.

Je me tournai vers lui tandis qu'il avançait. Meghan était à ses côtés. Elle m'adressa un bonjour lointain, accompagné d'un sourire forcé. Je la saluai à mon tour, un peu plus chaleureusement. Très chastement Andrew m'embrassa sur la joue.

— Très jolie chemise. Surtout sur toi.

— Merci, murmurai-je en rougissant.

— Merci, Nathan, dit Andrew en me fixant droit dans les yeux. Visiblement, il a pris soin de toi.

— Je crains surtout d'avoir réduit l'espérance de vie de ton collaborateur.

— La cigarette, pesta Meghan.

— J'ai cru qu'il allait cracher un poumon sur la plage ! plaisantai-je.

— As-tu ramené la voiture ? demanda Andrew.

— Ta précieuse est au garage, parfaitement entretenue, lustrée, et elle ronronne comme un chaton, commenta Nathan en lui tendant les clés.

— Il a été très prudent, assurai-je à Andrew.

— Pour une fois qu'il ne se laisse pas distraire ! se moqua Meghan.

— Hey ! Je n'y étais pour rien.

J'interrogeai Andrew du regard. Il souriait largement, jouant avec son trousseau de clés.

— Nathan a embouti sa dernière voiture.

— Il était au téléphone, précisa Meghan en riant. Je dois vous laisser, j'ai une web-conférence avec New York, expliqua-t-elle en regardant sa montre.

— Sécurité ? demanda Andrew.

Elle hocha la tête et j'entendis Nathan glousser près de moi. Meghan se tourna vers lui, dégainant du même coup son gloss et retouchant son maquillage.

— Un commentaire, Nate ?

— Aucun ! se défendit-il en levant les mains devant lui.

Meghan se pinça les lèvres et replaça une mèche de cheveux. Elle parla à Andrew pendant un bref instant de repousser une date de signature, mais il refusa catégoriquement, ajoutant qu'il signerait la semaine prochaine, comme prévu.

— Le pauvre homme n'a aucune chance, me souffla Nathan à voix basse tout en fixant Meghan.

— Qui ? chuchotai-je.

— Le bougre qui est à New York et qui va devoir regarder Meghan dans les yeux pendant une heure.

— Qu'est-ce que vous complotez tous les deux ? Nous coupa Andrew pendant que Meghan s'éloignait.

— Meghan, dit simplement Nathan en la désignant du menton.

Je fixai la silhouette de la collaboratrice d'Andrew. Meghan était superbe, gainée dans une jupe courte noire et rehaussée de talons aiguilles. Nathan avait raison, le pauvre homme n'avait aucune chance de réussir.

— Peut-être devrais-tu prévenir Gregory, me conseilla Andrew.

— Elle a rendez-vous avec Gregory ? m'exclamai-je.

— Dommage, c'était un mec sympa, se lamenta Nathan.

Andrew étouffa un rire, avant de me proposer d'aller déjeuner. Seuls évidemment. Nous nous éclipsâmes pendant que Nathan prenait ses messages auprès d'Emily. Au loin, j'entendis le prénom de Lynne et je savais déjà qu'elle serait la première à être rappelée.

Andrew et moi déjeunâmes dans un bistrot, discutant de ses projets à venir. Il avait réservé la salle privative pour nous deux, nous cachant ainsi des regards curieux. New York était toujours sa priorité. Le sujet que j'avais vu au journal un peu plus tôt dans la semaine me revint à la mémoire, et il s'étonna même que j'aie retenu autant d'informations sur ses projets immobiliers. Mais très vite, les sujets professionnels firent place à d'autres plus personnels, et je le taquinai même sur sa voiture.

— Nathan exagère... Je ne suis pas obsédé par ma voiture.

— Non ?

— Il n'y a que toi qui m'obsèdes… Et crois-moi, c'est vraiment… vraiment de l'obsession.

— Vas-tu survivre sans moi pendant quelques jours ?

— Uniquement en me disant que je pourrai ensuite profiter de toi. Je vais tâcher de mettre ce temps libre à profit pour trouver un moyen de t'attacher à mon fauteuil.

Il m'embrassa furtivement et prit ma main dans la sienne.

— Je vais devoir revendre mon appartement à New York, soufflai-je.

— Tu devrais le garder… Ça nous ferait un pied-à-terre.

— Je croyais que le Peninsula était ton pied-à-terre ? raillai-je.

— Cet hôtel a récemment perdu une employée de valeur, et je n'ai pas très envie d'être accueilli par quelqu'un qui ne sera pas aussi… docile que toi.

— C'est vraiment ce que tu veux ? Que je sois docile ?

— Au moins cet après-midi. Viens, on y va.

Malgré mes suppliques, mon chantage au sexe et mon manque évident de motivation, Andrew refusa de changer ses plans. Mais évidemment, il était difficile de lui en vouloir. Passer son après-midi à essayer des tenues luxueuses, à se pavaner devant lui, et à sentir son regard brûlant sur moi n'était pas si terrible.

Ce qui était assez terrible, c'était le regard en biais de la vendeuse, lorgnant ostensiblement sur Andrew. La jalousie me gangrenait. Andrew le savait, il avait remarqué mes attentions plus que chaleureuses envers lui, et apprécié, sans nul doute, de me voir essayer une tenue vraiment sexy, juste pour le plaisir de lui demander de m'aider à la retirer.

Je ne sus combien Andrew avait dépensé pour moi ce

jour-là. Sûrement une somme astronomique. A l'aéroport, je lui fis part de mon sentiment ambivalent sur le sujet.

— Il va falloir que tu t'y habitues. L'argent rend les choses plus faciles.

— Je ne suis pas certaine de vouloir vivre comme ça. J'ai l'impression d'être… entretenue.

— Oh… Mais comme je le disais, tu peux toujours bosser pour moi !

Un sourire satisfait s'étira sur ses lèvres et je croisai les bras sur ma poitrine.

— Je me souviens de ton projet sur la cuisinière, râlai-je.

— Ah ! Moi, je me souviens d'autre chose… Tu sais… Le patron, ou l'époux.

— Tu n'es pas à genoux ! ironisai-je en tentant de cacher ma panique grandissante.

— Tu n'es pas prête. J'entends d'ici ton pouls qui frappe plus fort.

Son sourire s'éteignit et je m'en voulais presque de lui faire autant de mal. J'étais certaine du bien-fondé de notre relation, mais me marier avec lui… C'était trop tôt, trop irréfléchi. J'approchai de lui et entourai sa taille de mes bras.

— Je t'aime, murmurai-je.

— Moi aussi. Ton avion va décoller.

Il s'écarta de moi et posa ses lèvres sur les miennes. De nouveau, il m'offrit un de ses baisers dévastateurs et pleins de promesses. M'aurait-il demandé de l'épouser dans la foulée que je l'aurais fait, tellement j'étais étourdie par le mouvement de sa langue contre la mienne. Il pressa son corps contre moi et, à bout de souffle, finit par rompre le baiser.

— Je te rejoins pour le mariage. Et je promets de tout faire pour que tu attrapes ce satané bouquet.

— Je vais m'entraîner, plaisantai-je.

— Entraîne-toi à dire « oui, je le veux ». Parce que ce sont les prochains mots que je veux entendre sortir de ta bouche à New York.

— J'attends de voir le fameux diamant !

— Ne me tente pas, Kathleen !

— N'es-tu pas un homme de défi ?

— Si... Mais je promets que, la prochaine fois que nous en reparlerons, je ne te lâcherai pas tant que tu n'auras pas dit oui.

Il m'embrassa de nouveau, plus tendrement, avant de poser son front contre le mien. J'entendis le dernier appel pour l'embarquement de mon vol retentir. Andrew m'accompagna jusqu'aux portiques de sécurité, me recommandant d'être prudente. Je retins mes larmes, comme promis, mais je sentis mon cœur tressauter de cette façon si habituelle maintenant. C'était presque douloureux. Je laissais Andrew à San Francisco, et j'avais le sentiment, en m'éloignant dans le couloir d'accès, que la semaine allait être vraiment longue sans lui et ses abus de pouvoir.

L'avion décolla peu de temps après. Le nez collé contre le hublot, je regardai San Francisco s'éloigner, maudissant presque Lynne de maintenir ce mariage de pacotille.

Je pensai à tout ce que j'avais appris pendant mon séjour là-bas : Andrew était de nouveau avec moi, Nathan et son manque de souffle, la maniaquerie de mon amant au sujet de sa voiture, son écoute attentive pendant que je lui racontais mon passé, Janet et sa bénédiction.

J'étais heureuse et nous serions heureux. Je songeai furtivement à Eleanor, à son absence si palpable, aux dernières traces de sa présence dans la vie d'Andrew, à la façon dont il avait préservé sa mémoire, lui pardonnant même d'avoir eu un amant.

Eleanor et Daniel, et le lien étrange entre Andrew et le père de Daniel… Est-ce que Jim savait que son fils avait été l'amant d'Eleanor ?

Ils étaient amoureux, c'était d'une évidence absolue, et elle avait fini par quitter Andrew. Et elle en était morte. Je me demandai si elle avait hésité avant de passer à l'acte. Et combien de temps avait duré cette liaison ? Andrew m'avait avoué qu'Eleanor avait fait chambre à part avant juillet… Presque six mois. Six mois où Andrew avait tenté de recoller les morceaux. Six mois où Andrew lui avait fait un enfant.

Je soupirai lourdement, espérant un jour ne plus être hantée par cette femme. Je doutais d'y arriver. Cette seule maison représentait leur mariage. A l'image d'Andrew qui aurait aimé me dompter, j'aurais presque préféré qu'Eleanor n'ait pas existé. Tout aurait été tellement plus simple.

Je consultai mon agenda, tout en grignotant la collation que l'hôtesse avait posée devant moi. Lynne avait besoin de moi pour les essayages, et je devais accueillir mon père à l'aéroport le samedi après-midi, juste avant le dîner de répétition. La semaine allait être chargée. Ce n'est qu'en fermant mon agenda, en pleines turbulences aériennes, qu'un déclic se fit.

Le lien entre Daniel et Eleanor. C'était la voiture d'Andrew.

Le souvenir de la conversation avec mon père resurgit vivement. Et soudain, j'eus la nausée. Le cœur au bord des lèvres, et la respiration hachée, je m'agrippai au siège. L'hôtesse, surprenant mon regard perdu, vint me rassurer sur la courte durée des turbulences. Mais ce n'était pas ça qui me rendait malade…

Maintenant, tout était cohérent : le silence de Daniel sur sa relation avec Eleanor, l'accident de cette dernière, la maniaquerie d'Andrew… De nouveau, la nausée me prit et mon corps se mit à trembler fortement. La voix de mon père résonnait encore dans ma tête : les pneus étaient lisses.

Comment un homme aussi précautionneux au sujet de sa voiture aurait-il pu laisser sa femme rouler avec une voiture aux pneus lisses ?

Brutalement, la conversation avortée avec Nathan me revint, fulgurante et nauséabonde.

La voiture en miettes était…

A Andrew. *Sa* voiture…

Et le seul mot qui me vint à l'esprit fut le prénom de Daniel. Ses silences, ses mystères, sa rage. Il détestait Andrew. J'avais mal interprété notre dernière conversation : il revivait sa relation avortée avec Eleanor et Andrew était de nouveau sur son chemin.

Je récupérai un sac en papier et vomis mon dîner. Les larmes vinrent dans la foulée, brûlantes et amères. Daniel avait accès à la voiture… Et il avait Eleanor. En avait-il eu assez d'attendre qu'elle vienne à lui ? Si leur liaison avait duré six mois, il avait dû se montrer impatient. Elle l'avait fait attendre, donnant une ultime chance à son mariage.

De nouveau, la nausée. Cette fois, je sentis la bile remonter dans ma gorge : ce n'était pas un accident.

Daniel avait craqué et, las d'attendre un geste d'Eleanor, il avait fini par trafiquer la voiture d'Andrew. Ce dernier était absent avant Noël. Peut-être avait-il confié sa voiture à Daniel dans l'espoir de la retrouver parfaitement entretenue à son retour ? Daniel avait alors saisi sa chance, espérant que la météo l'aide dans son entreprise.

Eleanor n'aurait pas dû prendre cette voiture, elle n'aurait pas dû rouler aussi vite, fuir aussi brutalement. Et c'était certainement la seule chose que n'avait pas prévue Daniel dans son plan d'élimination : Eleanor était l'accident.

Le corps encore secoué par les tremblements, je demandai à l'hôtesse de quoi écrire. Evacuer ces idées horribles, me libérer de l'angoisse et du dégoût qu'elles provoquaient en moi. L'hôtesse revint quelques instants plus tard, me tendant un bloc-notes et un stylo de la compagnie aérienne. J'y jetai mes idées, traçant des flèches pour relier les éléments.

Je bus un peu d'eau, espérant estomper le goût de la bile qui tapissait mon palais. Je pris un instant pour fermer les yeux et réfléchir calmement à la situation. Andrew… Daniel… Eleanor. Je sentis mon souffle s'accélérer, mais mes pensées me menèrent au même et unique raisonnement.

Daniel avait voulu éliminer Andrew. Eleanor était morte, et je n'avais aucune idée de ce que Daniel ressentait. La peine, la haine, la colère, la jalousie devaient se mêler en lui, provoquant les réactions débordantes dont j'avais été témoin.

Je passai le reste du vol dans un état second, cherchant le sommeil sans le trouver. Je passai d'un extrême à l'autre, me fustigeant pour mon imagination trop débordante, avant de revenir à ma logique initiale et d'entourer le prénom de Daniel, une fois encore, sur mon calepin.

Quand l'hôtesse annonça les manœuvres d'approche sur New York, j'en étais presque soulagée. Etre dans cet espace restreint accentuait mon angoisse. Toujours un peu comateuse, je descendis de l'avion sans réellement faire attention aux gens autour de moi. Quand j'atteignis enfin la sortie, je tombai nez à nez sur Gregory.

Je soupirai. Andrew et ses excès.

— Ne dis rien, lui ordonnai-je en passant à ses côtés.

— Je dois te raccompagner chez toi, expliqua-t-il en me suivant.

Sans rien dire, il attrapa mon sac que j'avais calé sur l'épaule et le porta. Gregory me désigna une des portes accédant aux parkings souterrains et je le précédai.

— As-tu fait bon vol ? m'interrogea-t-il en ouvrant ma portière.

— Pas vraiment, marmonnai-je.

Gregory jeta mon sac sur la banquette arrière et s'installa derrière le volant. J'étais au bord de l'implosion. Entre Daniel qui venait de révéler une facette peu avenante de sa personnalité, et Andrew qui ne jurait que par ma sécurité, j'étais à bout de nerfs. Je calai ma tête contre la vitre et soupirai de nouveau.

— Blake tenait à ce que je t'escorte, Kat.

— Je sais. J'ai promis à Andrew d'agir dans son sens.

— Andrew, hein ? me lança Gregory avec un sourire entendu.

— Greg, je sais que tu sais ! Ne compte pas sur moi pour te raconter ce que lui et moi cherchons à tout prix à préserver.

— Je sais ce que je dois savoir. La bombe atomique m'a fait un briefing… Une chance qu'elle soit mignonne pour que j'accepte une réunion à 6 heures du matin !

— Outch… J'avais oublié le décalage horaire, fis-je vraiment désolée pour lui.

— Pas grave !

— Alors… tu comptes toujours la faire tomber à tes pieds ? plaisantai-je en espérant me changer les idées.

Gregory secoua la tête, claquant sa langue contre son palais. Son sourire s'estompa légèrement, sans toutefois disparaître.

— Cette fille… Disons qu'on ne joue pas dans la même catégorie. Elle est du genre glacial, option grosse tête et hermétique aux compliments.

— C'est vrai que Meghan est du genre… 5 étoiles !

— Exactement. Et je n'ai même pas réussi à la faire rire ! pesta Gregory.

— Ignore-la.

— Quoi ?

— Ignore-la ! répétai-je. Cette fille aime être le centre du monde. Elle aime décider de qui elle veut, et de qui elle ne veut pas.

— Tu es en train de dire que c'est perdu d'avance ?

— Je suis en train de dire qu'elle a l'habitude de prendre les décisions. Laisse-la venir vers toi.

— Et je fais ça comment ?

— Nu, ça aide ! souris-je en rappelant à Gregory sa propre théorie.

— Kat, si j'enlève mes vêtements devant toi, tu vas quitter Blake dans la seconde. Et je n'aurais plus la délicieuse tâche de suivre ton appétissant derrière pendant des heures.

— Appétissant ? rigolai-je.

— Ensuite, ton « Andrew », reprit-il en mimant les guillemets, voudra me botter les fesses jusqu'à ce que j'atterrisse dans la prochaine galaxie. Evidemment, tu pleureras ma disparition et la belle Meghan érigera sûrement une espèce de statue en bronze, afin de me vénérer un culte infini tout en te maudissant d'avoir provoqué ma perte.

J'éclatai de rire, tandis que Gregory me lançait un clin d'œil.

— Ça ressemble à… l'apocalypse, articulai-je entre deux éclats de rire.

— Je vais prendre ça pour un compliment, plastronna-t-il.

J'étais de nouveau hilare, essuyant les larmes qui bordaient mes yeux. Gregory avait toujours eu cette capacité à me faire rire en deux phrases. C'était le cas au moment de notre rencontre, et maintenant c'était devenu un mode de fonctionnement entre nous deux.

Mais, très vite, mes pensées se braquèrent de nouveau sur Andrew. Gregory se gara devant chez moi et, à l'instant où je posai ma main sur la poignée pour sortir, sa forte poigne agrippa mon avant-bras.

— Attends, souffla-t-il, l'air sérieux.

— Quoi ? Tu veux m'accompagner jusqu'à la porte ? plaisantai-je.

— Non, non… Ecoute-moi deux minutes, s'il te plaît. L'hôtel a encore reçu des menaces, qui te concernent essentiellement.

Je relâchai la poignée et m'enfonçai dans le siège passager, fixant le tableau de bord devant moi. La peur panique était devenue une compagne familière. Mais cette fois, c'était pire. Avant, je n'avais jamais eu peur que pour moi, maintenant, le nombre de gens impliqués et susceptibles d'être pris pour cible m'effrayait. Je sentis mon cœur frapper lourdement dans ma poitrine, m'avertissant de la proximité du danger.

— Sois prudente, d'accord ? On ne sait pas ce que veut ce type, mais…

— Mais quoi ? dis-je, un peu agacée.

— Il est très bien informé. Tout ce que tu fais, il est au courant de tout. Et j'ai vraiment peur pour toi.

Je me tournai vivement vers lui, croisant son regard sombre et professionnel. Je n'aimais pas le ton ni le visage inquiet de Gregory. Ce n'était pas dans son habitude, et l'angoisse que j'avais réussi à canaliser revint quasiment immédiatement.

— C'est bien Andrew qui t'a envoyé à l'aéroport ? lui demandai-je.

— Oui. Mais crois-moi que je serais venu sans qu'il ait besoin de me le demander. Ce type sait tout, il a frappé Meghan et avait donc accès à l'hôtel. Il sait que tu as démissionné. Il connaît ton ancienne adresse. Il sait pour les roses que Blake t'envoie, me coupa-t-il avec vigueur.

Je le fixai étrangement. Il hocha la tête, comme pour appuyer son dernier argument. De nouveau, mon cœur s'emballa, et des tremblements s'emparèrent de mon corps. Encore cette peur panique de tout perdre. Perdre Andrew, perdre tout ce que nous tentions de construire.

— Il sait, répéta Gregory d'une voix plus douce.

— Je ne suis pas visée, mentis-je pour le rassurer.

— Evidemment que non. C'est Blake la cible, mais s'il t'arrivait la moindre chose…

La voix de Gregory s'éteignit et, rien qu'en une phrase, je me rendis compte que ce que j'avais découvert dans l'avion n'était que la partie émergée de l'iceberg. Je m'enfonçai un peu plus dans le siège, canalisant mes tremblements, gardant mes mains calées sous mes cuisses, tout en m'assurant d'une respiration convenable. Mais l'angoisse, irrationnelle et galopante, était plus forte que ma volonté.

Le souffle court, je regardais la route devant moi. J'étais de nouveau hagarde, perdue dans mes réflexions, tentant de refouler la logique horrible qui se déroulait devant moi.

L'accès au Peninsula, ma démission.

Je plaquai une main contre ma bouche, retenant un cri d'effroi. Mais les larmes coulèrent. La panique, l'hystérie avaient gagné. Mon regard papillonna sur les voitures garées, les gens qui discutaient sur le trottoir et même un voisin, à sa fenêtre, fumant une cigarette. Tout me semblait si étrange et tourbillonnant.

Ma vie décortiquée…

Les fleurs…

Les images se succédaient, la sensation de panique s'estompa pour faire place à l'incompréhension. Pourtant tout coulait de source, logique, implacable. Je cherchais une explication rationnelle, un contre-argument, un indice m'indiquant que je faisais fausse route. Mais malgré tout… Peut-être parce qu'Eleanor me hantait, ou sûrement parce que Daniel envahissait de manière désagréable mes pensées, j'eus un effroyable déclic.

Daniel.

Le souvenir de notre relation m'étreignit et je sentis cette vague douleur au creux de l'estomac. Je retrouvais le goût amer et infect de la trahison. Il m'avait touchée, nous avions fait l'amour, mais seule l'impression tenace de malaise perdurait.

Il savait tout parce qu'il était dans ma vie. Et le pire, c'est que je l'avais moi-même introduit dans ma vie. Je lui avais ouvert l'accès à mon appartement, je m'étais confiée à lui.

— Kat, est-ce que tout va bien ? fit la voix inquiète de Gregory près de moi.

Il posa une main sur ma jambe, lui faisant arrêter son mouvement frénétique. Les larmes redoublèrent, violentes et incontrôlables. La nausée qui m'avait surprise dans l'avion réapparut. Même si j'avais correctement assimilé son rôle dans l'accident d'Eleanor, comprendre maintenant qu'il était sûrement à l'origine de toutes ces menaces était horrible. L'atmosphère dans l'habitacle de la voiture était soudainement étouffante, aussi j'ouvris la portière et sortis précipitamment.

Gregory sortit à son tour, et contourna le véhicule pour approcher de moi. L'air frais nocturne me fit du bien et je sentis mon visage se colorer de nouveau. Gregory me fit relever les yeux vers lui. Les tremblements de mon corps ne cessaient pas et je vis mon ami froncer les sourcils face à moi.

— Kat, je vais veiller sur toi, je t'assure que…

— C'est Daniel, le coupai-je dans un murmure.

Gregory me relâcha et me fixa avec une intensité rare.

— C'est Daniel, répétai-je. Les menaces… La femme d'Andrew… C'est lui.

Chapitre 2

Les larmes me gagnèrent l'instant suivant et mes jambes flageolantes cédèrent. Les bras de Gregory m'entourèrent et il ouvrit prestement la portière de la voiture pour m'y faire asseoir. Après quelques instants, et après avoir attendu que je me reprenne, Gregory s'agenouilla près de moi et me regarda.

— Daniel ? Le type avec qui tu es sortie ?

— Il connaît Andrew depuis longtemps.

Je me lançai alors dans une explication courte et précise de ce que j'avais appris pendant mon voyage à San Francisco. Gregory m'écouta attentivement, me coupant seulement pour clarifier quelques aspects de l'histoire.

— Et tu crois qu'il est à l'origine des menaces ? me demanda-t-il.

— Il a accès au Peninsula, il sait tout de ma vie, il sait pour les fleurs… Et il déteste Andrew ! Il le hait.

— Kat, je crois que tu vas un peu trop vite… Rien ne dit que…

— Il a gardé le silence sur son passé, il ne m'a jamais rien dit pour Eleanor. Pourquoi m'aurait-il caché cette relation si ce n'était pas pour se servir de moi ? J'étais son accès vers Andrew !

Gregory replongea dans le silence et se redressa. Je n'avais pas la sensation de l'avoir convaincu, mais j'avais, moi, cette profonde conviction que Daniel était derrière tout ça.

— Rentre tes jambes ! m'ordonna-t-il.

Je m'exécutai dans la minute et mon ami claqua la portière avant de se réinstaller au volant. Je descendis la vitre, savourant l'air glacé et vivifiant. M'être confiée à Gregory m'avait soulagée. Porter ce secret seule était impossible.

— Qu'est-ce que tu fais ? lui demandai-je alors qu'il faisait redémarrer le moteur.

— Tu vas dormir chez moi. Et tu ne râles pas. On va appeler Andrew et…

— Non, surtout pas ! m'écriai-je vivement. Il va… Il va être fou furieux ! bégayai-je. Il va… il va vouloir le tuer…

— Et il aura raison. Kat, tu viens de me dire que ce type avait probablement tué sa femme !

— Mais c'était un accident ! gémis-je.

— Tu ne vas quand même pas prendre sa défense ? s'écria-t-il avec consternation.

Il accéléra, et je me retrouvai plaquée contre le siège, m'agrippant comme je le pouvais. Gregory maugréait dans sa barbe.

— On va appeler Blake, répéta-t-il.

— Je t'en supplie, ne dis rien à Andrew… J'ai encore des doutes, et aucune preuve. S'il te plaît, Greg. S'il te plaît… Laisse-moi quelques jours. Tu as été flic, tu sais que personne ne te suivra sur une simple intuition.

La voiture s'arrêta à un feu, et il me regarda, effrayé et inquiet. Je ravalai ma salive, espérant l'avoir convaincu de ne rien dire à Andrew. Il le fallait, au moins pour lui éviter un choc trop brutal.

— S'il te plaît, gémis-je de nouveau.

— Tu n'es quand même pas en train de me suggérer de te laisser faire ta propre enquête ?

— Gregory, je sais que je peux le faire…

— C'est ce que tu m'as dit pour le *Daily* ! s'énerva-t-il en frappant sur le volant. Kat, je te préviens, je ne te laisserai pas faire.

— Tu n'as pas le choix ! Montre-moi le début d'une preuve au sujet de Daniel !

— Je vais le faire parler ! assura-t-il.

— Comment ? Gregory, tu ne sais même pas de quoi il est capable… Il a trafiqué les pneus, il a agressé Meghan…

— Justement, je ne veux pas te faire courir de risques.

— Je ne crains rien ! Il ne sait pas qu'on le soupçonne… Je veux juste le faire parler.

Je lui jetai un regard en biais. Gregory soupira, avant d'écarquiller les yeux. Je n'aimais pas franchement mon idée, mais je savais que c'était la seule exploitable.

— C'est hors de question, Kat !

— Je peux le faire, Greg.

— Coucher avec lui signifie que je dois te laisser seule avec lui, et ça, c'est impossible !

— Je ne vais pas coucher avec lui… Juste… lui faire croire que j'en ai envie !

— Jamais il ne te croira !

— Dans ce cas, tu vas devoir m'aider.

Gregory redémarra brutalement et fonça dans les rues quasi désertes de la ville. J'observai sa poitrine se soulever trop rapidement. Si j'avais eu des doutes sur ma capacité à le convaincre de mon histoire farfelue avec Daniel, je n'en avais plus aucun maintenant. Il me croyait et était décidé à me protéger encore plus qu'Andrew.

— Je te laisse jusqu'à la fin de la semaine, abdiqua-t-il finalement.

— Et tu ne dis rien à Andrew ? l'interrogeai-je.

— Je ne lui dirai rien… Mais s'il t'arrive la moindre chose, s'il touche à un de tes cheveux, je jure que je fais débarquer Blake lui-même ici pour qu'il te botte les fesses. Je suis clair ?

J'opinai, souriant largement à la menace de Gregory. J'étais à peu près certaine que, même si Andrew voulait me botter les fesses, il ne le laisserait pas faire.

— Tu me couvres ? demandai-je à Gregory.

— Toujours, ma belle. Toujours, toi et ton appétissant derrière ! répondit-il avec un clin d'œil.

— Je vais devoir… m'éloigner d'Andrew.

— Il ne va pas aimer.

— Je sais. Mais je n'ai pas le choix.

Je regardai les rues défiler à travers la vitre. Pour confondre Daniel, je devais redevenir proche de lui. Et pour redevenir proche de lui, je devais couper les ponts avec Andrew. Etre seule, sans lui… Faire croire à une rupture définitive.

Une fois chez Gregory, je me sentis mieux. Plus légère, parce que je ne portais plus cette histoire toute seule. Mon ami me servit un verre d'eau et me prépara la chambre des invités. Assise sur le canapé, je fixai mon téléphone, m'interrogeant sur ma capacité à cacher la vérité à Andrew.

— Veux-tu que je le prévienne ? demanda Gregory en s'installant près de moi.

— Dis-lui que je suis chez moi… Pour le moment, je dois éviter de lui parler.

— Tu es sûre de toi ?

— Oui, mentis-je.

Gregory s'éclipsa dans la pièce à côté et j'entendis vaguement des bribes de leur conversation. Il assurait à Andrew que j'allais bien et qu'il veillait sur moi. Techniquement, ce n'était pas un vrai mensonge, mais j'étais certaine que d'ici à quelques heures Andrew chercherait une explication à mon silence.

Quand Gregory réapparut, il me tendit une enveloppe. Je la fixai, sans comprendre.

— La boîte du Peninsula, expliqua-t-il.

L'inconnu… Enfin, Andrew. Encore une chose à laquelle je devrais renoncer. Je ne pouvais pas imaginer m'écarter d'Andrew, tout en demeurant en contact avec lui, par ces lettres. Ma schizophrénie avait ses limites. Mettre de la distance entre Andrew et moi passait aussi par l'arrêt de ces lettres.

Je me rendis compte alors que je plongeais dans une des rares choses qu'Andrew ne pardonnait pas : le mensonge. Même en songeant que je faisais ça pour son bien et pour nous assurer un avenir exempt de nouvelles menaces, je doutais qu'il comprenne mes motivations.

Au mieux, il me pardonnerait et, très probablement, me reprocherait mon imprudence et mon entêtement.

Au pire, il m'en voudrait et je ruinerais notre relation.

Mais c'était un risque à prendre. Je mis l'enveloppe dans mon sac et me couchai dans un état nauséeux et le cœur en miettes. Je regrettais presque de ne pas être restée à San Francisco. Etre dans ses bras aurait certainement été apaisant.

*
* *

A mon réveil, le premier message d'Andrew arriva :

Ta voix m'a manqué hier soir… Et pas que ta voix. Appelle-moi. A.

Il s'inquiétait déjà. J'effaçai le message, ainsi que tous les autres qu'Andrew m'avait envoyés. Ma couverture avec Daniel devait être irréprochable. Le convaincre de mon potentiel retour de flamme n'allait pas être évident et, connaissant maintenant sa rage contre Andrew, je devais m'assurer d'être une petite amie exemplaire.

Après avoir pris une douche, je me changeai. Il me faudrait faire un passage chez moi pour garnir ma garde-robe… Pour l'instant, je n'avais que le sac que j'avais fait pour San Francisco. En sortant mon jean, la lettre d'Andrew tomba. Je la fixai de longues secondes, avant de me décider à l'ouvrir.

Prendre du recul, mettre de la distance… Le protéger.

« Chère Marie,

Plus d'une semaine sans nouvelles de votre part. Je m'inquiète. Vous qui, habituellement, me répondez si rapidement… J'ai relu votre dernière lettre, et je sais que cet homme vous a fait du mal. Mais je sais que vous êtes forte et d'une incroyable détermination. J'ai envie de croire que si vous ne m'écrivez pas, c'est justement parce que vous êtes avec lui…

Et rien que pour ça, je vous envie. Ma vie a retrouvé de sa sérénité. Parce qu'elle est là, quelque part chez moi, à me préparer le dîner pendant que je vous écris. Encore une fois, vous aviez raison, lui parler était la seule chose raisonnable à faire. Nous l'avons fait, j'ai écouté ses arguments, elle a compris les miens. Maintenant, nous tentons de faire fonctionner tout ça…

N'est-ce pas ce qui est le plus difficile finalement ? Les relations humaines sont à la fois fortes et fragiles. Une source de confiance et, en même temps, un tourbillon de doutes. Je ne sais pas si je réussirai un jour à lui rendre ce qu'elle me donne. Et je ne sais pas si je réussirai un jour à vous rendre tout ce que vous me donnez.

Je vous ai déjà dit que vous étiez importante pour moi… Je crois que je suis loin du compte. Cet homme ne mesure pas la chance qu'il a de vous avoir dans sa vie. Mais, j'aimerais, malgré tout, que notre relation ne s'éteigne pas. Egoïstement, je dois dire que j'ai besoin de vous dans ma vie… comme j'ai besoin d'elle.

Et vous lire me manque. Ne me forcez pas à lancer des recherches dans tout New York, à vous supplier de me répondre. Parce que je peux le faire… J'ai une nette tendance au harcèlement, figurez-vous.

A moins que vous ne soyez en train de me fuir… Notre relation dépasse même le terme de « relation ». Nous sommes amis, je présume ? Proches du moins. Et plus je vous écris, plus j'ai la sensation étrange que le hasard ne vous a pas mise sur ma route pour rien. Il y a une forme de connexion inexplicable et magique qui se crée quelque part entre vous et moi chaque fois que je lis une de vos lettres.

J'espère que vous la ressentez vous aussi.

Répondez-moi.

Je vous embrasse

Votre inconnu. »

Je tremblais en relisant ses mots. Je me rassis sur le lit, épluchant les possibilités qui m'étaient offertes. La tête entre mes mains, je pris conscience à quel point ces lettres avaient été trop loin. Trop fortes, trop puissantes. J'avais, moi aussi, eu besoin de l'inconnu pour reprendre pied. Mais maintenant que je savais qui il était, je sentais mon cœur se serrer encore plus fort. Ce tressautement si particulier que j'avais ressenti à chacune des lettres, ce même tressautement avec Andrew.

J'étais amoureuse d'Andrew. De ses excès, de son arrogance, de sa façon de me faire rire.

Et j'étais amoureuse de l'inconnu. De sa fragilité, de son manque de confiance, de sa façon de parler de la femme qu'il aimait.

— Tu peux encore changer d'avis, fit la grosse voix de Gregory devant moi.

Je relevai les yeux vers lui. Il était adossé au chambranle de la porte, les bras croisés sur ses pectoraux. Il y avait de l'urgence et de l'inquiétude dans son regard. Je repliai la lettre, me promettant de faire une réponse dans la matinée.

— Non. Ça ira, assurai-je. Je dois voir Lynne dans l'après-midi, j'en profiterai pour tenter de parler à Daniel.

— Comment comptes-tu aborder la chose ?

— Je ne sais pas trop… Il était inquiet de ma relation avec Andrew. Je vais sûrement commencer par ça.

— Très bien. Je resterai dans le coin pour te surveiller.

— Me surveiller ou me protéger ? ironisai-je avec un léger sourire.

— Te surveiller ! Je te connais, Kat, quand tu as une idée dans le crâne…

Il me sourit largement et je me sentis mieux après quelques instants. Gregory me protégerait. Je risquai un sourire confiant et il hocha la tête avant de décoller son corps du mur.

— Je vais au Peninsula. Fais comme chez toi.

J'entendis Gregory me souhaiter une bonne journée, puis

la porte claqua. Je pris ma lettre et me dirigeai vers le salon. Après quelques minutes de fouille, je trouvai une feuille blanche. Je m'installai, fixant le papier vierge devant moi. J'avais écrit toutes ces lettres avec une incroyable facilité, et là, assise dans le salon, j'hésitai.

Ignorer Andrew, ses appels, ses messages… Tout cela était simple. Il me suffisait de couper mon portable, de vivre chez Gregory.

Ignorer Andrew et ses lettres superbes que je n'avais aucun moyen d'éviter réellement allait être plus compliqué. En rompant cette correspondance, la sensation de trahison n'était que plus forte. J'allais briser sa confiance, briser notre lien…

« Cher inconnu,

Pardonnez mon silence. J'avais juste besoin de faire le point sur ma vie et sur cet homme.

Je suis heureuse pour vous. Heureuse de voir que votre vie semble enfin complète. Votre lettre respire le bonheur et, croyez-moi, je vous envie pour ça. Je suis, pour l'instant, dans une sorte d'équilibre précaire.

Je ne sais plus trop où j'en suis, ou même qui je dois croire. Nos passés respectifs, à cet homme et à moi, sont encore trop présents dans nos vies. Peut-être avons-nous été trop vite, peut-être avons-nous tenté de croire que tout irait pour le mieux. Pour le moment, j'ai l'impression de vivre dans une illusion un peu trop parfaite, et cela me met mal à l'aise.

Et puis il y a vous… Toutes vos lettres, toutes mes confessions, tous vos tourments. J'avoue que vous avez sûrement pris une place plus grande que je ne l'imaginais. J'aime notre relation… J'aime vous connaître si intimement et qu'en retour vous vous inquiétiez pour moi. Mais les lignes sont brouillées.

J'ai toujours cru que notre échange serait… facile,

évident et sans conséquences. Aujourd'hui, vous me parlez de connexion, de magie, et je m'aperçois que les choses sont allées trop loin. Je voulais simplement vous aider. Je crains que vous ne me donniez un rôle trop important. Je n'ai fait que vous dire quoi faire ou quoi dire. Et même sans moi, je sais que vous y seriez parvenu.

Votre annonce parlait d'une belle âme. Vous en êtes une, mais je doute d'être à la hauteur de vos prétentions.

Pour le moment, j'ai besoin de recul, besoin de mettre de la distance, besoin de faire le tri.

Vous pouvez interpréter tout cela comme une fuite. Ça l'est sûrement et cela me fait du mal... Une preuve de plus que mon attachement pour vous est bien trop fort.

Vivez votre vie, je vivrai la mienne... Il n'y a pas de magie dans tout ça, pas de connexion, pas de chimie. Rien de tout cela n'existe. Il y a juste une New-Yorkaise qui a écrit à un inconnu. Aussi je crois qu'il est temps pour nous deux de passer à autre chose, de classer avec bonheur et nostalgie cette correspondance.

Je vous souhaite le meilleur et vous embrasse chaleureusement.

Marie. »

Je relus ma lettre rapidement, ravalant la boule d'émotion qui se formait dans ma gorge. Je devais être forte et tenir mes résolutions. Je la repliai, avant de fouiller dans le bureau de Gregory, à la recherche d'une enveloppe. Quand enfin je la trouvai, j'y mis la lettre et la glissai dans mon sac.

La fin de la matinée s'écoula lentement, et je reçus de nouveau un message d'Andrew :

Je commence à m'inquiéter. Rappelle-moi. A.

Je l'effaçai, comme pour le premier, et décidai de quitter l'appartement. Je postai ma lettre devant le Peninsula, avant de rejoindre Lynne dans son bureau. Le téléphone vissé à l'oreille, elle fit un geste pour m'inviter à m'asseoir. Elle calait les dernières informations pour un groupe de touristes fortunés. Quand, finalement, elle raccrocha, je me forçai à arborer le visage le plus ravagé possible. Ce qui, finalement, ne fut pas très compliqué, il me suffisait de repenser à ma séparation courte mais douloureuse d'avec Andrew, et à ce que j'étais en train de provoquer.

— Comment vas-tu ? me demanda Lynne.

— Je pense que c'est plutôt à moi de te poser la question… Le mariage approche et…

— Tu sais ce que je veux dire, Kat. J'ai cherché à te joindre tout le week-end.

— Oh… J'avais besoin de faire le vide, mentis-je avec une étonnante facilité.

— Andrew encore ?

— Encore, oui.

Je soupirai lourdement, espérant que Lynne ne détecterait rien de ma mise en scène. J'aurais préféré la mettre dans la confidence, mais garder le secret, même envers elle, était la chose la plus sûre à faire. Je ne tenais pas à me perdre, en jonglant avec mes mensonges et mes semi-vérités. Mentir à tout le monde était le seul moyen de ne pas me trahir.

Lynne me fixa, puis contourna le bureau pour s'asseoir près de moi. Elle prit ma main, dans un geste affectueux, presque maternel, et la serra dans la sienne.

— Je suis désolée, Kat, murmura-t-elle. Je sais à quel point tu étais éprise de lui.

— Je le suis toujours, Lynne. Rien n'a changé.

— Rien, sauf lui, contra-t-elle. J'aurais préféré me tromper sur ses intentions.

— J'aurais préféré aussi. Désormais, le mal est fait. Tu

avais raison, ce n'était pas… une histoire saine, hésitai-je. Mais j'ai décidé d'aller de l'avant. Et, pour ça, je vais avoir besoin d'une lettre de recommandation, si cela ne te dérange pas.

— Aucun problème. Je suis contente que tu envisages les choses ainsi.

Elle me libéra et reprit sa place derrière son bureau. Sous un amas de feuilles, son téléphone se mit à vibrer et elle me jeta un bref coup d'œil avant de prendre l'appareil. Je me sentis bouillonner, partagée entre le ressentiment et l'incrédulité. J'avais toujours cru que Lynne me soutiendrait, quoi qu'il advienne avec Andrew.

— Ne t'en fais pas pour ça, la rassurai-je. Ce n'est pas parce que ça n'a pas fonctionné avec Andrew que tu dois… cesser de parler avec Nathan.

— C'est un ami, se défendit-elle.

Elle lut le message et un sourire franc s'étira sur ses lèvres. Elle répondit rapidement, ses doigts tapotant sur son clavier avec une rapidité extrême. Je soufflai doucement, songeant que Lynne était vraiment aveugle. Elle me réconfortait pour un chagrin d'amour imaginaire, alors qu'elle se perdait dans ses propres sentiments.

— C'est toi qui avais raison, lâchai-je alors qu'elle notait ma requête sur son bloc-notes.

— A quel sujet ?

— Les relations amoureuses… Philip, Nathan, Andrew…

— La sécurité, Kat. Une relation longue, réfléchie et sérieuse avec un homme que tu apprends à connaître, il n'y a pas de secret.

Je souris intérieurement. Au « longue, réfléchie et sérieuse », je préférais, de loin, le brin de folie et la passion qui m'animaient quand j'étais avec Andrew. Mon ventre se tordit un peu et je me sentis blêmir : il ne fallait surtout pas que je pense à lui alors que j'étais en train de trahir notre relation. Le sentiment de colère reprit aussitôt le dessus. Je serrai les accoudoirs à m'en faire mal, cherchant à reprendre le contrôle de mes émotions.

— C'est certain, soufflai-je avec crispation. La prochaine fois, je m'attaquerai à un homme à ma portée.

— Tout à fait ! Andrew Blake t'a fait suffisamment de mal. Tu as raison de ne pas te morfondre pour lui.

— Je l'aime toujours, Lynne, ripostai-je, sur la défensive.

— Vois quelqu'un d'autre. Il faut que tu sortes, que tu l'oublies. Tu sais ce qu'on dit : un de perdu…

— Pitié, Lynne, gémis-je en attrapant un magazine professionnel sur la table.

Cachée derrière ma revue dont je tournais un peu trop rapidement les pages, je tentai surtout de camoufler ma nervosité et mes mensonges.

— Allez, tu es jolie comme tout, et en plus, loin d'être stupide… Tu veux que j'organise un dîner ?

— Lynne, je ne suis pas à la recherche d'un homme, grognai-je.

— Qui parle d'un homme ? Je parle d'un cavalier pour le mariage !

— Lynne, s'il te plaît… C'est trop tôt.

— Kat, j'ai vu dans quel état il te mettait. Toute cette excitation… Il t'a même changée, tu n'étais plus la même.

Un peu surprise par son aveu, je relâchai le magazine, le calant sur mes genoux, et croisai les bras sur ma poitrine. De toute évidence, une pointe d'amertume persistante flottait entre elle et moi. Elle m'en voulait, mais je ne savais pas si c'était à cause de ma relation avec Andrew, ou à cause de sa non-relation avec Nathan.

— Est-ce que tu m'en veux ? demandai-je finalement en ravalant ma rage.

— Tu as été… difficile dernièrement. On ne pouvait même plus te parler sans que…

— Sans que quoi, Lynne ?

— Sans que tu t'énerves comme tu es en train de le faire actuellement, me coupa-t-elle avec une sombre énergie.

J'étouffai un rire sarcastique, avant de la toiser. En temps normal, je l'aurais envoyée balader, elle et sa bonne conscience de femme prochainement mariée.

— Crois-moi, c'est une bonne chose que ta relation avec Andrew n'ait pas évolué.

— Quelle incroyable sincérité, sifflai-je de plus en plus touchée par ses remarques.

— Kat, ce que je veux dire, c'est qu'il t'attirait dans son monde. Tu devenais comme lui, arrogante et… sèche. Ce n'est pas la Kat que je connais.

— La Lynne que je connais n'aurait jamais jugé ma relation avec un homme, rétorquai-je, glaciale.

Elle recentra son attention sur l'écran de son ordinateur, laissant un silence pénible et lourd s'installer entre nous. Le corps tendu, je me retins d'exploser devant elle. A ses yeux, je devais être la victime d'Andrew.

— Tu as sans doute raison, acquiesçai-je finalement dans un nouveau mensonge.

Elle me fit un sourire, alors que je sentais les larmes sur le point de déborder de mes yeux. Comment osait-elle ? Je devais être là, à écouter ses inepties, à l'entendre dénigrer ma relation avec Andrew, sans rien dire… J'étais devant une des conséquences imprévues et douloureuses de mon mensonge : la franchise désarmante et brutale de Lynne.

Mais j'encaissais, parce que je savais qu'elle n'était pas elle-même. Philip, petit à petit, avait mené son œuvre à bien, transformant Lynne en jeune femme sans cœur.

— Trouve-toi un homme de confiance et dont l'humeur ne fluctue pas en fonction des cours de la Bourse !

— Bonne idée ! Se contenter de ce qui est abordable, soulignai-je.

Lynne pivota vers moi, mais ne nota pas le sarcasme dans ma voix. Je lui fis un sourire et, soudain, ses yeux s'illuminèrent.

— Je pense que tu devrais inviter Daniel pour le mariage, proposa-t-elle avec une logique foudroyante.

— Daniel ? m'étonnai-je.

— Ce type se pâme d'amour pour toi, alors effectivement, il n'est peut-être pas en mesure de t'offrir une robe de créateur, mais bon…

— … C'est mieux que rien, finis-je pour elle.

— Mieux que rien et, en plus, il ne te tournera pas le dos comme Blake l'a fait.

De nouveau, l'esprit ultrapragmatique de Lynne m'effraya. Tout n'était que logique mathématique et calculée chez elle. Il me fallait un cavalier, elle pensait à Daniel. Il me fallait un homme sûr, elle pensait à Daniel. J'avais la sensation désagréable d'être son pâle reflet, elle me poussait à reproduire ses erreurs.

Mais je ne pouvais m'empêcher de penser qu'inviter Daniel au mariage était, après tout, une bonne idée, une bonne façon de renouer le lien avec lui. Evidemment, il me faudrait éviter tout contact un peu trop chaleureux : ce qu'il avait tenté de faire à Andrew était trop horrible pour que je lui laisse la possibilité de me toucher.

— Le dîner de répétition sera donné vendredi soir, peut-être peux-tu lui en parler ? L'essayage de la robe n'est pas prévu avant une bonne heure, tu as le temps.

— Lynne, je ne sais pas trop… Ça semble… Enfin, il risque de prendre tout ça comme…

— … une roue de secours ? tenta-t-elle.

— C'est un peu ça, oui.

— Kat, j'ai été une roue de secours avec Philip. Et regarde où j'en suis ? Tu devrais tenter ta chance avec Daniel. Au pire, il te dira non, mais quelque chose me dit qu'il ferait n'importe quoi pour te récupérer.

Comme tuer le mari de la femme qu'il aimait ?

Comme changer les pneus de sa voiture pour faire croire à un accident ?

Comme sortir avec moi dans le but, sans doute, de se venger de lui ?

Je secouai la tête et repris mon rôle avec autant de conviction que possible.

— Je vais aller lui parler, promis-je en me relevant de ma chaise.

— Parfait. Je te rejoins dans trente minutes et on ira à la boutique.

Je sortis du bureau de Lynne, laminée. Quand elle pensait qu'Andrew avait eu une mauvaise influence sur moi, moi je pensais plutôt que c'était le caractère de Philip — ultra-déterminé et manipulateur — qui transpirait d'elle. En très peu de temps, elle avait réussi à me faire douter de ma relation avec Andrew — doutes vite effacés, mais tout de même — puis à me faire inviter un autre homme, Daniel.

Je me retrouvai dans le hall, m'interrogeant sur le bien-fondé de mon action. Je frissonnai en songeant à ses mains qu'il avait posées sur moi, et à cet aspect dominateur et revanchard qui le caractérisait. Sam, à son pupitre, discutait avec Gregory. Ce dernier me suivit du regard, et, quand il comprit que je me dirigeais vers le bar, s'excusa auprès de Sam et m'emboîta le pas.

— Je vais aller lui parler, confiai-je à Gregory.

— Très bien. Je vais m'installer derrière. Au moindre geste de travers, je débarque.

— Tout ira bien, assurai-je.

Gregory prit un journal mis à disposition pour le lire et le feuilleta. Je fus un peu rassurée par sa présence et, légèrement tremblante, je m'installai au bar. Daniel servait un client, lui souriant largement. Quand finalement ses yeux se dirigèrent vers moi, son sourire s'effaça et son visage s'assombrit.

Il vint vers moi, le pas lourd. Il faisait visiblement un effort pour venir à ma rencontre.

— Bonjour, lançai-je, un peu timide.

— Kat, me salua-t-il. Veux-tu boire quelque chose ?

— Je veux bien une eau pétillante, avec un peu de citron, s'il te plaît.

Il me servit rapidement, et je plaçai mes mains autour de mon verre. Daniel se désintéressa de moi aussitôt et se mit à essuyer quelques verres, et à les ranger méticuleusement.

— Vas-tu m'ignorer jusqu'à la fin des temps ? tentai-je alors qu'il s'éloignait de moi.

— Je ne t'ignore pas, je travaille.

Et comme pour asseoir ses propos, il sortit une bouteille de vin et la déboucha devant moi. J'essayai de capter son regard, mais Daniel m'évitait complètement. Je décidai alors de jouer le jeu, et d'aller dans son sens.

— Tu avais raison pour Blake, murmurai-je avec une tristesse feinte.

Il releva les yeux vers moi, me fixa, puis je détectai l'ombre d'un sourire.

— Ecoute, Dan… Je sais que notre histoire n'a pas été simple…

— Elle était simple. Tu as choisi de la rendre compliquée, lâcha-t-il, amer. Enfin, disons qu'*il* a choisi… Peu de gens résistent à l'argent facile.

J'ouvris la bouche, prête à riposter, avant de me souvenir de mon objectif. Braquer Daniel maintenant était synonyme d'échec. Il me lança un regard, évaluant un potentiel rejet ou une nouvelle rebuffade de ma part.

— J'ai dû me laisser… éblouir, acquiesçai-je, le cœur au bord des lèvres.

— Tu sais maintenant l'effet que ça fait d'être piétinée.

Je soupirai lourdement. Les attaques de Lynne, froides et pernicieuses, avaient rongé une partie de ma résistance. Je savais que celles de Daniel ne feraient que la ruiner complètement. De nouveau, je décidai de jouer profil bas, et me levai de mon tabouret pour m'installer face à lui. Je sentis le regard de Gregory derrière moi, et cette protection invisible me rassura.

— Daniel, j'admets avoir fait une erreur avec lui. Est-ce que ma relation avec lui signifie que nous ne devons plus être amis ?

— Ta relation ou ton ancienne relation ? demanda-t-il, soupçonneux.

— Ancienne relation… Ne joue pas sur les mots !

— Avouer que tu as eu tort ne changera pas grand-chose.

— J'espérais que tu me laisserais une chance de me racheter.

De nouveau, il me fixa, le regard sombre et visiblement perdu. Assise devant lui, j'avais la sensation de nager à contre-courant, de me battre pour rien, si ce n'est pour être entraînée encore plus dans les profondeurs. Mais très vite, Daniel reprit sa tâche, lustrant le bar déjà propre.

— Je ne crois pas que ce soit une bonne idée, murmura-t-il, les mâchoires serrées.

— Pourquoi ? gémis-je.

— Dès qu'il va revenir, le cirque reprendra.

— Je veux juste…

— … Etre mon amie, j'ai compris, Kat.

Je me mordis la lèvre, cherchant à gagner sa confiance. Je fouillai dans ma mémoire, tentant de retrouver des bribes de souvenirs heureux avec Daniel. Mais il me semblait qu'Andrew, flamboyant et ultraconfiant, avait tout effacé sur son passage. Comme si ma vie, avant lui, n'avait pas existé.

— Je sais que je t'ai blessé, repris-je après un court silence.

— Quel heureux euphémisme, railla-t-il.

— Daniel, s'il te plaît… On a partagé des instants sympas, lançai-je en priant pour qu'il ne me demande pas d'exemples précis.

— Avant qu'il apparaisse, oui.

— Je comprends que tu sois fâché contre moi, mais pourquoi contre lui ?

— Parce qu'il t'a eue, rétorqua-t-il quasiment immédiatement avec une rage renouvelée.

Je frissonnai, pensant furtivement à la photo d'Eleanor et lui. Il avait toujours cette colère folle et froide en lui. Je soutins son regard, avant d'intercepter sa main et d'effleurer ses doigts.

— Et il ne m'a plus, soufflai-je. Je voudrais juste… une chance, Dan.

— Pour être amis ? Non, merci, Kat.

— On peut être… amis pour commencer.

Il retira sa main, et son regard changea. De la colère, il passa à la stupéfaction. De nouveau, le visage d'Eleanor se dessina dans mon esprit. Daniel avait un tempérament protecteur. Si je menais ma barque correctement, si je parvenais à jouer le rôle de la victime d'Andrew, peut-être parviendrais-je à le toucher.

— Que cherches-tu à faire, Kat ?

— Juste à recoller les morceaux. Je me suis trompée au sujet de Blake, et, quelque part, tu avais raison.

— A quel sujet ?

— Je n'étais pas si heureuse, mentis-je.

— Est-ce censé me surprendre ? railla-t-il. Ce type se sert des gens autour de lui.

— Bien, j'admets… Peut-être que j'ai juste été un amusement pour lui. Ça ne fait pas de moi une garce, me défendis-je, un peu agacée. J'ai juste été… faible.

— Comment aurais-tu pu résister de toute façon ?

Il étouffa de nouveau un rire et secoua la tête. L'amertume et la colère depuis la mort d'Eleanor ne devaient pas l'avoir quitté une seule seconde.

— Tout le monde fait des erreurs, repris-je.

— Andrew Blake est plus qu'une erreur, renchérit Daniel avec fiel.

Je sentis mon corps se crisper. Je savais que j'étais en train d'atteindre mes limites, que ce que j'encaissais depuis tout à l'heure au sujet de ma relation avec Andrew était trop violent. Les jugements, les critiques, les interprétations à son sujet montraient à quel point les gens se fiaient à l'image médiatique et lointaine qu'il affichait. Andrew n'était pas comme ça. Sa prévenance extrême avait même failli sonner le glas de notre histoire.

— Il est… particulier, approuvai-je dans un nouveau mensonge. Du genre… maniaque.

— On l'excuse parce qu'il a du pouvoir, rétorqua Daniel, mauvais.

— Pas moi. Je n'apprécie pas qu'on me marche sur les pieds.

— Libre et indépendante ? Il n'a pas dû apprécier !

— C'est le moins qu'on puisse dire !

Cette fois, le rire de Daniel fut normal, presque joyeux. Il riait de cette bonne blague frauduleuse. Je riais aussi, songeant que je ne m'étais jamais sentie aussi libre qu'avec Andrew à mes côtés. Daniel me fixa, toujours une pointe de soupçon dans le regard.

— Et tu t'en es aperçue… comme ça ? me demanda-t-il. Parce que la dernière fois que nous avons discuté, c'était quasiment ton dieu personnel.

Et il l'est toujours, pensai-je. Le seul homme que je cherche à protéger plus que moi-même.

— La période d'euphorie est vite retombée.

— Aussi vite gagnée, aussi vite abandonnée ?

— Je suis une femme, Dan… Peut-être que j'ai vraiment besoin qu'on se soucie de moi.

— Oh… tu ne veux donc pas être un simple accessoire et qu'on t'exhibe.

— Dan, s'il te plaît, gémis-je. Je n'attends pas de toi que tu remues le couteau dans la plaie.

— Effectivement... Qu'attends-tu alors de moi, Kat ?

Je me tortillai sur mon tabouret, cherchant les arguments clés qui le feraient flancher. La victimisation n'avait pas si bien fonctionné, et Daniel, déjà échaudé par sa relation avec Eleanor, n'allait sûrement pas accepter de jouer le rôle de second choix.

— Peut-être pouvons-nous êtres amis, et voir où les choses nous mènent.

— Kat, je ne veux pas être ton ami. Je n'ai jamais voulu l'être. Je ne veux pas être l'épaule sur laquelle tu viens pleurer quand ça t'arrange.

— Ce n'est pas comme ça que je voyais les choses.

Je reposai ma main sur la sienne, la pressant pour gagner un peu de sa confiance. Cette fois, il ne la retira pas. Encouragée par cette première minuscule victoire, je lui offris un sourire heureux, tentant de décontracter mon corps crispé.

Derrière moi, j'entendis Gregory tousser doucement. Je retirai alors ma main, tandis que Daniel, ignorant mon garde du corps improvisé, me fixait.

— Alors ? murmurai-je. Qu'est-ce que tu en penses ?

— Je ne sais pas, Kat. Les choses ne sont pas si simples.

— Je sais... Je sais que tu as déjà vécu ça, ajoutai-je avant de me rendre compte de la portée de mes mots.

Devant moi, Daniel se tendit et je cherchai un moyen de me reprendre. Son regard s'assombrit et il me tourna le dos pour s'intéresser aux verres devant lui.

— C'est ce que Jodie m'a dit, précisai-je précipitamment.

— Jodie devrait la fermer, grogna-t-il. Elle t'a dit quoi au juste ?

— Juste ça... Que tu sortais d'une histoire difficile.

— Ça a été plutôt compliqué, admit-il en se tournant de nouveau vers moi.

— Est-ce que tu veux en parler ? proposai-je pleine d'espoir.

— Non. Tu ne comprendrais pas.

— Tu ne me fais plus confiance alors ?

— Pas ici.

Il désigna le décor autour de lui, et le souvenir de ma première soirée, dans ce même bar, avec Andrew, me revint. Ce soir-là, Daniel avait été le spectateur impuissant du début de notre relation. Et même si à l'époque je tentais de faire croire à tout le monde qu'Andrew Blake ne m'attirait pas, j'étais déjà conquise.

— Dans ce cas, que dirais-tu d'aller dîner quelque part ? Je voudrais juste faire en sorte de mériter un peu de ta confiance. Andrew et moi, c'est terminé, je t'assure !

— J'ai du mal à y croire.

— Ce type, c'est juste un mythe. Il n'a rien de réel.

Daniel me fixa étrangement, comme si je venais d'avouer un crime atroce. Je soutins son regard, espérant qu'il ne détecterait toujours pas la tension dans mes membres.

— J'avais peur qu'il te détruise, lâcha-t-il finalement. Il ne se préoccupe pas des sentiments des autres.

— Je l'ai constaté, dis-je en me forçant à penser à ma rupture nocturne avec Andrew.

Cette effroyable facilité qu'il avait eue à me quitter, même si je savais maintenant que ce n'était que factice, m'avait terrifiée. Il était tellement sûr de lui, tellement Andrew Blake magnat de la presse et homme de pouvoir…

— Et maintenant, si tu le croises ici, il va t'ignorer, continua Daniel.

— Je ne travaille plus ici.

Sa résistance semblait se fendiller devant mes yeux. Ses premiers sourires, rares et furtifs, laissaient maintenant place à des sourires plus larges et francs.

— Un dîner alors ? s'enquit-il.

— Un dîner.

— Chez toi ?

— Un restaurant plutôt ? Je viens de déménager, et mon appartement est dans un état apocalyptique !

— D'accord.

Je soufflai lourdement, sentant mes muscles se détendre progressivement. Il avait avalé sans sourciller mon excuse pour dîner à l'extérieur. Hormis le fait que je ne voulais pas qu'il mette le pied chez moi, je souhaitais aussi et avant tout être en public pour éviter tout débordement.

— Tu me rejoins ici ?

— Plutôt au restaurant. 20 heures, ça te va ? m'assurai-je en descendant de mon tabouret. Je t'enverrai l'adresse dans l'après-midi.

Il acquiesça. Mon corps engourdi et crispé depuis vingt minutes se rappela à moi, et je grimaçai en sentant une crampe désagréable se propager dans ma jambe.

— Tu es prête ? fit la voix de Lynne derrière moi.

— Oui, j'arrive.

Mon téléphone vibra dans ma poche et je le sortis précipitamment. Du coin de l'œil, je vis Daniel froncer les sourcils. A l'apparition du prénom d'Andrew, je coupai la sonnerie et déviai l'appel vers ma messagerie.

— C'est mon père, m'excusai-je, faussement exaspérée. Il stresse pour le mariage, ajoutai-je pour Lynne qui m'observait bizarrement elle aussi.

— Il a juste à marcher, dit-elle.

— Je sais… Mais lui, son truc, c'est plutôt de pourchasser les méchants !

— Eh bien, ça lui fera des vacances, sourit-elle. Il faut qu'on y aille, reprit-elle en regardant sa montre.

— A tout à l'heure, Dan !

— A plus tard, Kat.

Lynne et moi sortîmes du bar, et mon amie me donna un violent coup de coude dans les côtes avec un air entendu.

— Je t'avais dit qu'il était toujours mordu.

Mon portable vibra de nouveau. Cette fois, je l'ignorai complètement, tandis que mon cœur tambourinait dans ma poitrine.

Chapitre 3

Les essayages de la robe de Lynne ressemblaient plus à une corvée qu'à un moment de plaisir partagé entre filles. J'aurais aimé croire que Lynne était heureuse, mais je doutais même du fait qu'elle était amoureuse. La façon même dont Philip l'avait demandée en mariage — un soir, comme un autre, juste après être rentré du travail — était assez révélatrice de l'importance qu'il donnait à leur relation. Toutefois, dans l'intérêt de Lynne, j'optai pour une conversation diplomate :

— Comment va Philip ? demandai-je pendant que Lynne se tenait immobile sur l'estrade devant moi.

— Bien.

— Seulement bien ? répétai-je un peu surprise.

— Comment veux-tu qu'il aille ?

— Je ne sais pas. D'habitude, tu es plus prolixe !

Elle me jeta un regard et souffla lourdement. Son regard me sembla moins heureux brutalement, presque perdu.

— Qu'y a-t-il, Lynne ?

— Tu n'as jamais eu cette impression… comment dire… de ne pas faire pour le mieux ? Je veux faire pour le mieux, tu sais. Je voudrais que tout soit parfait et que les invités se disent : « C'était vraiment un superbe mariage. »

— Lynne, je suis certaine que ton mariage sera parfait.

Elle leva les yeux au ciel, visiblement irritée. Je réprimai un sourire, songeant que le travail de sape de Nathan avait peut-être enfin porté ses fruits. Elle doutait. Au-delà du fait que je considérais Lynne et Nathan comme une sorte de couple idéal, je voulais surtout qu'elle comprenne que Philip n'était pas pour elle.

— En quoi ne serait-il pas parfait ? m'enquis-je.

— Je ne devrais pas t'en parler, répondit-elle finalement.

Elle jeta un regard en direction de son sac, et finalement je compris. Elle attendait un signe, un appel, ou un message. Elle sembla reprendre ses esprits, répondant tranquillement à la couturière qui ajustait sa robe.

— Pourquoi tu ne veux pas m'en parler ?

— D'une part parce que tu risques une fois de plus de me dire des choses horribles…

— … Horribles, mais nécessaires, Lynne !

— Et d'autre part, parce que… Andrew et toi…

— O.K… J'admets, je ne suis pas une professionnelle de la relation amoureuse. Mais je peux être à l'écoute.

De nouveau, elle me lança un regard, comme si elle jaugeait ma capacité réelle à pouvoir l'écouter. J'avais la sensation étrange de garder les secrets de tout le monde, et cela devenait étouffant. Mais Lynne était mon amie, et je ne pouvais pas lui tourner le dos maintenant. Elle resta silencieuse, et sembla réfléchir sur le bien-fondé de cette conversation. Plusieurs fois, elle ouvrit la bouche, mais son hésitation prit le pas sur le reste, elle se mura dans le silence. Je haussai les épaules, refusant de me lancer dans un nouveau débat stérile. C'était à Lynne d'aborder le sujet.

Après un long silence, je compris qu'elle n'en dirait pas

plus, et me plongeai dans la lecture d'un magazine spécialisé dans le mariage. Soudain, le téléphone de Lynne sonna, et je la vis descendre de son pupitre et manquer de se briser la cheville pour se ruer sur son sac. J'abaissai mon magazine, l'observant se débattre avec le contenu de son sac, avant d'en sortir son téléphone.

Elle fixa l'écran, un éclat de rire s'échappant de sa gorge. Elle secoua la tête, répondant au message, avant de remettre le petit appareil dans son sac. Je lui lançai un regard, tandis qu'elle regagnait sa place, levant légèrement les bras pour ajuster la robe sur elle. Je fermai le magazine, attendant une explication de sa part.

— Je continue de lui parler, murmura-t-elle.

— Je vois ça !

— C'est… je ne sais pas, je n'arrive pas à m'en empêcher. Chaque soir, je me promets de cesser, mais… Je n'y arrive pas, Kat.

— Il faut peut-être être deux pour ce genre de décisions, proposai-je.

— C'est ce que je me suis dit. Donc, je lui ai demandé d'arrêter.

Un peu surprise, j'attendais la fin de l'explication de Lynne.

— Et il l'a fait. Sauf que je n'ai pas tenu.

— Tu es… droguée ? souris-je.

Mais Lynne ne répondit pas à mon sourire et, à la place, je vis les larmes perler à ses yeux.

— Je veux me marier, Kat… Je t'assure que j'aime Philip, mais… on ne peut pas aimer deux personnes en même temps.

Je fixai Lynne, son corps frêle perdu dans une robe de mariée hors de prix d'une taille monstrueuse. A l'image de ce mariage, cette robe, pourtant sublime, était en train de l'engloutir. Elle s'y perdait et, bientôt, notre amitié disparaîtrait à son tour.

— Lynne, n'attends pas de moi de te dire quoi faire. Tu connais mon avis sur le sujet.

— Je sais, je sais.

— Vous ne vous êtes pas revus depuis… le baiser ? murmurai-je.

— Non. Mais depuis ça, c'est comme si tout avait changé. Il m'a envoyé des fleurs, Kat. Sais-tu depuis combien de temps Philip ne m'a pas envoyé de fleurs ?

La jeune couturière s'excusa et Lynne en profita pour descendre de son estrade. Elle s'assit près de moi et, maintenant que j'avais son visage si près du mien, je voyais à quel point elle était tourmentée. Je pris sa main dans la mienne et l'encourageai à me parler. Je ne savais pas si Lynne aurait le courage d'aller au bout de sa réflexion. Nathan avait tellement attendu.

— Nathan connaît mon livre préféré, et peut-être même ce que j'aime manger le soir devant la télévision.

Elle étouffa un sanglot, mais les larmes coulèrent tout de même sur son visage.

— Que vas-tu faire alors ?

— Je ne sais pas.

Je libérai sa main, lasse de la voir se débattre. Alors que je me battais pour préserver ma relation avec Andrew — au risque de le perdre un peu plus à chaque minute qui passait —, Lynne saccageait la chance de bonheur qui lui était offerte.

— Tu m'en veux ? demanda-t-elle d'une petite voix.

— Pourquoi je t'en voudrais ?

— Eh bien, tu viens de rompre avec Andrew, et moi… je t'étale ma relation bizarre avec Nathan.

— Je ne t'en veux pas, Lynne, la rassurai-je en sortant mon portable de ma poche.

Trois nouveaux messages et deux fois plus d'appels en absence. Andrew, chaque fois. Je les effaçai rapidement, avant de couper définitivement mon portable. Près de vingt-quatre heures sans lui parler, et j'étais déjà dans un état de manque violent. La sensation toujours plus tenace que j'étais en train de détruire notre relation me taraudait.

— Tu penses que je devrais arrêter ?

— Je pense que tu ne peux pas jouer sur les deux tableaux éternellement. Je veux dire que… la franchise, l'honnêteté, dans un couple, c'est… la base, non ? Si tu constates que Nathan a pris plus d'importance que Philip, il faut que tu en parles. Avec les deux !

Avec ironie, je songeai à quel point mon discours était hypocrite. J'aurais dû parler à Andrew. Pour lui, pour moi, et pour notre histoire, il devait savoir.

Eleanor l'avait quitté, et rien que pour cette simple raison, il devait cesser de lui pardonner ses écarts. Il comprendrait, me répétai-je. Il comprendrait pourquoi je ne lui avais rien dit à San Francisco. Parce qu'à son image, parce qu'il avait déteint sur moi, je voulais le protéger du monde et conserver la bulle hermétique qui nous entourait quand nous étions ensemble.

Après cette conversation, Lynne reprit sa place sur le podium, mais je ne vis plus aucun sourire s'afficher sur ses lèvres. Je savais qu'elle réfléchissait tout en tripotant nerveusement le tissu de sa robe.

*
* *

Je passai le reste de l'après-midi à regarder ma montre, redoutant chacune des minutes qui s'égnenaient.

Pourtant, la présence de Gregory à mes côtés me rassurait. Evidemment, il avait râlé à propos de ma tenue. J'avais récupéré quelques affaires sur le chemin du retour à son appartement, notamment la robe que je portais lors de ma soirée au théâtre.

Une part de moi était ainsi avec Andrew, hantée par les souvenirs de notre première nuit ensemble.

En me maquillant dans la salle de bains de Gregory, je réfléchissais à ce que je devais faire. Faire parler Daniel n'allait pas être simple. Il était fermé et tellement secret sur son passé. Gregory était de plus en plus inquiet de mon comportement. Lui aussi avait dû mentir à Andrew, l'informant que j'avais perdu mon téléphone portable.

— Cette excuse ne fonctionnera pas longtemps, me prévint Gregory tout en m'aidant à enfiler ma veste.

— Je sais, soupirai-je.

— Je doute que ton plan fonctionne. Si ce que tu crois est vrai, il n'y a aucune raison qu'il craque maintenant.

— Je veux juste le mettre au pied du mur.

— Il niera, m'avertit Gregory.

— Je ne cherche pas à obtenir d'aveux… Je veux juste qu'il comprenne que son secret n'en est plus un.

— Aussi efficace que te coller une cible sur le front !

Je ne répondis pas, perdue dans mes souvenirs : Daniel, lors de nos étreintes, s'était montré brutal et dominateur. Je redoutais ce qu'il pouvait faire, acculé et au désespoir.

Il avait voulu tuer Andrew, et rien que pour ça, rien que pour y avoir pensé, il méritait d'être puni.

Gregory avait besoin de passer au Peninsula pour son rapport de sécurité habituel. Je décidai de l'attendre dans la voiture, verrouillée, dans le parking. Quand il réapparut, vingt bonnes minutes plus tard, son visage était livide et son front luisant. Je lui ouvris la portière de l'intérieur, inquiète de le voir si mal.

— C'est pour toi, lâcha-t-il en me lançant une petite boîte.

— C'est ouvert, constatai-je.

— Mesures de sécurité de l'hôtel. La plupart des colis sont ouverts.

En soupirant, je soulevai le carton. J'y trouvai un téléphone portable flambant neuf, ainsi qu'une note manuscrite d'Andrew :

« Tu sembles en avoir besoin. Appelle-moi, quand tu veux. Tu me manques. A. »

— Je t'avais dit que cette excuse ne fonctionnerait pas longtemps, lâcha Gregory, mécontent.

J'allumai le téléphone avec le code fourni par Andrew. Il l'avait judicieusement choisi pour sa symbolique : la date de notre première nuit ensemble.

A peine allumé, le téléphone carillonna entre mes mains. Je changeai les paramètres, optant pour le silence et la discrétion. Un message d'Andrew apparut aussitôt sur l'écran :

> Ta voix me manque. Tu me manques. Je ne supporte plus ce silence, appelle-moi. A.

Prise de remords, j'envisageai une courte seconde de le rassurer, de lui dire que tout allait bien. Mais j'avais l'impression de m'enfoncer encore plus dans un mensonge. Je n'allais pas bien, et comment aurais-je pu le rassurer quand j'étais au bord de la panique à l'idée de dîner avec un homme qui avait comploté pour le tuer ?

— Kat, il est vraiment à bout de nerfs. Je ne sais pas si j'ai bien fait de te suivre là-dedans, dit Gregory en nous conduisant vers le restaurant.

— Je ne sais pas non plus.

Je rangeai le téléphone d'Andrew dans mon sac à main, tout proche de celui qui avait prétendument disparu. Sur la route du restaurant, je m'efforçai d'oublier mes sentiments pour Andrew. Je faisais tout ça pour lui.

Daniel et moi devions dîner dans un restaurant fréquenté. Notre table donnait sur l'extérieur, et Greg devait rester à nous observer dans sa voiture. Il n'en était pas ravi, rappelant que les « planques » nocturnes étaient ce qui lui manquait le moins de sa carrière dans la police — les planques et les donuts trop gras.

J'arrivai dans le restaurant avec un peu d'avance. En regardant vers la rue, je distinguai la voiture sombre de Gregory garée juste en face. Je commandai un verre de vin, uniquement dans le but de me détendre, tandis que je tordais ma serviette entre mes mains.

Quand Daniel arriva finalement, je me crispai, totalement figée sur ma chaise.

— Bonsoir, Kat. Tu es très jolie, lança-t-il avant de m'embrasser sur la joue.

— Merci… Tu es très élégant, toi aussi, murmurai-je, hésitante.

— C'est pour toi.

Il me tendit une rose blanche, et en l'acceptant, je compris qu'il était en train de me tester. Je sentis la bile remonter dans ma gorge et la fulgurante envie de le gifler me saisit. La voix de Gregory, forte et inquiète, me revint à la mémoire : il sait pour les fleurs. Daniel me fixa, jaugeant certainement les effets de sa provocation. Je me savais pâle, car brusquement la tête me tourna.

— Mer… merci, balbutiai-je en me rasseyant, un peu titubante.

Hagarde et tremblante, je posai la fleur sur la table, là où je savais que Gregory la verrait.

— Est-ce que tout va bien ? s'inquiéta Daniel en s'asseyant face à moi.

— Je… Euh… oui. Disons que…

— Tu n'aimes pas les roses ?

— Si, si, approuvai-je précipitamment.

Le ton du dîner était donné. Daniel ne me laisserait aucune échappatoire, et si j'avais cru avoir un quelconque avantage sur lui, cela se révélait maintenant être une monumentale erreur.

Nous bûmes nos apéritifs respectifs, perdus dans la contemplation l'un de l'autre. Du moins, c'est ce que je tentais de lui faire croire. Je devais le faire parler, le faire exploser même, et je savais que le détonateur serait Andrew et notre relation. Par un heureux coup du sort, Daniel lança lui-même le sujet :

— Il t'offrait des roses, n'est-ce pas ? s'enquit-il en lorgnant sur la fleur posée sur la table.

— Je… Oui, avouai-je. C'était une forme de rituel, expliquai-je d'une voix neutre. Tu ne pouvais pas savoir !

— Non. C'est vrai, admit-il. C'est juste pénible d'arriver après lui.

— Tu étais là *avant* lui, le corrigeai-je.

Daniel releva les yeux vers moi, semblant méditer sur ce que je venais de dire. Comme un signe du destin, je sentis mon portable vibrer. Je me jetai sur mon sac, me fustigeant de ne pas avoir songé à le couper.

Andrew. Encore.

Je déviai l'appel vers mon répondeur. A chaque nouvel appel, à chacun de ses messages que j'ignorais, je me sentais de plus en plus mal. Daniel suivait mes gestes des yeux et, rapidement, je balayai le sujet :

— Juste mon père, dis-je de la manière la plus détachée qui soit.

— Il s'inquiète pour toi.

— Toujours. Surtout quand il s'agit de ma vie sentimentale. Il a tendance à croire qu'aucun homme ne lui arrive à la cheville.

— Pas Blake en tout cas ! Je n'arrive pas à croire qu'il ait rompu avec toi…

— Daniel, lui et moi, nous ne sommes pas vraiment du même monde. Il y avait peu de chances que cela fonctionne.

— Ce que je veux dire, c'est que c'est étrange de sa part… Avoir tout fait pour t'avoir, pour ensuite…

— … me larguer, finis-je pour lui sur un ton acide. Crois-moi, il n'y a pas été de main morte !

Je portai mon verre à mes lèvres, heureuse de baisser mon visage. Je doutais de parvenir à mentir toute la soirée. Toutefois, le souvenir du départ nocturne d'Andrew après l'agression de Meghan me saisit et je frissonnai en songeant à la peine que j'avais ressentie. Je n'avais pas voulu le perdre ce soir-là, et je le voulais encore moins maintenant.

Je glissai mon téléphone dans mon sac, de façon à pouvoir le voir sans que Daniel ne le remarque. L'écran de mon portable s'illumina, comme à chaque nouvel appel d'Andrew que je rejetais. Un message sûrement.

— Ça ne m'étonne pas de lui, reprit Daniel.

— Tu en parles comme si tu le connaissais.

— Je parlais de manière générale, tu sais… Les hommes de pouvoir. Ce type se pavane comme si le monde entier devait se prosterner à ses pieds.

— C'est un peu réducteur comme image.

— Réducteur, mais vrai…

— Dan, si j'ai choisi d'être avec lui, pendant un temps, c'est qu'il ne devait pas être si horrible. Quand tu le mets en cause, lui, tu me mets en cause, moi. C'est… déroutant.

— Excuse-moi, ce n'était pas mon intention. Je persiste juste à croire qu'il n'a aucune morale.

— Tu confonds le mépris et l'immoralité, suggérai-je.

Daniel me fixa étrangement et, pendant une courte seconde, je crus qu'il lisait en moi. Je paniquai un peu, espérant pouvoir me sortir de ce guêpier.

— Quoi ? fis-je, tandis que mes yeux regardaient partout, sauf Daniel.

— Tu as raison. Je le méprise, parce qu'il est immoral.

Nos plats arrivèrent enfin, et c'est presque avec soulagement que je plantai ma fourchette dans mon saumon. Qu'est-ce qui m'avait pris de foncer dans cette histoire ?

J'étais partagée entre incrédulité et envie de hurler. Mais je m'attelai à ma tâche, espérant tout retenir pour faire un compte rendu détaillé à Gregory.

Daniel dégusta sa viande silencieusement. Après qu'il m'eut fixée de longs instants, je crus qu'il allait parler, mais il me laissa mener la conversation. Je n'aimais pas ça. Plus Daniel se renfermait sur lui-même, plus le secret serait difficile à dévoiler.

— Je ne comprends pas que tu le défendes toujours, lâcha-t-il finalement.

— Et je n'ai jamais compris ton mépris envers lui. Andrew a peut-être des quantités de défauts, mais tu ne peux pas lui reprocher d'avoir aimé sa femme.

Le couteau de Daniel dérapa dans son assiette, et je vis sa pomme d'Adam tressauter dans sa gorge. Il pâlissait à vue d'œil mais, très vite, ses émotions s'effacèrent pour laisser place à un sourire factice.

— Alors c'est ça ? Le mythe du veuf éploré ? plaisanta-t-il en s'essuyant la bouche avec sa serviette.

— Tu le savais alors ? demandai-je, stupéfaite.

— Bien sûr que je le savais… Je ne comprends même pas comment tu as pu croire qu'il était toujours marié. Cette histoire de femme qu'il est censé regretter ne sert que son image !

— Tu n'y crois pas alors ? Tu ne crois pas qu'il a aimé sa femme ?

— Je crois que les choses changent ! Les couples que l'on croit parfaits ne le sont pas vraiment finalement !

— Parle-t-on toujours d'Andrew ou de toi ? lui assénai-je, dépassée par mon agacement.

Daniel posa ses couverts et me fixa avec cette intensité étrange et effrayante qui lui était propre. La tête calée sur ses mains jointes, il prit une profonde inspiration et se lança :

— On parle de tout le monde, Kat. Tu idéalises un couple, alors que tu ne connais qu'Andrew. Et encore, à peine !

— Donc c'est elle qui était… coupable ? proposai-je faute de trouver des mots plus adéquats.

— Non, déclara-t-il fermement. Je crois plutôt que c'est lui. Il passe son temps aux quatre coins du pays, comment pouvait-elle être heureuse ? Ce n'est pas comme ça que la vie de couple se conçoit, Kat.

— Tu as raison, admis-je finalement pour calmer le jeu. J'imagine qu'effectivement ça ne doit pas être simple d'attendre toujours quelqu'un.

Daniel reprit ses couverts, ignorant ma dernière remarque. Je grimaçai légèrement, déçue qu'il ne fonce pas tête baissée dans le panneau. Je dégustai un peu de poisson, avant de tenter une dernière pirouette :

— La rumeur dit qu'elle avait un amant, lançai-je avec légèreté.

— Peux-tu juste me dire pourquoi nous passons notre dîner à parler de Blake ?

— Daniel, on ne va pas faire comme s'il n'avait jamais existé.

— J'aimerais autant !

— Tu me reproches d'avoir été avec lui, quand je cherche seulement à aller de l'avant. J'aimerais juste crever l'abcès.

Daniel soupira et tout son corps s'affaissa brutalement. Il était en train d'abdiquer.

— Soit… Crevons l'abcès, répéta-t-il en levant les yeux au ciel. Tu disais ?

— Je disais que tu avais raison sur les couples imparfaits… la rumeur dit que sa femme avait un amant.

— Elle a sûrement trouvé ailleurs ce qu'il ne lui offrait pas.

Son regard s'assombrit et il se concentra de nouveau sur sa viande, mastiquant rapidement pour éviter de parler. En silence, je finis mon poisson.

Après que la serveuse eut débarrassé nos plats, je m'éclipsai vers les toilettes pour reprendre des forces. Seule devant le miroir, je m'encourageai à poursuivre, alors que tout me poussait à fuir par l'étroite fenêtre qui donnait dans une ruelle.

Mon téléphone vibra de nouveau. Le rythme des appels d'Andrew s'était accéléré, chacun de ses appels était désormais espacé de trente minutes. L'envie d'entendre sa voix — de m'expliquer aussi — était forte. Aussi, je me claquemurai dans une des cabines, et composai le numéro de mon répondeur.

14 nouveaux messages.

J'allai directement au dernier, espérant qu'il ne saborderait pas le peu d'énergie qu'il me restait.

— *Kathleen, je ne sais pas ce qu'il se passe, mais je jure que je suis en train de devenir fou furieux ici. Tu refuses mes appels, ne réponds pas à mes messages. Gregory m'a dit que tu avais perdu ton portable, mais dans ce cas, pourquoi sonne-t-il toujours ? Tu sais à quel point je suis attaché à la loyauté dans notre relation, si tu as quelque chose à me dire, j'aimerais autant que tu joues la franchise.*

Je plaquai une main sur ma bouche, retenant l'effroyable sanglot qui avait menacé de s'en échapper. Mes épaules tressautaient, mais je réussis finalement à retenir mes larmes, alors que le souffle erratique d'Andrew me parvenait dans le combiné.

— *Tu as toujours été mon exception, Kathleen. Je dois admettre que sur ce point ça ne change pas. Rarement quelqu'un ne m'avait autant déçu que toi.*

Je coupai une nouvelle fois mon téléphone, ravalant mon chagrin : je devais tenir, au moins jusqu'à la fin du dîner.

Je m'autorisai à lire ses messages. Trois depuis que Daniel était arrivé avec cette rose.

> Je suis inquiet, et ne pas savoir ce qui se passe me rend dingue. Appelle-moi. A.
>
> Je jure de prendre le premier vol demain, si tu ne réponds pas immédiatement. A.
>
> N'écoute pas mon dernier message, j'étais en colère. Je jure de remuer ciel et terre pour te retrouver. Où que tu sois. A.

Je fixai l'écran de longues minutes, tentant désespérément de contenir toutes les émotions étranges et contradictoires qui se saisissaient de moi. Détachant mon regard du téléphone, j'observai la petite fenêtre, plus tentante que jamais. Mais une jeune fille pénétra alors dans la pièce, et, prise au piège, je n'eus d'autre choix que de retourner à table.

Nos desserts avaient été servis et Daniel était, lui aussi, en train de consulter son téléphone. En me voyant, il le reposa et m'offrit un sourire heureux.

— C'était mon père, rit-il. A croire qu'ils se sont passé le mot !

— Comment va-t-il ? lui demandai-je en dégustant ma crème brûlée.

— Bien. Même si son médecin lui a demandé de ralentir. Il a des problèmes cardiaques !

— Oh… Il travaille toujours ?

— Oui. Il aime son métier, il a du mal à freiner. Peut-être que toi tu pourrais le convaincre ?

— Je ne crois pas avoir ce genre d'influence sur lui, plaisantai-je. Cautionne-t-il au moins notre relation ?

— Je n'ai jamais attendu l'avis de mon père sur ce sujet.

— Quelque chose me dit que l'avis de Jodie est plus important, non ?

Le premier vrai sourire de Daniel apparut à cet instant. Ses yeux brillèrent de joie et il secoua la tête.

— Jodie est…

— … comme ta sœur ? tentai-je.

— Oh non ! Je ne l'ai jamais considérée comme ma sœur.

Il rit largement, me lançant un regard suggestif. Je manquai de m'étouffer avec mon dessert, songeant qu'effectivement Jodie, avant d'être son amie, était aussi une jolie femme.

— Oh… Je ne savais pas que vous aviez eu… une histoire.

— Pas vraiment une histoire. A vrai dire, il s'agissait plus d'un malentendu.

— Etait-ce un « malentendu »… qui a duré ?

— Tu veux savoir si on a couché ensemble ?

— J'ai comme un doute sur la réponse, ironisai-je. Mais je ne te savais pas aussi… séducteur.

Revenir sur Eleanor, sur son passé avec les femmes, était peut-être le seul moyen de trouver une faille en lui.

— Je ne tiens pas de décompte, me dit-il dans un sourire.

— Et cette femme… Je veux dire, celle avant moi ?

— Kat, grogna-t-il. Je ne veux pas en parler…

— Je t'ai parlé d'Andrew, j'aimerais vraiment que tu me parles de ton passé.

— En quoi est-ce important ?

— C'est juste… pour mieux te connaître, balbutiai-je. Je veux dire, cette fille devait vraiment être importante, sinon tu en parlerais plus ouvertement.

— Donc Andrew était important pour toi ?

— Ce n'est pas la même chose, tu connais Andrew, argumentai-je avant de me morigéner d'en avoir peut-être trop dit.

— Connaître est un bien grand mot !

— Parle-moi d'elle, soufflai-je.

Daniel soupira et j'eus la sensation fulgurante que l'air se raréfiait. J'étais en train d'utiliser les mêmes mots qu'avec Andrew. Les mêmes mots, pour la même femme. La nausée avait refait son apparition et je pris de profondes inspirations pour me ressaisir. Le mélange de nervosité et de panique ne m'aidait pas à tenir mon rôle. Mais mon vis-à-vis sembla l'ignorer, perdu dans ses propres pensées.

— C'était une fille bien, lâcha-t-il finalement. Exubérante, jolie… Rieuse.

— Et ?

— Et nous n'avions pas toutes les chances de notre côté. Elle était mariée.

— Oh…, fis-je, faussement étonnée.

Je m'enfonçai dans ma chaise, un peu choquée malgré tout d'entendre Daniel parler d'Eleanor de cette façon. Ma phase de fascination à son sujet avait maintenant pris fin. Et je ne savais plus si je l'appréciais ou non. Elle semblait parfaite aux yeux d'Andrew et de Daniel et, pourtant, sa trahison me hantait toujours.

— Ça te semble horrible, c'est ça ? L'idée que j'étais l'amant d'une femme mariée ?

— Pour être honnête, ça m'étonne de ta part… Surtout après ton couplet sur le mépris et l'immoralité !

— Elle était malheureuse. Son mari n'était pas… vraiment attentionné.

— Mais peut-être que…

— Kat, ne la juge pas. Elle était bien meilleure que Blake !

Je tressaillis et j'eus la sensation de suffoquer. Il l'avait dit. Enfin… Daniel ne s'était pas immédiatement rendu compte de la portée de ses mots, et ce n'est qu'en relevant les yeux vers mon visage ravagé qu'il se reprit.

— Je veux dire… puisqu'on parle de lui et de sa femme.

— On ne parlait pas de lui, ripostai-je rapidement. On parlait de toi et de cette femme.

— Je savais que je n'aurais pas dû t'en parler.

— Daniel, je cherche juste à te comprendre.

— Elle était mariée à un sale type qui n'avait aucune conscience de la fille qu'elle était. Voilà la vérité, débita-t-il les mâchoires serrées. El… Cette fille était incroyable, elle me rendait heureux. Maintenant, c'est fini, et j'aimerais passer à autre chose !

Brutalement, sa main s'abattit sur la table, me faisant sursauter. Les convives autour de nous nous toisèrent, et il me sembla voir la carotide de Dan palpiter dans son cou.

— Elle t'a quitté ? murmurai-je.

— En effet.

Une serveuse passa alors près de nous, et Daniel lui demanda l'addition.

Le dîner était terminé, et j'étais épuisée d'avoir joué ce rôle. Je n'avais pas atteint mon but, mais Daniel s'était laissé aller en ma présence. C'était un début. Il régla la note en liquide, m'adressant à peine un regard.

— Le sujet est-il clos ou ma vie te fascine-t-elle encore ?

— Ce n'est pas ce que je voulais. Je voulais juste… partir sur de bonnes bases.

Un dernier sourire crispé, et Daniel se détendit enfin devant moi. Dans la foulée, je lui promis de ne plus aborder le sujet, espérant regagner la confiance que j'avais perdue quelques instants auparavant. Il posa sa main sur la mienne et se leva de table.

— Sortons d'ici, m'intima-t-il.

A la sortie du restaurant, j'avais une sensation de trop-plein : trop d'informations, trop de colère, trop de détails en apparence insignifiants mais qui me rendaient hystérique.

J'étais sonnée, assommée par l'ampleur de la tâche. Comme si brutalement la vague était bien trop haute et bien trop puissante. L'air frais me frappa le visage, je tentai de dégager ma main, mais Daniel resserra sa prise.

— Merci pour le dîner, marmottai-je en espérant fuir au plus vite.

— Merci à toi. J'ai peut-être été un peu trop… dur cet après-midi avec toi.

— Non, non, l'excusai-je. J'ai sûrement… mérité ça, articulai-je. J'ai été idiote !

— Tu n'es pas idiote. C'est juste lui qui est trop stupide pour ne pas avoir saisi la chance qu'il a eue avec toi.

— Je dois te laisser. Je suis un peu fatiguée, mentis-je en jetant un coup d'œil furtif vers le véhicule de Gregory.

— Pouvons-nous nous revoir demain ?

— Demain ? Euh… non… J'ai une quantité de choses à faire. Je vois Lynne, notamment, pour le mariage. Que dirais-tu d'un déjeuner jeudi ? proposai-je avec mon plus beau sourire.

Daniel fronça les sourcils, préférant sûrement envisager un dîner romantique à un banal déjeuner.

— Oh… D'accord. Jeudi alors !

Il y eut un silence pesant. Daniel m'attira contre lui et m'emprisonna dans une étouffante étreinte. Je m'agrippai à sa veste, priant pour que Gregory ne fasse pas un coup d'éclat. Quand finalement il me relâcha, j'étais toujours dans un état second.

— Qui t'accompagne au mariage ? me demanda-t-il finalement.

— Personne.

— Je t'accompagnerai alors, promit-il.

Pétrifiée sur le trottoir, je sentis ma respiration se couper. J'étais en train de perdre tout contrôle sur mon corps et ses réactions. Si l'idée d'inviter Daniel au mariage m'avait paru séduisante de prime abord, je la trouvais maintenant absolument repoussante.

Ce dîner m'avait prouvé que j'avais tort. Je ne pouvais pas agir seule dans cette histoire. C'était une décision irréfléchie et totalement irrationnelle… Et surtout, j'étais en train de perdre Andrew. C'était la dernière chose que je voulais.

— Je vais y réfléchir, éludai-je.

— Je présume qu'il y a un dîner de répétition vendredi ?

La lueur perverse qui brillait dans son regard ne m'échappa pas. Je savais ce qu'il espérait de notre relation.

— Je t'en reparle jeudi, approuvai-je en regardant ma montre. Il faut vraiment que je parte !

— Bien. Je te raccompagne ?

— Ça ira, je vais marcher.

— Comme tu veux.

Il me fixa intensément, attendant sûrement un geste attentionné de ma part. Mais c'était trop me demander maintenant. Mon corps était tellement tendu que j'étais incapable de bouger. Alors, Daniel fit ce qu'il avait fait toute la soirée : il prit les devants et m'embrassa sur la joue. Je me sentis pâlir, alors que ses lèvres traînaient trop longtemps sur ma peau.

La sensation de brûlure n'avait rien à voir avec ce que je ressentais quand Andrew faisait la même chose. Là, il n'y avait ni frustration ni envie… Juste le sentiment désagréable de dégoût et de haine. Je refusais qu'il me touche de nouveau.

— Rentre bien, Kat, murmura-t-il à quelques centimètres de ma gorge.

— M… Merci, balbutiai-je en déglutissant.

Je lui tournai alors le dos, l'un de mes premiers mouvements depuis que nous étions dehors, et marchai en direction de la station de métro. Je jetai plusieurs coups d'œil derrière moi, Daniel me suivait du regard, s'assurant que je rentrais effectivement chez moi. Finalement, au bout de quelques minutes, il tourna les talons et prit sur la gauche, bifurquant vers une autre station.

Ce n'est qu'en voyant la voiture de Gregory me dépasser pour se garer devant moi que ma respiration sembla reprendre un rythme normal. Sans rien dire, il descendit de la voiture et m'agrippa le coude pour m'installer sur le siège passager. Toujours hagarde, je me laissai faire, heureuse de ne plus avoir vraiment conscience de mes actes et de mes mouvements.

Gregory redémarra et, dans un silence de plomb, nous rentrâmes à son appartement.

A peine avais-je franchi la porte de la chambre que j'occupais que l'odeur des roses me frappa. J'allumai la lumière, tombant devant un nouveau magnifique bouquet. J'étais tétanisée, ne sachant si je devais vraiment ouvrir le carton.

— C'est d'Andrew, déclara finalement Gregory derrière moi. C'est arrivé à l'hôtel, j'ai demandé à Lee de les amener ici. Il a la clé de chez moi, ajouta-t-il alors que je me tournais vers lui, de plus en plus stupéfaite.

— Andrew sait pourtant que je ne travaille plus à l'hôtel.

— C'est le seul moyen qu'il a trouvé pour te contacter.

Je regardai les fleurs, sublimes, immaculées et tellement symboliques. Délicatement, je pris la carte qui accompagnait le bouquet et, les mains tremblantes, je l'ouvris.

« Je t'aime. Andrew. »

C'est à cet instant précis que je sentis mon corps me lâcher. Le petit carton vola au sol, tandis que je m'effondrais sur le lit. Le visage caché dans mes mains, je tentai de refouler les larmes brûlantes qui menaçaient de m'engloutir. J'avais la sensation horrible de tomber dans un gouffre sans fond, attirée par l'obscurité de Daniel, alors qu'Andrew me tendait la main.

Je sentis le lit s'affaisser, puis le bras de Gregory entoura mes épaules. Il me serra contre lui, comme il l'avait déjà fait par le passé. Son corps chaud et musclé me rassura, et je me forçai à retrouver le contrôle. Je devais encore lui raconter mon dîner avec Daniel et, si je flanchais maintenant, je n'aurais plus ni la force ni les souvenirs précis pour tout lui dire ensuite.

— Dis-moi seulement que tu n'as pas fait tout ça pour rien, lâcha-t-il avec sérieux.

— Je ne sais pas, avouai-je. As-tu vu la fleur qu'il m'a offerte ?

— J'ai vu, Kat. Je t'avais prévenue qu'il savait tout de ta vie.

Je me levai, frottant nerveusement mon visage d'une main. J'arpentai la pièce, cherchant par où commencer.

— Nous avons parlé d'Andrew, commençai-je. J'ai tenté de le provoquer, pour voir sa fureur.

Pendant quinze minutes, Gregory écouta religieusement le récit de mon dîner avec Dan. Il m'interrompit pour quelques éclaircissements et m'encouragea quand mes émotions faisaient trembler ma voix.

— Il déteste Andrew, murmurai-je en guise de conclusion.

— Evidemment, mais je ne pense pas qu'Andrew n'ait qu'un seul ennemi en ce bas monde.

— Je sais. C'est pour ça que j'ai décidé de creuser un peu.

Je me rassis près de Gregory. Il fronçait les sourcils et je lui expliquai mon plan.

— Il fallait que Daniel s'ouvre à moi… Alors, j'ai prêché le faux.

— Kat, dis-moi que tu n'as pas fait ça ! s'exclama Gregory en écarquillant les yeux.

Je lui résumai le moment du dîner durant lequel Dan avait perdu le contrôle, où, pendant un court instant, il avait parlé d'Eleanor.

— Ça ne prouve rien, objecta Gregory.

— Greg, j'ai vu son regard. Et je ne cherche même pas à prouver qu'il était son amant, je le *sais* !

— Et tu t'attendais à quoi ? Qu'il te déballe tout comme ça ?

Je fixai Gregory pendant un long moment, avant de comprendre qu'il n'était plus de mon côté. Quelque part, au cours de cette soirée, il avait changé de camp.

— Tu as parlé avec Andrew ? demandai-je en connaissant déjà la réponse.

— Il se soucie de ta sécurité, et toi... tu... tu provoques ce type !

— Je veux juste avoir le fin mot de l'histoire.

— Au point d'ignorer Blake ? Kat, il est à deux doigts de débarquer ici !

Je reposai les yeux sur les fleurs, songeant au carton qui les accompagnait. Bien avant que Gregory ne m'en parle, je savais que j'étais en train de perdre Andrew. Je savais qu'il s'inquiétait, qu'il imaginait sûrement le pire.

— Je vais lui parler, murmurai-je.

— Tu aurais dû le faire dès le départ, me sermonna Gregory.

— C'est vrai. J'ai cru que j'y arriverais, je voulais juste... le protéger.

— Tu n'es pas seule dans cette histoire, Kat. Ce n'est pas un boulot de journaliste, Andrew est impliqué... Et même moi, je ne suis pas certain de vouloir assumer ça !

— Veux-tu au moins entendre la fin de l'histoire ?

Gregory opina et je me forçai à reprendre mon récit. Les derniers instants de mon dîner avec Daniel avaient été les plus pénibles mais celui-ci s'était finalement ouvert à moi et j'avais terriblement besoin d'un avis extérieur sur ses révélations.

Je fixai Gregory, attendant anxieusement son verdict. Il releva les yeux vers moi et je discernai les premiers signes de fatigue sur son visage. Les poings serrés, il se leva du lit et posa ses grosses mains sur mes épaules.

— O.K… Admettons que tu aies raison…

— J'ai raison, corrigeai-je.

— Il faut prévenir Andrew. Daniel a accès au Peninsula, il te connaît… Il a toutes les cartes en main pour commettre le pire. Je ne prendrai aucun risque. Kat, s'il venait à être blessé ou pire encore, je ne veux pas être celui qui te l'annoncerait. Il faut lui dire. Il a les moyens de s'entourer, de se protéger, et sûrement de mener sa propre enquête.

Je soupirai lourdement. Gregory avait raison, mille fois raison. Mais je craignais la réaction d'Andrew. J'avais passé les dernières vingt-quatre heures à l'ignorer, et maintenant, je devais en plus lui dire que je connaissais l'amant de sa femme, et que cet amant avait aussi voulu le tuer.

— J'ai encore quelques amis dans la police, je vais leur demander de mettre Daniel sous surveillance.

— Daniel et son père, précisai-je.

— Tu devrais dormir.

— Et Andrew ? m'enquis-je comme si Gregory allait me donner la solution.

— Repose-toi d'abord. Demain, je te dépose chez toi le temps d'aller parler aux collègues. Tu l'appelleras en m'attendant.

— D'accord, murmurai-je.

Soudain, Gregory me serra contre lui, m'étreignant avec

une force presque surhumaine. Je le serrai à mon tour, heureuse qu'il soit là pour me guider.

Le lendemain, après une nuit chaotique entre mes cauchemars au sujet de Daniel et ma crainte de la réaction d'Andrew, Gregory me déposa chez moi. Il m'assura en avoir pour l'après-midi et j'acquiesçai, sans rien dire.

— Je serai de retour en fin de journée, d'ici là, arrange les choses avec Blake.

— O.K., Greg.

Je sortis de la voiture, incertaine et groggy. La fatigue associée à mes nerfs en train de lâcher un à un me rendait amorphe. Les jambes en coton, je titubai jusqu'au trottoir, avant que la voix de Gregory ne retentisse derrière moi.

— N'ouvre à personne ! Et je compte sur toi pour rester tranquille, pas de nouvelles embrouilles !

Je hochai la tête, assurant à Gregory que je n'allais pas faire d'autres folies.

Je franchis la porte de l'immeuble et appelai l'ascenseur. J'allumai mon portable, m'attendant à un flot de messages d'Andrew. Mais rien n'arriva. Mon téléphone resta silencieux et cela m'effraya d'autant plus.

Arrivée à mon étage, je sortis de l'ascenseur et me dirigeai vers mon appartement, prenant conscience que je ne l'avais que rarement habité dernièrement. Je fouillai dans mon sac à la recherche de mon trousseau de clés avant de relever les yeux vers la porte.

Je frissonnai en constatant qu'elle était déjà ouverte. Je la repoussai doucement, le cœur frappant avec violence dans ma poitrine. Mon appartement avait été ravagé, mis littéralement en pièces. Le canapé, renversé, avait été repoussé au milieu du salon. Mes quelques cadres photo gisaient au sol, brisés.

Je tentai de joindre Gregory mais tombai aussitôt sur sa messagerie. Merde !

J'entrai prudemment dans l'appartement, et inspectai chacune des pièces. Mon lit avait été renversé, le matelas découpé au couteau et mes oreillers crevés.

De retour dans mon salon, je décidai de me calfeutrer et calai une chaise sous la poignée de la porte. Je repoussai mes affaires au sol du bout du pied, maudissant mon entêtement à vouloir tout gérer. Une fois de plus, je regrettai de ne pas être restée à San Francisco. Par pure précaution, je décidai de ne toucher à rien. Il y avait peu de chances que des empreintes ou des indices soient trouvés, mais je ne voulais pas saccager le peu d'espoir qui existait.

Je fouillai dans mon sac, récupérant les lettres pour les cacher dans un des recoins de mon meuble de bureau. Je regardai ma montre, pestant contre les idées de Gregory. Rester ici n'était pas une bonne idée. J'arpentai la pièce, toujours angoissée par l'idée de savoir que quelqu'un s'était introduit ici. Quelqu'un qui avait mon adresse et qui, visiblement, avait pris tout son temps pour réduire mon appartement en miettes.

Des coups violents frappés à la porte me sortirent de ma torpeur. Je me pétrifiai, le souffle court. La panique se propagea dans tout mon corps, et je sentis mes jambes trembler.

Les coups retentirent de nouveau, forts, lourds, enragés. Je marchai sur la pointe des pieds vers la cuisine, et pris un couteau. Il y avait peu de chances que je m'en serve réellement pour me protéger, mais cela me donnait du courage.

— Kat ! Ouvre ! cria cette voix familière.

Chapitre 4

Je soupirai de soulagement, et les coups reprirent, frappés à intervalles réguliers. Je reposai mon couteau et dégageai la chaise qui bloquait la porte.

— Ouvre, bon sang ! Gregory m'a dit que tu étais ici ! râla-t-il.

J'ouvris la porte, découvrant Andrew, les traits tirés et le teint pâle, devant moi. Ses poings étaient appuyés sur le chambranle, son regard sombre me fixait et une nouvelle forme de panique, de crainte irrationnelle, me gagna.

— Je crois que tu me dois une sérieuse explication, gronda-t-il en franchissant le seuil.

Très vite, il s'arrêta, constatant les dégâts dans mon appartement. Puis, toujours aussi en colère, il saisit ma main et me traîna vers l'extérieur. Je trébuchai, le suivant avec difficulté alors qu'il se dirigeait vers l'ascenseur.

— Andrew ! criai-je en tentant de me dégager de sa poigne. Andrew, s'il te plaît !

— Tu me parles maintenant ?

— Ce n'est pas ce que tu crois…

— Très bien, tu vas avoir tout le loisir de t'expliquer à l'hôtel.

Il me poussa dans l'ascenseur et, dans un silence pesant, nous gagnâmes le rez-de-chaussée.

Dans le hall de la résidence, Andrew tourna son visage vers moi pour prendre ma main. Il nous dirigea vers une des voitures de l'hôtel et m'ouvrit la portière. Je le remerciai dans un murmure avant de m'installer sur la banquette. Le trajet se fit dans un silence tendu et angoissant. Nos mains étaient proches l'une de l'autre, mais l'idée de le toucher me faisait peur.

Devant son visage tourné vers la vitre, je résistai à l'envie de me confondre en excuses et en explications. Ce n'était pas le lieu, et nous avions besoin d'être seuls. Il était déjà dans une colère noire, je redoutais d'autant plus le flot d'informations qu'il devrait encaisser.

Aussi, quand la porte de la suite claqua derrière nous, je restai silencieuse, tête baissée, regrettant comme jamais d'avoir choisi de lui mentir.

— Trente-six heures ! hurla-t-il. Trente-six heures ! Sais-tu à quel point je me suis inquiété ?

— Andrew…

— Non ! Je veux que tu me dises ce qu'il se passe… Parce que j'ai encore le souvenir de ta superbe tirade à San Francisco. Celle où tu disais que tu m'aimais et que tu n'abandonnais pas !

Contrite, je m'installai sur le canapé. De nouveau, je baissai la tête, triturant nerveusement mes mains.

— As-tu au moins reçu mes fleurs ? demanda-t-il toujours en rage.

— Oui. Merci, murmurai-je.

— « Merci » ? Tout ce que tu trouves à me dire, c'est

« merci » ? En même temps, peut-être que je ne devrais pas en être étonné !

D'un pas vif, il se dirigea vers sa chambre et réapparut quelques secondes plus tard, des papiers entre les mains. Il les jeta près de moi et reprit sa position initiale, loin, mais toujours en face de moi. Surprise, je posai les mains sur les documents, avant de comprendre qu'il s'agissait de photos.

Daniel et moi au restaurant, et Daniel et moi à la sortie du restaurant, à l'instant où il m'étreignait. Je sentis les larmes border mes yeux et me levai précipitamment du canapé.

— Une âme charitable a cru bon de m'informer de tes soirées !

— Andrew… ce n'est pas… vraiment pas…

— Ce n'est pas ce que je crois ? Très originale comme réplique ! De ta part, je m'attendais à mieux !

— Il faut que tu me croies ! Jamais, jamais je ne te ferais ça !

— Alors dis-moi ce que tu faisais avec lui pendant que je cherchais à te parler juste quelques minutes ! cria-t-il avec une violence que je ne lui connaissais pas.

Mon téléphone vibra dans ma poche. Je le sortis, les mains tremblantes. Quand Andrew constata qu'il ne s'agissait pas du portable qu'il m'avait envoyé, son regard se fit encore plus dur.

Il venait de découvrir mon premier mensonge, sûrement le plus petit, et son visage était effrayant.

— Tu m'as menti ? exhala-t-il, stupéfait.

— Ce n'est pas ce que tu crois, murmurai-je de nouveau en éteignant mon téléphone.

— Tu te répètes, remarqua-t-il avec sarcasme. A vrai dire, je ne sais plus ce que je dois croire !

— Je vais t'expliquer. Mais, s'il te plaît, calme-toi. Tu me fais peur, avouai-je.

— Je te fais peur ? Kathleen, ce que tu ressens actuellement est sûrement à des années-lumière de ce que j'ai ressenti hier et cette nuit !

— Je ne te trompe pas ! criai-je à mon tour.

— Alors dis-moi ! Dis-moi pourquoi tu as rejeté tous mes appels ! Dis-moi pourquoi tu n'as répondu à aucun de mes messages !

Je restai muette, cherchant à organiser mes pensées. Andrew en profita pour revenir vers moi et se saisir de l'une des photos accusatrices.

— Et dis-moi aussi ce que tu faisais avec ce type ! Parce que je ne sais pas ce qui est pire, apprendre que tu sors avec un autre, ou imaginer le pire à ton sujet ! s'époumona-t-il.

— Ce n'est pas ce que je voulais, je cherchais juste à te protéger.

— Me protéger de quoi ? De toutes les idées morbides que j'ai eues ? J'ai imaginé le pire à ton sujet ! Je t'ai crue morte ! hurla-t-il de nouveau. As-tu seulement idée de ce que j'ai pu ressentir ?

— Je suis désolée, murmurai-je.

— Et ce matin, j'ai reçu ça ! Alors, oui, je dois admettre qu'une partie de moi était soulagée... L'autre était juste... déçue.

Le souvenir de son message d'hier, me faisant part de sa déception, me revint en tête. A vouloir protéger Andrew, je n'avais fait que l'inquiéter, provoquant une vague de fureur qui m'effrayait mais que je comprenais. Je me levai et me postai face à lui, arrêtant ses allées et venues. Son regard, perdu et triste, se noya dans le mien.

— Je ne voulais pas te décevoir, murmurai-je.

— Alors pourquoi me mentir ? Tu m'as menti au sujet de ton téléphone… Et maintenant, je te retrouve avec un autre homme.

Il semblait dévasté, ravagé rien qu'à l'idée que j'aie pu le trahir avec un autre homme. N'avait-il pas compris qu'il était le seul dans ma vie ? Je posai ma main sur sa joue, le forçant à me regarder. Je soupirai lourdement, et plantai mon regard dans le sien.

— Je vais tout t'expliquer, mais il faut que tu me croies.

— Je ne veux plus jamais ressentir ça, Kathleen. Plus jamais.

— Je suis désolée, chuchotai-je en appuyant mon front contre son torse.

Son cœur frappait et je posai ma main à sa hauteur. Doucement, le rythme ralentit et je m'autorisai à respirer son parfum.

— Je t'aime, murmurai-je, soulagée de ne pas être rejetée.

Andrew ne me touchait pas, et je savais qu'il ne le ferait pas tant que la colère le dominerait. Je me détachai de lui et il fronça les sourcils, pas satisfait de me sentir loin de lui.

— Je voulais te protéger. Je ne voulais pas te mêler à ça.

— Me mêler à quoi ?

— Allons nous asseoir.

Sans attendre son avis, je pris sa main et l'attirai avec moi, sur le canapé. Il me fixa intensément, une lueur de colère persistante dans son regard.

— Quand je suis allée dans ta bibliothèque, le week-end dernier, j'ai ouvert quelques livres et, par hasard, je suis tombée sur une photo d'Eleanor.

Le visage d'Andrew se liquéfia sous mes yeux. Je savais

que tout lui dire allait être compliqué, mais devoir faire face à ses réactions était encore plus dur. Il passa une main sur son visage, soupirant lourdement.

— En quoi est-ce que cela explique ton comportement ?

— Sur cette photo, elle était accompagnée de son amant, complétai-je.

Il se leva du canapé et reprit sa place initiale, loin de moi.

— Je sais… Je sais que cette histoire est douloureuse pour toi, mais c'était le hasard. J'ai voulu t'en parler, mais je ne voulais pas te faire de mal.

— Tu ne voulais pas ? Donc tu t'es dit que tu allais disparaître en emportant le plus loin possible ton secret ?

— C'était Daniel, murmurai-je. L'amant d'Eleanor, c'était… Daniel.

Je relevai les yeux vers lui, découvrant Andrew plus stupéfait que jamais. Le souffle coupé, il semblait assimiler lentement l'information. Je l'observai, espérant obtenir une réaction plus vive, mais seul le silence régnait dans la pièce.

— J'imagine à quel point tu dois être surpris.

— « Surpris » ? Tu es vraiment loin du compte ! Je n'arrive pas à croire que c'était ce petit enfoiré. Et c'est pour parler de ma femme que tu as dîné avec lui ?

— Non ! Bien sûr que non ! Pourquoi dis-tu ça ?

— Kathleen, tu n'as pas cessé de me parler d'elle !

J'encaissai de nouveau pendant qu'Andrew me fixait comme si j'étais une parfaite inconnue, comme si rien ne nous liait plus l'un à l'autre.

— C'est vrai, admis-je. J'ai été curieuse. Je voulais savoir… Je ne comprenais pas pourquoi elle t'avait trompé.

— Je me fiche de savoir pourquoi. J'avais tiré un trait sur cette histoire, grâce à toi en partie ! Pourquoi avoir dîné avec lui ? Bon sang, il t'a touchée ! cria-t-il en désignant les photos d'un mouvement de bras.

— Andrew…

— Non ! Ecoute-moi. Je t'avais prévenue que je n'appréciais pas le mensonge. Je pensais que tu étais différente, et différente d'elle surtout. Non seulement tu me mens, mais en plus… tu sors avec lui ?

— Je ne sors pas avec lui ! m'écriai-je.

— Alors quoi ? Il te saute dès que j'ai le dos tourné ?

Sa dernière remarque me tordit l'estomac. Non seulement j'avais ruiné ma relation avec Andrew, mais j'avais aussi, visiblement, perdu de sa confiance.

— Je ne suis pas elle ! assénai-je.

— Tu en prends le chemin.

Son regard glacé me brisa le cœur, aussi je décidai d'aller directement à la conclusion, espérant ainsi attirer son attention :

— Je pense qu'il a voulu te tuer, soufflai-je avec un certain soulagement.

— Me tuer ? s'exclama-t-il. Me tuer ? Kathleen, je crois que tu…

— Non ! criai-je à mon tour. Je ne suis ni folle ni en train de te mentir, bégayai-je, légèrement hystérique.

Andrew me fixa étrangement, presque effrayé de ma réaction extrême, puis vint s'asseoir près de moi.

L'adrénaline et la panique se disputaient en moi, et j'avais les nerfs à vif.

— Je crois que Daniel est à l'origine des menaces que tu reçois. Je pense que c'est lui qui a agressé Meghan.

Andrew secoua la tête et, au moment où j'allais poursuivre

mon explication, son téléphone sonna. Il fixa l'écran et me regarda ensuite avant de répondre :

— Elle est avec moi, Nathan. O.K… Signature vendredi soir, bien noté.

De nouveau, il me jeta un regard, et ses mâchoires se serrèrent.

— Dis à Emily que je ne suis pas disponible jusqu'à la fin de la semaine. Oui, qu'elle annule tous mes rendez-vous sur San Francisco. Je vais rester ici, finit-il avant de raccrocher.

Il coupa son téléphone et le posa sur la table basse. Il y eut un silence tendu, durant lequel il se pinça l'arête du nez, semblant réfléchir calmement à ce que je venais de lui dire.

— Donc Daniel a agressé Meghan ?

— Il avait accès à l'hôtel, accès à tes « informations clients ». Personne ne savait où tu étais, mais les plannings transmis par ton assistante sont dans ton dossier, à la conciergerie.

Andrew se releva et recommença à arpenter la pièce. Je devinais les muscles tendus sous sa chemise, et compris que le flot de révélations était en train de le submerger.

— L'amant de ma femme ? répéta-t-il. L'amant de ma femme cherche à me tuer ? murmura-t-il pour lui.

— Je crois. En fait, je pense aussi que l'accident d'Eleanor n'était pas vraiment un accident.

Andrew se tourna vivement vers moi, partagé entre colère et ahurissement. Il me fixait comme si j'étais en train de me transformer en monstre sous ses yeux, et je me sentis soudainement mal à l'aise. Je regrettais de plus en plus ma décision de lui avoir caché la vérité.

— Eleanor a eu un accident, affirma-t-il avec force. C'est… Ça ne peut pas être autre chose.

— Andrew…

— Non ! Eleanor est morte parce qu'elle roulait trop vite !

— Parce qu'elle te quittait, finis-je pour lui.

Son regard s'assombrit, et il se contenta d'acquiescer :

— Je l'ai compris en rentrant chez nous… Elle avait pris certaines de ses affaires. Mais je ne vois pas pourquoi tu penses qu'il s'agit d'autre chose que d'un simple accident… Il y avait du verglas et…

— Les pneus de la voiture étaient lisses. Les pneus de « ta » voiture, précisai-je.

— C'est impossible, me coupa-t-il avec colère. La voiture sortait du garage !

— Ton garage habituel ? demandai-je pour vérifier ma théorie.

— Oui, pourquoi ?

— Le père de Daniel gère ce garage. Je l'ai vu quand je suis allée récupérer ta voiture avec Nathan.

— Tu te trompes !

— Non, murmurai-je, étonnée de sa réaction si définitive.

— Si. J'ai moi-même récupéré la voiture, elle était en parfait état. Tu te trompes, répéta-t-il.

Nous restâmes silencieux. Andrew replongeait dans les vieux démons qu'il avait cherché à fuir. Il secouait la tête, rassemblant et recoupant les bribes d'informations que je lui donnais avec ses propres souvenirs.

— Et pourquoi Daniel ?

— Il te déteste, il te hait même. C'est presque… maladif chez lui.

— Au point de vouloir ma mort ? Voyons, Kathleen, soupira-t-il en se dirigeant vers la fenêtre.

— Andrew…

— Ça n'a pas de sens ! cria-t-il en me faisant face pendant que je me levais à mon tour.

— Tu crois que je n'ai pas envisagé toutes les possibilités ? m'écriai-je. Tu penses que j'aurais décidé de t'éloigner de moi pour une simple idée en l'air !

— Tu t'es éloignée de moi pour aller dîner avec ce type ! hurla-t-il.

— Pour le faire parler ! corrigeai-je avec rage. Parce que je ne voulais plus qu'il te fasse du mal !

— Au risque de ta vie ?

Séparés seulement de quelques pas, essoufflés et en colère, nous nous toisâmes longuement. Andrew avait visiblement du mal à le croire. Je ne savais plus ce qui le mettait vraiment en colère : moi, Eleanor, ou la folie furieuse de Daniel peut-être.

— Pourquoi refuses-tu de me croire ? demandai-je plus calmement.

— Parce que c'est impossible, Kathleen ! Les pneus étaient neufs… D'ailleurs, comment sais-tu qu'ils étaient lisses ?

— Par un ami de mon père. Il a vu la voiture. Andrew, je suis désolée, mais plus j'y pense, moins je vois d'autres explications.

Andrew se servit un verre de scotch pendant que, crispée, je le fixais en attendant une réaction de sa part. Quelque part, j'espérais que répéter encore et encore ce que je savais finirait par me servir. De toutes les situations que j'avais imaginées, je n'avais jamais songé qu'Andrew refuserait de me croire. La colère, la rage, la déception… ça, oui. Mais qu'il refuse d'admettre ma théorie me rendait folle.

— Tu te rends compte que tu as risqué ta vie ? dit-il d'une voix affreusement calme.

— Nous étions dans un lieu public. Gregory était là, me défendis-je doucement.

Il se tourna vers moi et je vis la souffrance et la peine se peindre sur son visage.

— Tous les appels que j'ai passés, tous mes messages… J'ai cru que je t'avais perdue, Kathleen. As-tu seulement pensé à ce que je ressentais pendant que tu voulais vérifier ta théorie fumeuse ?

— Je ne pensais pas que ça serait si difficile, avouai-je. Je voulais juste te préserver mais, là-bas, j'ai écouté ton message, et ensuite j'ai reçu tes fleurs, j'ai su que je n'y arriverais pas. Je devais t'appeler aujourd'hui pour tout te dire…

— Charmante intention ! siffla-t-il.

— Je sais que c'est lui, affirmai-je. C'est Daniel. Il a perdu Eleanor et il est en colère contre toi. Ce qui, au départ, était juste une stratégie d'élimination est en train de devenir une vendetta.

— Il aurait pu te faire du mal.

Il souffla, sa colère noire irradiant toute la pièce. Je restais silencieuse pendant qu'Andrew me fixait. Son visage pâle et défait m'inquiétait. Lentement, je posai une de mes mains sur sa joue, espérant qu'avec ce simple geste sa douleur et sa colère seraient un peu moins visibles.

— Donc pour Eleanor, selon toi, c'est juste… le hasard ? tenta-t-il avec un voile d'amertume dans la voix.

— Je crois qu'elle n'aurait pas dû prendre ta voiture.

— « Ma » voiture, répéta-t-il comme si soudain il comprenait. Ça n'explique pas les pneus ! contra-t-il.

— En effet, admis-je.

De nouveau, il se servit un verre pendant que le silence

de la suite nous entourait. Ma main retomba et une nouvelle distance se créa entre lui et moi.

— Est-ce en lien avec l'état de ton appartement ?

— Je ne sais pas. J'ai vécu chez Gregory depuis mon retour et je venais de rentrer quand tu es arrivé.

— A l'occasion, je discuterai avec lui de sa notion de « professionnalisme » et de « confiance ».

— Il n'était pas d'accord. Il trouvait ça… dangereux.

— Tu ne m'écoutes pas, moi, comment pourrait-il te faire entendre raison ? ironisa-t-il en sirotant son verre.

Je risquai un faible sourire à sa remarque, mais son visage demeura impassible.

— Je suis désolée, murmurai-je avec franchise.

— Tu es tellement… tellement butée ! gronda-t-il. Tu as mis ta vie en danger inutilement. Tu as risqué notre relation, tu as menti, tu m'as fui, afin de vérifier une théorie hasardeuse sur la mort de ma femme.

— Je pensais bien faire, je t'assure.

Pour la première fois depuis que nous avions franchi la porte de la suite, Andrew fit un pas vers moi. Il plongea son regard, sincère et brûlant, dans le mien. Je remarquai alors les signes de fatigue autour de ses yeux.

— Dorénavant, je t'interdis d'approcher ce type. Sous aucun prétexte, ajouta-t-il alors que j'allais parler.

— Mais… Il n'a encore rien…

— Et je t'interdis de disparaître de nouveau, me coupa-t-il sans ménagement. S'il le faut, je collerai un garde du corps à tes basques nuit et jour.

J'opinai en tremblant. Il fronça les sourcils et secoua la tête.

— Je ne sais même pas si je dois être en colère… ou… reconnaissant. Une fois encore, tu me stupéfies réellement.

— Dois-je être flattée ou inquiète ? demandai-je en craignant le pire.

— Aucune idée, avoua-t-il. Tes multiples manquements aux règles de base que j'avais imposées à notre relation me rendent… dingue. Te faire confiance est la chose la plus… difficile que j'aie eu à faire de toute ma vie. Mais la plus évidente aussi. Laisse-moi digérer tout ça. J'ai… J'ai besoin de calme.

— Bien. Dans ce cas, je vais te laisser, proposai-je en reculant.

— De calme et de toi, ajouta-t-il dans un murmure.

Je lui offris un maigre sourire en puisant péniblement dans le peu de force qu'il me restait. Je m'approchai de lui, calant ma tête contre son torse en espérant une rassurante étreinte.

— Je vais prévenir Gregory pour ton appartement. En attendant, que dirais-tu de prendre un bain ? Je ne supporte pas l'idée que ce type ait pu te toucher.

Je me détachai de lui, triste de ne pas avoir obtenu un geste de sa part. Il m'en voulait, c'était évident maintenant. La déception avait été trop forte, et les révélations trop brutales. Je me dirigeai vers la salle de bains et ouvris le robinet. Au loin, j'entendis la voix d'Andrew donnant des instructions pour faire changer les serrures et retirer les meubles. Je m'installai sur le rebord de la baignoire, attendant qu'il me rejoigne.

Quelques minutes plus tard, il apparut, un petit sourire éclairant son visage. La baignoire se remplissait doucement et il testa la température de l'eau du bout des doigts.

— Je pensais que tu serais nue, dit-il en me regardant.

— Je… Euh… J'attendais… la baignoire, bégayai-je en la désignant d'un mouvement de bras.

— Viens par là.

Je m'approchai de lui prudemment, restant à une distance raisonnable. Andrew réduisit l'espace entre nous et attrapa l'ourlet de mon haut noir. Il le passa par-dessus ma tête, le jetant derrière lui comme un vulgaire chiffon, puis il défit les boutons de mon jean et le fit glisser sur mes jambes. Je le repoussai du bout du pied et, presque immédiatement après, Andrew fit suivre le même chemin à mon shorty.

Finalement, il colla son torse contre ma poitrine et dégrafa mon soutien-gorge. Le bout de tissu atterrit au sol et Andrew prit ma main pour m'aider à m'asseoir dans l'immense baignoire. Il se déshabilla à son tour avant de s'installer derrière moi, collant mon dos contre son torse, et aussitôt mes craintes s'envolèrent.

— Avant qu'on ne parle définitivement d'autre chose : on voit Gregory et Nathan demain pour le déjeuner.

Je me soulevai et me tournai vers lui, presque horrifiée.

— Non négociable, Kathleen.

— Non… C'est juste que… je dois déjeuner avec Daniel demain midi.

— Eh bien, tu annules. Je t'ai dit que je ne voulais plus que tu approches ce type. Maintenant, c'est la police qu'il faut mettre sur le coup.

— Mais…

— Fin de cette conversation : juste du calme et toi.

Je m'appuyai de nouveau contre lui, renonçant à argumenter. Le préserver, le rendre heureux… C'était ce qui comptait à mes yeux. Après de longues minutes sans esquisser un mouvement, Andrew se décida finalement à poser ses mains sur mon ventre. Je soupirai de soulagement, joignant les miennes aux siennes pour mêler nos doigts. J'hésitai à relancer une conversation.

— Dis-moi, murmura-t-il.

— Non, rien, soufflai-je en chassant l'idée qui germait dans ma tête.

— Kathleen, je crois que tu m'as caché suffisamment de choses dernièrement, riposta-t-il sèchement.

— Je t'ai entendu parler de mon appartement, avouai-je.

— Il sera vidé demain, et les serrures changées.

— Peut-être devrais-je m'en séparer, suggérai-je en me tournant vers lui.

— Je croyais qu'il était destiné à devenir notre pied-à-terre new-yorkais ? s'étonna-t-il. Je pense que tu devrais le garder, proposa-t-il avec sérieux.

— Cet appartement n'a rien à voir avec nous… Je…

— Kathleen, garde-le, me coupa-t-il. Au moins pour me faire plaisir.

J'écarquillai les yeux, comprenant finalement où tout cela nous menait.

— Aurais-tu fait preuve d'un nouvel excès ? demandai-je avec un sourire.

— Ça dépend. Définis « excès ».

— As-tu racheté mon appartement ?

— Serait-ce un « excès » pour toi ?

— Définitivement ! assurai-je en riant.

— Un « excès » que tu cautionnerais ?

— Andrew, personne ne cautionnerait ça.

Je me réinstallai dans ses bras, étouffant le rire nerveux

qui menaçait de s'échapper de ma gorge. Il avait racheté mon appartement !

— De toute façon, depuis quand « cautionner » tes excès fait-il partie de mes attributions ? plaisantai-je.

— Tu considères que c'est excessif alors ? me demanda-t-il dans un murmure.

— Ce qui serait vraiment excessif serait de trouver une voiture hors de prix sur ma place de parking, ou qu'une dizaine de personnes œuvrent à remeubler mon appartement… pendant que tu trouverais encore le moyen de m'offrir un bijou hors de prix… Et te connaissant, tu es capable de le faire !

Il y eut un silence et je sentis la main d'Andrew se crisper sur la mienne. De toute évidence, ma plaisanterie était tombée à plat. Je me tournai de nouveau vers lui, croisant son regard sombre.

— Andrew, c'était une plaisanterie. Qu'es-tu en train d'imaginer ?

— Rien… Juste… Je ne pensais pas que l'argent était si… important pour toi.

— Je me fiche de ton argent, affirmai-je avec force.

— Kathleen ! râla-t-il, agacé.

— Mais c'est vrai… Je me fiche de ton argent, ce n'est pas ton argent que j'aime, c'est… toi.

— Moi et mes excès donc, murmura-t-il.

— Toi et tes excès, approuvai-je avant de poser un baiser furtif sur ses lèvres.

Brutalement, Andrew entoura ma nuque et m'attira plus fermement contre sa bouche. Sa langue s'insinua entre mes lèvres et il m'embrassa durement, évacuant de son corps les dernières traces de rage. Je glissai dans l'eau et tentai de me maintenir, enroulant mes bras autour de son cou pour me noyer dans cette étreinte. Quand il se détacha de moi, son regard avait changé. La colère, la déception, n'étaient plus là.

— Qu'y a-t-il ? demandai-je, inquiète.

— J'ai oublié de commander la voiture, sourit-il largement. J'ai bien pensé aux meubles, et même au bijou, mais j'avoue que la voiture…

— Tu es… Tu as osé me… Mais…

— Tout sera prêt demain dans la journée, continua-t-il en ignorant mes remarques.

— Andrew Blake, tu es l'être le plus… diabolique que je connaisse, râlai-je en me réinstallant contre son torse.

Il m'entoura de nouveau de ses bras, me serrant un peu plus fermement contre lui. Aucune limite… J'allais devoir lui apprendre à être plus raisonné, voire raisonnable. Mais comme l'avait si bien expliqué Nathan, je doutais qu'Andrew comprenne réellement le sens de ce mot.

— Et pendant que j'y pense, dès demain, tu auras ton garde du corps particulier.

— Andrew, c'est non ! répliquai-je violemment.

— Kathleen, c'est absolument non négociable !

— Tu ne peux pas m'imposer ça ! m'écriai-je en me redressant de nouveau.

— Après les dernières trente-six heures que je viens de passer, tu n'es clairement pas en position de discuter quoi que ce soit. Tu auras un garde du corps. Parce que c'est nécessaire à ta sécurité, et que tu as promis de suivre mes directives.

— Uniquement si tes directives sont raisonnables, contrai-je dans un dernier espoir de le faire flancher.

— Celle-ci est tout à fait raisonnable.

Je fronçai les sourcils, cherchant une échappatoire, mais rien ne me vint. Andrew affichait un sourire arrogant et vainqueur.

— Je gagne toujours, Kathleen.

J'acquiesçai, sans m'avouer vaincue pour autant, avant de me réinstaller contre lui, me frottant volontairement à son bassin. Andrew ne cilla pas, me laissant le taquiner, mais sa respiration lourde le trahit.

— Donc, un garde du corps ? repris-je en affûtant mon dernier argument.

— En effet. Et ne t'avise pas de jouer les filles de l'air ! Je ne changerai pas d'avis, Kathleen.

— Bien. J'espère qu'il sera joli garçon alors. Parce que, quitte à passer du temps avec quelqu'un, autant que ce soit… agréable.

— Essayes-tu de me rendre jaloux ? demanda Andrew avec une pointe d'humour.

— Tu as des craintes ?

— Kathleen, quelle que soit ma réponse, tu me donneras le mauvais rôle : ou j'agis comme un type présomptueux, ou comme un type jaloux.

— Veux-tu me faire croire que tu n'es ni l'un ni l'autre ? m'enquis-je en me tournant vers lui.

— En tout cas, je ne te laisserai pas sans garde du corps pour te donner raison sur le sujet.

Je soupirai lourdement. Il m'agaçait quand il avait réponse à tout.

— Andrew, vraiment, je trouve ça excessif. Ça n'a pas de sens. Tu prends des mesures extrêmes alors que la situation est sous contrôle.

— La situation, oui. Toi, non.

— Donc ce n'est pas vraiment pour ma sécurité ?

— Si… Pour ça, et pour ma tranquillité d'esprit. Gregory n'a pas fait le boulot que je lui demandais !

— Tu sais que ce n'est pas sa faute.

— Je sais. Mais je peux le punir, lui, sans risquer d'affronter les conséquences. Te punir, toi, bien que l'idée soit vraiment tentante, est exclu.

— Donc tu vas virer Gregory ?

— Je le crains.

— Ce n'est pas juste ! boudai-je. Il n'a rien fait !

— C'est bien ce que je lui reproche. Je prends les décisions, Kathleen. Gregory m'a beaucoup déçu.

— C'est un chic type ! Tu vas ruiner sa réputation juste pour affirmer ton ego ?

— En effet… Et je trouve que nous avons bien fait d'avoir cette discussion. Maintenant que je sais que tu comptes lorgner sur ton garde du corps, je n'ai vraiment aucune raison de garder Gregory.

Je me soulevai vivement, de l'eau éclaboussant le sol de la salle de bains. Andrew arborait encore ce sourire idiot et victorieux que je rêvais de lui faire ravaler. Aurais-je jamais assez d'influence pour le faire changer d'avis ?

— Gregory ? répétai-je en comprenant. « Gregory » va être mon garde du corps ?

— « Aurait pu » être, corrigea-t-il. Mais je ne peux décemment pas prendre le risque que tu lorgnes sur ses attributs…

— Les attributs de Gregory ? grimaçai-je.

— Pas ton style peut-être ? Voilà ce que je propose, Kathleen : ou il devient ton garde du corps, ou je le vire.

— Tu me fais du chantage ? m'écriai-je.

— Je voyais plutôt ça comme une alternative.

Je râlai une dernière fois, sachant que montrer plus de résistance ne ferait que le rendre plus heureux d'avoir gain de cause. Les bras croisés sur ma poitrine, je me réinstallai contre son torse, me plongeant dans le silence.

— Je gagne toujours, Kathleen, murmura-t-il.

— Tu ne devrais pas en être fier, sifflai-je, mauvaise perdante.

— Mes victoires contre toi sont, de loin, celles dont je suis le plus fier.

Il embrassa mon épaule plusieurs fois, me forçant à me détendre. Lentement, il prit mes poignets et me fit décroiser les bras pour les replonger dans l'eau. Puis ses lèvres attaquèrent la peau de mon cou, la suçotant en alternant des gestes tendres et d'autres plus passionnés. Je savais ce qu'il faisait et je savais que mon corps ne résisterait pas longtemps à ce genre d'assauts. Ses mains se mêlèrent aux miennes et, trop vite, je m'entendis gémir d'aise, heureuse de le retrouver.

— J'ai une mission pour toi, murmura-t-il sur ma peau tandis qu'une de ses mains, toujours nouée à la mienne, glissait vers mon bas-ventre.

Il posa ma main sur mon intimité, et je sentis ses doigts me pousser à me caresser. Je retirai ma main, mais Andrew la retint et la replaça sur moi, accentuant son geste. Je basculai la tête en arrière pendant que mes doigts, sous son contrôle total, me touchaient.

— La… laquelle ? bégayai-je.

— Nous trouver une nouvelle maison. Un endroit où je n'aurai que des souvenirs de toi.

— Andrew, murmurai-je. Je… ne peux pas faire ça…

De nouveau, il pressa ses doigts contre les miens et me caressa avec lenteur.

— Je sais que tu peux, chuchota-t-il en libérant ma main pour enfoncer un premier doigt en moi.

Un cri m'échappa et je m'accrochai au rebord de la baignoire. La main gauche d'Andrew remonta sur mon sein, le malmenant durement.

— Andrew… Je… C'est… trop…, bégayai-je.

— Et cette fois, je n'oublierai pas de t'offrir la voiture… S'il te plaît, ajouta-t-il en faisant aller et venir son doigt dans mon intimité.

Je criai de nouveau, sentant la vague de désir grossir beaucoup plus vite que prévu. Andrew connaissait mon corps et savait l'utiliser pour parvenir à ses fins. Le mouvement de l'eau autour de moi ne faisait qu'amplifier le phénomène, la chaleur du bain rendant ma peau encore plus sensible à ses caresses.

Brusquement, il se retira, pour revenir quelques secondes plus tard. Cette fois, je lâchai prise, plongeant avec délice dans le plaisir qu'il m'offrait. Je fermai les yeux, me laissant complètement aller contre lui pendant que mon cœur frappait frénétiquement dans ma poitrine. Après quelques secondes, l'apaisement me gagna et Andrew se releva.

— Commandons à dîner, proposa-t-il en me tendant une serviette de bain moelleuse.

Après le dîner, Andrew m'entraîna vers le lit. Ses gestes, cette nuit-là, furent radicalement différents de nos autres étreintes. Je le surpris plusieurs fois à me fixer avec cette étonnante ferveur pendant que ses mains parcouraient mon corps avec tendresse. Je compris alors qu'il était toujours inquiet, que ma disparition l'avait affecté bien plus que je ne l'avais imaginé.

Cette nuit-là, le masque était définitivement tombé. Je n'affrontais plus Andrew Blake, l'homme de pouvoir, le magnat de la presse, l'homme d'excès, présomptueux et sans aucune limite : il était juste Andrew, l'homme discret à qui j'écrivais et qui savait me toucher en une seule phrase.

Au milieu de la nuit, et après une nouvelle étreinte, Andrew me fit face, son regard émeraude soutenant le mien. Du revers de la main, il caressa ma joue, et je me sentis rougir violemment.

— J'ai eu tellement peur, murmura-t-il. Je ne crois pas pouvoir te dire ce que j'ai vraiment ressenti. Je ne veux pas te perdre. Je ne veux pas replonger dans ce que j'ai déjà vécu avec Eleanor.

— Comment était-ce ? demandai-je en espérant le faire un peu parler.

— Cauchemardesque. Infernal même. Mais ce n'était rien à côté de ce que j'ai ressenti hier. Tu fais partie de mon monde maintenant, et si tu n'es pas là… Je me fiche du reste si tu n'es pas là, avec moi.

— Je voulais juste… aider. Faire en sorte que tu échappes à ça, à cette histoire. C'est tellement sordide et injuste. Mais je suis là et il n'est pas question que je te laisse.

Il risqua un sourire heureux, comme s'il était soulagé de l'entendre.

— Tu le sais, n'est-ce pas ? demandai-je, inquiète.

— Kathleen, je te l'ai déjà dit, je n'ai jamais été aussi faible qu'avec toi. Tu as remis en cause des années de confiance en moi.

— C'est parce que tu es bien trop présomptueux. Tu as cru que j'allais te tomber dans les bras aussi facilement ? plaisantai-je.

— J'y ai cru, oui. Mais tu es d'une telle résistance !

— Des années et des années d'entraînement, monsieur Blake.

Son regard s'assombrit, mais un sourire amusé flotta tout de même sur ses lèvres.

— D'autres clients ? demanda-t-il.

— Non. J'étais transparente, jusqu'à ce que tu débarques ici.

— Tu es loin d'être transparente. Au contraire. D'autres hommes alors ?

— Des quantités astronomiques ! Je croulais sous les propositions galantes, raillai-je.

— Comment est-ce possible ? Comment ont-ils pu passer près de toi sans voir ce que j'ai vu ?

— Je ne sais pas, souris-je. Peut-être étais-je vouée à vous, monsieur Blake ?

— J'aime cette idée, sourit-il.

— Mais j'ai cru que tu… jouais avec moi. Tu brouillais les pistes : ton alliance, tes subterfuges, tes remarques. L'hôtel et ma vie sont deux choses radicalement opposées. J'ai appris à être spectatrice du rêve, pas à le vivre, expliquai-je.

— Dans ce cas, explique-moi. A quel moment…

— Quand tu m'as raccompagnée après la soirée de gala. Il y avait cette chose indéfinissable dans l'air. Comme si j'avais franchi le miroir. Tout à l'heure, tu as dit que me faire confiance était à la fois la chose la plus difficile et la plus évidente que tu avais dû faire dans ta vie. Je crois que c'est ça…

Il posa ses lèvres sur les miennes dans un baiser chaste, presque pur.

— Tu étais vouée à moi, dit-il en reprenant mes mots.

Il m'embrassa de nouveau et m'attira dans une nouvelle étreinte.

Le lendemain matin, après son café habituel, Andrew m'entraîna avec lui dans le renouvellement de ma garde-robe. Après vérification, il était apparu que la plupart de mes vêtements avaient été soit découpés, soit recouverts de détergent. En deux heures, il dépensa plus pour moi que ce que je gagnais en trois mois.

Nous rejoignîmes l'équipe d'Andrew et un homme, que je supposai être de la police, dans un restaurant chic, à quelques rues du Peninsula. Notre arrivée ne passa pas inaperçue, la main d'Andrew dans la mienne. Je saluai tout le monde un peu timidement, offrant tout de même un sourire à Nathan et Gregory, tandis qu'Andrew tirait ma chaise pour que je m'installe.

Nathan commanda une bouteille de vin auprès de la serveuse et, très vite, Gregory aborda le sujet dont nous devions débattre :

— Je vous présente Grant, un ancien collègue à moi qui va s'occuper de notre affaire.

Andrew opina de la tête et, très vite, je m'aperçus qu'il était repassé en mode professionnel. Je saluai Grant à mon tour, un sourire anxieux aux lèvres.

— Je crois que Kathleen devrait nous raconter ce qu'elle sait, proposa Andrew poliment.

— D'accord.

Je me lançai alors dans un récit fleuve, reprenant ma découverte de la photo, mes déductions sur l'accident d'Eleanor et l'entretien de la voiture d'Andrew. Grant prenait des notes, m'interrompant uniquement pour éclaircir un détail ou m'encourager à poursuivre. J'entamais le compte rendu du dîner quand je sentis la main d'Andrew serrer la mienne.

— Vous avez dîné avec lui ? s'étonna Grant en relevant le nez de ses notes.

— Je… Oui. J'admets que ce n'était pas l'idée du siècle.

— En effet, approuva Andrew avec un sourire.

— Je voulais juste le faire parler. Et obtenir des preuves, car pour l'instant…

— … ce ne sont que des suppositions, finit Nathan pour moi. Par ailleurs, nous avons reçu de nouvelles menaces.

Je me crispai tandis qu'il donnait une lettre à Andrew. Il la parcourut rapidement avant de la passer à Grant.

— Langage fleuri, commenta-t-il. Je présume que la « pétasse de journaliste », c'est vous ? ajouta-t-il en me désignant.

— Je… euh… Oui, je présume, bégayai-je en rougissant. C'est moi.

— Et donc, vous dites que ce type, Daniel Cooper, a accès à l'hôtel ?

— Il y travaille, expliqua Gregory. Au bar. Plutôt discret d'ailleurs.

— On le serait à moins, siffla Meghan en portant son verre à ses lèvres.

— Avez-vous déjà été menacée avant ? me demanda Grant.

— Oui. Il y a longtemps, quand j'étais journaliste justement.

— Et ça dure depuis combien de temps ? demanda-t-il à Nathan.

— Environ mi-décembre.

Il y eut un silence et Grant sembla réfléchir intensément. Son front se plissa et il reprit des notes, soulignant le nom de Daniel. Andrew libéra ma main, se servant un verre de vin.

— Vous êtes sûre de vous ? me demanda Grant. Parce que les accusations que vous lancez sont graves.

— Kathleen a un jugement très sûr, me défendit Andrew.

— Et ce dîner ? demanda Nathan avec curiosité.

— Il n'a pas avoué grand-chose. J'ai juste eu la confirmation qu'il détestait Andrew.

— Comme, sûrement, de nombreuses personnes dans ce pays.

— A ma connaissance, ma femme n'a eu qu'un seul amant ! riposta sèchement Andrew.

— Monsieur Blake, je ne cherche pas à vous nuire, contra Grant d'une voix froide. Je ne doute pas que Mlle Dillon soit très intelligente, mais vous avouerez que ses présomptions sont plutôt légères.

— Je suis sûre de moi, intervins-je pour couper court à cet échange désagréable. Je suis certaine que Daniel est derrière tout ça.

Grant me fixa et je soutins son regard. Je refusais de flancher, surtout maintenant. Andrew me soutenait, je devais donc moi aussi m'investir.

— Avez-vous prévu une arrestation prochainement ? demanda Meghan avec un calme glaçant.

— Nous avons besoin de preuves pour ça.

— Mais enfin, ce type se paye notre tête depuis des semaines ! s'écria Nathan.

— Il faut le faire parler, dit Gregory.

— Effectivement, ce n'est pas le genre de mec qui va avouer une fois les menottes aux poignets.

— Faites ce qu'il faut, mais qu'il cesse de nous nuire, gronda Andrew.

J'observais ses mâchoires serrées et le regard perçant qu'il lançait à Grant. Il était sur la défensive, incertain sûrement quant aux décisions à prendre. Il porta son verre de vin à ses lèvres, mais le plissement de son front ne disparut pas.

— Nous ferons ce qu'il faut, monsieur Blake, assura Grant.

Andrew se redressa et, après avoir reposé son verre, cala ses coudes sur la table, penchant son buste vers Grant.

— Je n'ai pas pour habitude qu'on me déçoive, j'attends donc de vous un professionnalisme sans faille.

— Je n'ai pas pour habitude qu'on remette en cause mon professionnalisme, monsieur Blake. Je vais donc mettre votre réaction sur le compte de la nervosité.

Andrew esquissa un sourire et se détendit légèrement.

— Arrêtez ce type dès que possible. Je ne tolérerai pas qu'un de mes proches soit encore pris pour cible.

Furtivement, il dirigea son attention sur Meghan, qui se frottait nerveusement le poignet encore maintenu par une attelle. Elle grimaça légèrement, et Grant reprit :

— Dès que nous aurons toutes les preuves nécessaires, nous l'arrêterons. Gregory m'a remis les bandes enregistrées de l'agression.

— Il n'y a rien dessus, râla Andrew.

— Tu les as vues ? m'étonnai-je.

Andrew se contenta d'opiner, tournant à peine la tête vers moi. De nouveau, je sentis la colère reprendre le dessus. Je devinais maintenant que son agacement portait plus sur le fait de n'avoir obtenu aucune information que sur la culpabilité de Daniel.

— Je verrai ce que je peux en tirer, lança Grant.

— Alors ? Que fait-on ? demanda Meghan en regardant alternativement Gregory et Grant.

— Nous n'avons que peu d'options. On peut soit le prendre sur le fait…

— Ça me semble difficile, commenta Nathan.

— … Soit on le fait parler.

Le regard gris clair de Grant se riva au mien, et je sentis une bouffée de panique me submerger. Je tournai les yeux vers Andrew qui, redressé sur sa chaise, prenait conscience de ce qui se passait.

— Hors de question ! hurla-t-il en abattant son poing sur la table.

Nous tressaillîmes de concert et seul Grant resta stoïque, nullement perturbé par cet accès de colère. Le silence autour de nous se fit, et je sentis les regards des autres personnes présentes dans le restaurant peser sur notre table.

— C'est notre meilleure option, monsieur Blake…

— Jamais de la vie ! reprit-il avec une assurance glacée. Inutile d'envisager que Kathleen joue un quelconque rôle dans cette affaire, ajouta-t-il fermement. Son appartement a été saccagé, elle est trop impliquée.

— Calme-toi, Andrew. Je suis certaine qu'il y a une solution, dit Meghan avec un calme désarmant.

— Je crains que non, mademoiselle.

— C'est beaucoup trop dangereux, contra Nathan.

— Elle sera protégée, assura Grant. Nous l'équiperons d'un micro et elle sera couverte par mon équipe. Qu'en pensez-vous ? m'interrogea-t-il.

— Je ne veux pas que tu fasses ça, Kathleen. C'est trop risqué, murmura Andrew en serrant ma main dans la sienne.

Mon regard navigua de Grant à Andrew, puis vers Gregory. Je trouvais la situation absurde. Après avoir fait tout et n'importe quoi pour confondre Daniel avant de comprendre que je ne pourrais pas agir seule, voilà maintenant que j'étais propulsée en première ligne pour avoir ses aveux.

— Il n'y a pas d'autres possibilités ? demandai-je à Grant tout en gardant mon regard rivé à celui d'Andrew.

— A court terme, non. Je peux mener une enquête, mais ça prendra des mois avant d'aboutir.

— On peut attendre, proposa Andrew.

— Non, on ne peut pas attendre, Andrew, contra Nathan. Les mesures de sécurité sont drastiques, et nous devons signer ce contrat vendredi. On ne peut plus vivre ainsi.

— Je me fiche de ce que vous pensez. Je ne mettrai pas Kathleen dans ce guêpier.

— Andrew, elle sera protégée. Je suis certaine que Gregory veillera sur elle, proposa Meghan en risquant un sourire vers moi.

— Je la protégerai, assura Gregory avec sérieux.

— Comme vous l'avez fait dernièrement ? En l'encourageant à dîner avec ce type ?

Gregory ne répondit pas, et je lui en fus reconnaissante. Il était inutile d'envenimer la conversation. Grant me fixait toujours, attendant ma réponse. Je tournai le visage vers Andrew, partagé entre colère et inquiétude. Je lui avais promis mais, d'un autre côté, je voulais que cette situation cesse.

— Vous pensez que ça peut fonctionner ? demandai-je timidement.

— Kathleen, non !

— Andrew, s'il te plaît. Nathan a raison, on ne va pas vivre éternellement comme ça.

Andrew me jeta un regard sombre et désapprobateur avant de repousser sa chaise. Il s'essuya rapidement la bouche avec un coin de sa serviette et se leva de table.

— Je vous prie de nous excuser un instant, Kathleen et moi devons discuter.

Je levai les yeux vers lui avant de soupirer.

— Seul à seul, compléta-t-il en tendant sa main vers moi.

Avec réticence, je calai ma main dans la sienne et le suivis en slalomant entre les tables du restaurant. Nous débouchâmes dans un petit couloir sombre menant à une salle privative. Andrew me plaqua contre un mur et, pour éviter une fuite de ma part, appuya sa main près de ma tête pour faire barrage.

— Je ne veux pas que tu fasses ça, affirma-t-il avec colère.

— Andrew, soufflai-je, nous n'avons pas le choix.

— C'est trop dangereux. Personne ne sait vraiment jusqu'où Cooper peut aller !

Il approcha ses lèvres de mon cou, et je sentis tous mes membres trembler. Une fois encore, Andrew cherchait à me déstabiliser et à me faire flancher.

— S'il t'arrivait la moindre chose, murmura-t-il avant d'embrasser la ligne de ma mâchoire.

— Je… Je serais… protégée, balbutiai-je.

Soudain, ses lèvres se posèrent sur les miennes dans un baiser violent et dévastateur. La partie raisonnée de mon cerveau était en train de se liquéfier.

— Je refuse de te perdre, souffla-t-il sur ma bouche malmenée.

— Et je refuse de me cacher éternellement.

— C'est non, Kathleen. Jamais !

Il s'écarta de moi, me laissant pantelante et incertaine. Je posai mes mains contre le mur, me retenant à ce que je pouvais. Andrew se passa une main nerveuse dans les cheveux, soupirant lourdement.

— Tu ne te rends pas compte, murmura-t-il.

— Je me rends compte que pour l'instant on ne vit pas normalement.

— C'est une question de temps, riposta-t-il.

— Combien de temps ? m'exclamai-je. Pendant combien de temps allons-nous vivre comme ça ?

— Je te protégerai, il ne t'arrivera rien.

— Il ne m'arrivera rien, jusqu'à ce qu'il décide de s'en prendre à Nathan ou à Janet ! Et ce jour, tu feras ce que tu as déjà fait, tu me quitteras pour me « préserver » !

— Je t'interdis de penser ça ! grinça-t-il, les poings serrés.

— J'y pense tous les jours, figure-toi, ripostai-je.

Sa bouche fondit sur moi, avide et désespérée. Il prit mon visage entre ses mains et m'embrassa durement, prenant l'initiative de glisser sa langue entre mes lèvres. Son bassin se frotta contre le mien et un gémissement s'échappa de ma poitrine. A bout de souffle, il finit par s'écarter, soudant son front au mien.

— Je t'interdis de penser ça, répéta-t-il, haletant.

— Alors laisse-moi faire, plaidai-je. Laisse-moi m'occuper de Daniel.

— Je n'aime pas ce type. Je ne peux pas m'empêcher de penser qu'il t'a touchée. Ça me rend dingue, dit-il en s'écartant finalement de moi.

— Si ça peut te rassurer, il n'a pas non plus aimé l'idée que tu m'aies touchée, tentai-je de plaisanter.

Le visage d'Andrew s'affaissa, et ma blague tomba à plat. Je caressai sa joue et relevai son regard vers le mien.

— Tu veux vraiment faire ça ?

— Oui. Et tu ne me feras pas changer d'avis ! assurai-je avec un sourire fier. Cette fois, tu ne gagneras pas.

Son regard brillant se perdit dans le mien. Il secoua la tête, partagé entre dépit et hilarité. Il posa sa main sur ma joue, la caressant à peine, cherchant sûrement un moyen de me faire plier.

— Comment ai-je fait pour tomber sur la seule femme au monde plus têtue que moi ?

— L'exception, murmurai-je en rougissant.

— L'exception, approuva-t-il en soudant de nouveau son front au mien. Promets-moi d'être prudente.

— Je promets, tant que tu restes raisonnable.

Je bougeai doucement et prudemment. Je pris son visage entre mes mains et plongeai mon regard dans le sien, espérant lui insuffler toute ma volonté d'en finir avec nos vieux démons.

— Tout ira bien, assurai-je. On devrait retourner à table avant qu'ils ne s'inquiètent tous.

Andrew m'embrassa une dernière fois, embrasant de nouveau mon corps, avant de prendre ma main pour nous réinstaller à table.

Chapitre 5

Nathan, Meghan, Gregory et Grant discutaient, mais, dès que leurs regards convergèrent vers nous, le silence se fit. Comme précédemment, Andrew tira ma chaise pour que je m'asseye, et garda sa main dans la mienne. Le temps semblait suspendu, et tout le monde attendait que je brise ce silence gênant.

— Je vais le faire, lâchai-je avec une assurance feinte.

— Parfait.

Nathan et Meghan me fixèrent, tous deux réprimant un sourire moqueur. Soudain, comme par enchantement, tout se remit en marche. Nathan servit du vin, Gregory sortit son téléphone et Meghan s'intéressa au plan que Grant avait griffonné sur son bloc-notes.

— Vous devez m'assurer de sa sécurité, dit Andrew en rivant son regard à celui de Grant.

— Monsieur Blake, je vous assure que nous ferons tout notre possible pour protéger votre fiancée.

— Nous ne sommes pas fiancés.

— Pas encore, compléta Meghan en m'adressant un vrai sourire pour la première fois depuis notre rencontre.

Je rougis légèrement, à l'instant même où Andrew portait ma main à ses lèvres pour l'embrasser. Je me tournai vers lui, un peu abrutie par la fatigue cumulée, ses gestes d'attention et les regards perçants des convives autour de la table. Il me fixa avec intensité avant de relâcher ma main et placer son bras sur le dos de ma chaise, dans un élan protecteur.

Finalement, il se tourna vers Grant, brisant ainsi notre bulle personnelle.

— Je vous écoute, et votre plan a intérêt à être sacrément bon ! lança Andrew.

— Je crois qu'il faut jouer sur la confiance qu'il a envers vous. L'idée du dîner était intéressante, je pense qu'il faut repartir là-dessus.

— Quand ? le coupa Andrew.

— Ce week-end peut-être ? proposa Grant.

— Impossible, c'est le mariage de Lynne.

Instinctivement, je lançai un regard vers Nathan, qui n'eut aucune réaction. De toute évidence, il s'était fait une raison, à mon grand désarroi.

— Nous avons prévu de rentrer à San Francisco après le mariage, contra Andrew.

— Oui… mais Daniel ne sait pas que… enfin… Tout le monde croit que nous sommes séparés en fait, expliquai-je à l'enquêteur.

— Parfait. Dans ce cas, invitez-le à ce mariage.

— Je ne peux pas faire ça, gémis-je en me ratatinant sur ma chaise.

— Vous allez l'expédier à un mariage de la haute bourgeoisie new-yorkaise alors qu'elle est désormais connue des journalistes, elle risque de se faire harceler ! protesta Nathan.

— Bien. Dans ce cas, il faut opter pour…

— … le dîner de répétition, murmurai-je.

Grant me fixa, attendant que je développe mon idée. Je

me redressai et Andrew se tourna vers moi, m'offrant toute son attention.

— Lynne donne un dîner de répétition dans un restaurant.

— Oui… Je n'ai plus le nom en tête, mais je peux lui proposer de faire ça.

— Et ensuite, tu l'inviteras aussi au mariage ? grogna Andrew.

— Bien sûr que non… Si j'arrive à le faire parler au dîner, je pense que la police pourra l'arrêter ensuite, non ?

— Nous ferons le nécessaire dès que possible, monsieur Blake, assura l'enquêteur.

— Je vais t'épouser avant, me menaça gentiment Andrew. Je jure que je ne vais pas laisser ce type te toucher !

— Et je ne vais pas le laisser faire… Est-ce que cela ira, Grant ? demandai-je.

— De toute façon, on ne peut pas vraiment faire mieux. En attendant, je vais mettre ses lignes sur écoute.

Grant sortit une carte de visite de sa poche et la tendit à Andrew. Ce dernier fronça les sourcils, et s'en saisit après un ultime soupir.

— Appelez-moi vendredi matin pour que nous mettions tout en place.

— D'accord, approuva Andrew, avant de lui tendre la main pour le saluer.

Après une courte hésitation, Grant la lui serra et se leva de table. Il salua tout le monde et quitta le restaurant. Son départ provoqua un moment de flottement. Andrew avait posé la carte de visite près de son verre, et je la fixai, m'interrogeant sur la situation.

Peut-être avais-je tort au sujet de Daniel ? Peut-être avais-je voulu justifier la mort d'Eleanor ? Peut-être mon ancien métier me taraudait-il un peu trop… C'est la main d'Andrew sur ma joue qui me fit sortir de mes pensées.

— Tu n'es pas obligée de faire ça, murmura-t-il pour me rassurer.

— Si… Je veux le faire. Et ensuite, je veux qu'on passe à autre chose.

— Kat, je ne sais pas si je dois être admiratif ou jaloux, plaisanta Nathan en me tendant le menu du restaurant.

— A quel sujet ?

— Est-ce que vous savez combien de réunions, de déjeuners, de sourires et de flatteries j'ai dû déployer pour avoir ne serait-ce qu'une fenêtre à mon bureau ?

— Tu veux dire ton cagibi ? s'esclaffa Meghan.

— C'est un bureau, s'agaça Nathan. Petit mais chaleureux… Je le préfère largement au tien.

— Mon bureau est parfait !

— Ça oui, une parfaite réplique de Tchernobyl aujourd'hui : désert et radioactif !

J'étouffai un rire pendant qu'Andrew soupirait. Il esquissa un sourire, me lançant un regard en biais. Posant ses coudes sur la table, il y cala son visage. Je penchai la tête vers lui, dans un geste à la fois affectueux et de soutien. De nouveau, il m'offrit un sourire, et j'entendis vaguement Meghan et Nathan poursuivre leurs échanges.

— Nathan, quel est le rapport entre votre bureau et moi ? repris-je.

— Crois-moi, tu ne veux pas savoir, souffla Andrew en levant les yeux au ciel.

— Eh bien, j'ai lutté pour cette fenêtre pendant des semaines…

— Des mois ! corrigea Andrew.

— Longtemps donc… Et vous, en cinq minutes et un aparté, vous réussissez à lui faire prendre une décision raisonnable !

— Je ne suis pas certaine que ce soit vraiment raisonnable, rectifiai-je pour défendre Andrew.

— Merci de l'admettre ! se moqua-t-il. Et je peux encore changer d'avis, me prévint-il avec sérieux.

— Nathan, de toute évidence, Kat n'a pas les mêmes armes que toi, intervint Gregory, hilare.

— Oh ! et de quel genre d'armes je dispose ? demandai-je.

— Eh bien, déjà, tu es jolie… Et… enfin… tu… as… des… enfin…

— Ne finissez pas cette phrase, Gregory, lui conseilla Andrew d'une voix glaciale.

Il le fusilla des yeux et Gregory se contenta de détourner les yeux. Je me tournai vers Andrew, lui lançant un regard lourd de reproches. Avait-il besoin de ruiner les efforts de Nathan qui tentait désespérément de détendre l'atmosphère ?

— Ce n'était pas utile, murmurai-je sèchement.

— Je recadre les choses, se justifia Andrew.

— Tu as raison, recadrons-les. Au fait, Gregory, l'interpellai-je vivement, rappelle-moi, ta préférence va bien aux blondes ?

Gregory releva le visage vers moi, toute trace de contrariété disparaissant dans la seconde. Une lueur d'amusement illumina son regard et il dirigea son attention vers Meghan.

— En effet, j'ai un faible pour les blondes, dit-il en louchant vers le décolleté de Meghan.

— Mes yeux sont là, riposta cette dernière en lui relevant violemment le menton.

— Ils sont jolis aussi, approuva Gregory.

Meghan esquissa un sourire, puis approcha son visage tout près de celui de Gregory, laissant un espace trop réduit vu l'intimité de leur relation.

— Tu sais quoi ? C'est une bonne chose que tu aimes les blondes, susurra Meghan en longeant la mâchoire de Gregory avec son index.

— Ah oui ? s'étonna mon ami.

— Oui… Nathan est célibataire !

Et brutalement, elle repoussa le visage de Gregory, le dirigeant vers celui déconfit de Nathan. Andrew éclata de rire et but un peu de son vin pour reprendre contenance.

— Ne m'en veuillez pas, Gregory, dit doucement Nathan, mais personnellement j'ai une préférence pour les brunes.

— Non, tu as une préférence pour celles qui sont déjà prises, corrigea Andrew dans un sourire.

Je levai les yeux au ciel pendant que le rire cristallin de Meghan me parvenait.

— Je ne le fais pas exprès, se défendit Nathan en riant. Franchement, je préférerais qu'elles soient seules.

— Vous devriez parler à Lynne, conseillai-je à Nathan.

— Lynne ? s'étonna Gregory en relevant le nez de son menu.

— Oui, Lynne. Nathan a… enfin, il l'aime bien, résumai-je rapidement.

— Je ne crois pas que cela changerait quoi que ce soit. Je devrais passer à autre chose, soupira-t-il, las.

— Envisage-la comme un contrat, lui conseilla Andrew, très sérieux.

— Tu te lances dans le conseil matrimonial ? plaisantai-je.

— Je crois que vous avez vraiment une bonne influence sur lui, constata Meghan.

— J'essaye.

— Lynne n'est pas une sorte d'appel d'offres concurrentiel. Très clairement, je n'ai rien de mieux à lui offrir que ce que lui propose déjà Kingston.

— Philip ne l'épouse que pour l'apparat, Nathan. Il a besoin d'une femme qui fera bien sur les photos de famille, contrai-je sèchement.

Le silence se fit, et j'entendis Andrew étouffer un rire à mes côtés. Nathan écarquilla les yeux avant de nous désigner du doigt, Andrew et moi.

— Il a définitivement déteint sur vous. Croyez-moi, ce n'est une bonne nouvelle pour personne ! s'exclama Nathan.

— Je suis encore ton patron ! feignit de protester Andrew.

— Vous me trouvez trop dure ? demandai-je à Nathan.

— Je vous trouve terrifiante !

— Dans le bon sens du terme, compléta Meghan. Et je crois que vous avez raison, Kat. Je peux vous appeler Kat ? m'interrogea-t-elle poliment.

Je hochai la tête, et Meghan leva son verre de vin dans ma direction. De toute évidence, j'avais réussi une sorte d'examen de passage. Savoir que Meghan m'acceptait enfin ne changeait pas grand-chose mais, quelque part, je savais qu'Andrew devait en être soulagé.

— Je connais les types dans son genre… Ils vous vendent un monde merveilleux, se servent de vous pour la succession familiale et, dix ans plus tard, vous les trouvez au lit avec une minette de vingt ans…

— Je suis d'accord avec Meghan, approuvai-je.

Nathan et Andrew se lancèrent un regard presque effaré.

— Voilà qui est vraiment terrifiant, commenta Andrew. Deux femmes en accord complet sur un sujet.

— Ne sois pas goujat ! m'exclamai-je.

Nathan soupira et la serveuse vint prendre nos commandes.

— En gros, vous êtes en train de me dire que je ne dois rien lui promettre.

— Je pense qu'elle a passé l'âge de croire au prince charmant, sourit Meghan.

— Oh... Donc les bijoux, les robes, les fleurs... Tout ça, ça ne sert à rien ? s'enquit Andrew soudainement très intéressé par la conversation.

— Tu vois que tu es trop excessif, dis-je avant de lui sourire.

— Même les fleurs ? demanda Gregory presque timidement.

— Tu ne sais même pas quelles sont mes fleurs préférées ! s'exclama Meghan.

— Les orties ! siffla Nathan.

Meghan lui lança un regard mauvais, aussitôt suivi d'un sourire heureux.

— Que me conseillez-vous alors, Kat ? demanda-t-il plus sérieusement.

— Je ne sais pas... Lynne est amoureuse de vous, il suffit juste qu'elle s'en rende compte.

— Ça peut prendre du temps, remarqua Andrew en me lançant un regard, et elle se marie dans deux jours ! Epouse-la demain à Vegas ! lança-t-il sans que je puisse distinguer s'il s'agissait d'une plaisanterie ou non.

— Vegas ? Andrew, je ne vais pas faire ça... Et je ne vais pas non plus la traîner par les cheveux derrière moi en bombant le torse dans une peau de bête.

— J'ai toujours des places réservées à l'année sur certains vols, si tu en as besoin, je les mets à ton nom.

— Tu es sérieux ? l'interrogeai-je, incrédule.

Andrew me regarda étrangement, comme si j'avais remis en cause le fait que la terre était bien ronde.

— Nathan n'a pas le droit d'être excessif lui non plus ?

— Euh… si… Enfin… non. Disons que… Je pense que le kidnapping est un crime fédéral, non ?

— Sincèrement, Kathleen, tu préfères la savoir kidnappée par Nathan ou mariée à Philip ? m'interrogea Andrew.

— Serais-tu en train de me faire passer du côté obscur ?

— Possible.

— Et tu veux me faire admettre que le kidnapping est une solution ?

— Offre-moi une meilleure idée !

— Je… Euh…

Je lançai un regard vers Meghan, cherchant de l'aide, mais celle-ci leva les épaules, impuissante. Soudain, je sentis le souffle d'Andrew dans mon cou et me figeai. Je savais ce qui allait suivre.

— Je gagne toujours, Kathleen.

Je secouai la tête et capitulai. Je devais l'admettre : se faire enlever par Nathan était une bien meilleure option pour Lynne que ce mariage avec Philip.

Nos plats furent servis quelques instants plus tard, et le reste du repas se déroula dans une ambiance détendue, loin de la tension de notre conversation précédente avec Grant.

A la fin du déjeuner, accompagnés par Gregory, à l'avant du véhicule, Andrew et moi rentrâmes directement au Peninsula. Afin d'éviter toute rencontre gênante avec Daniel, nous passâmes par le garage et l'accès direct aux ascenseurs.

Escorté par un des gardes de sécurité, Andrew monta le premier dans la suite, m'embrassant furtivement sur les lèvres avant de quitter la voiture. Quelques minutes plus tard, Gregory reçut un message sur son téléphone et, à son tour, m'accompagna jusqu'à la suite.

— Si quelqu'un te croise ici, tu dis que tu viens me chercher, souffla-t-il alors que les portes de l'ascenseur se refermaient sur nous.

— D'accord.

Nous arrivâmes au dix-neuvième étage, et sentant sûrement que notre conversation avec Grant me hantait toujours, Gregory me rassura :

— Tout ira bien, Kat, promit-il avant de toquer à la porte de la suite.

Andrew ouvrit alors la porte et, d'un simple sourire, il réussit à éloigner mes pensées sombres.

— J'ai un peu de travail, lâcha-t-il en nous dirigeant vers le salon.

— Pas de problème, fais ce que tu as à faire. De toute façon, il faut que je m'occupe de ma nouvelle garde-robe, plaisantai-je en désignant l'amas de sacs qui avait été amené dans la suite durant notre déjeuner.

Andrew esquissa un sourire devant mon air presque dépité, avant de me prendre dans ses bras.

— J'avais pensé à une autre forme d'occupation, murmura-t-il sur la peau de mon cou.

— Je croyais que tu avais du travail.

— En effet, admit-il en se reculant pour me faire face. Mais je comptais te faire participer.

— Andrew, il me semble avoir été claire sur le sujet.

Le journalisme, c'est terminé pour moi, dis-je presque sèchement.

— Ça ne concerne pas le journalisme, assura-t-il d'une voix douce.

— Oh… d'accord. Depuis quand baisses-tu les bras aussi facilement ? m'étonnai-je.

— Kat, tu as déjà cette incroyable capacité à te mettre dans les ennuis en étant concierge dans cet hôtel. Pour ma santé, je préfère te savoir tranquillement à la maison.

— Pour ta santé ou pour ma cuisine ?

— Ça va de pair… D'où ton rôle de cet après-midi.

Il se détacha de moi, partit en direction de la chambre et revint quelques instants plus tard avec son ordinateur portable. Je fronçai les sourcils sans comprendre.

— Pendant que je m'attellerai à finaliser le contrat que je dois signer à Washington vendredi, je propose que tu te mettes en quête d'une maison.

— Toute seule ? m'exclamai-je.

— Tu as un goût très sûr, dit-il pour me rassurer. L'homme avec qui tu sors me l'a encore dit, il y a deux minutes.

— L'homme avec qui je sors ? Ce retour à l'adolescence est… curieux, m'amusai-je.

— Tu n'es pas encore ma fiancée.

— Te voilà de nouveau présomptueux, ripostai-je en souriant.

— J'ai la bague, contra-t-il, me désarmant complètement.

— Tu n'as pas un genou à terre, dis-je, fière d'avoir trouvé la ressource pour une repartie.

— Ne me défie pas, Kathleen, murmura-t-il d'une voix rauque.

Il leva la main vers mon visage et effleura doucement

ma joue, pendant qu'un sourire se dessinait sur ses lèvres. Je sentis ma respiration s'accélérer et, quand il plongea son regard profond dans le mien, mon ventre se tordit dans une chaude douleur.

— Ce n'est pas ce que je veux, expliqua-t-il. Je ne veux pas te demander en mariage sur un malentendu. C'est une des rares choses pour lesquelles j'espère ne pas avoir à lutter.

Sa caresse, qui avait cessé, reprit doucement sur ma peau. Il s'approcha de moi, laissant un espace restreint mais pénible entre lui et moi.

— Tu n'as pas peur de louper ta chance ? exhalai-je en espérant le provoquer de nouveau.

— Tu es ma chance. Tant que tu es avec moi, que puis-je vraiment craindre ?

Il y eut un silence calme et presque reposant pendant lequel Andrew effleura la peau de mon visage et de mon cou. Cette caresse, à peine appuyée, me fit frissonner et, brutalement, il s'arrêta.

— Je dois aller travailler, dit-il en désignant l'espace bureau de la suite.

— Mais..., protestai-je vivement avant qu'il ne plaque le bout de ses doigts sur mes lèvres.

— Cherche une maison... La nôtre. Fais une sélection, et je verrai avec Emily pour libérer mon agenda et venir les visiter avec toi.

Ses doigts quittèrent mes lèvres et il me tendit l'ordinateur dernier cri qu'il tenait dans ses mains. Un peu tremblante, et avec la sensation déroutante d'avoir une épée de Damoclès au-dessus de la tête, je le pris et m'installai dans le fauteuil.

— As-tu une préférence ? demandai-je, incertaine.

— Tu connais mes critères.

— Piscine ? m'enquis-je avec un sourire.

— Piscine, approuva-t-il.

J'ouvris l'ordinateur et, pendant qu'Andrew s'installait à son bureau, je m'attelai à la tâche. Le silence de la suite ne fut perturbé que par la sonnerie du téléphone.

Après deux heures de recherches, et surtout après avoir fait une sélection méticuleuse et courte de maisons à visiter, je repoussai l'ordinateur. Andrew travaillait toujours, sa tête penchée sur la lecture d'un dossier. Il avait cet air concentré et sérieux que je ne lui connaissais pas vraiment. Le Andrew que je fréquentais était parfois autoritaire, souvent incisif, et trop rarement décontracté. J'imaginais que son travail ainsi que les responsabilités du groupe devaient avoir pris le pas sur tout le reste de sa vie.

Comme je l'avais souvent fait avec mon père quand il lisait son journal, j'étudiai les ombres de son visage. Je m'emparai alors d'un stylo et griffonnai le visage d'Andrew sur un des blocs-notes mis à la disposition des clients. Je m'appliquai à reproduire aussi fidèlement que possible le parfait dessin de ses mâchoires et le plissement léger de ses paupières. J'esquissai ses lèvres, les connaissant suffisamment pour ne pas avoir à relever le nez sur mon modèle.

— Tu es très douée, dit doucement la voix d'Andrew à mes côtés, me faisant sursauter dans mon fauteuil.

Je cachai le dessin contre ma poitrine, presque honteuse de m'être fait surprendre.

— Ce n'était pas de l'ironie, se reprit-il en tirant la feuille vers lui.

— Non… C'est… Je ne voulais pas que tu me voies, expliquai-je.

— Tu avais l'air concentrée sur le sujet. Tu dessines depuis longtemps ?

— Aucune idée… Depuis que je suis petite, j'imagine.

— Est-ce que je peux le récupérer ?

— Andrew, c'est juste un dessin…

— Kathleen, s'il te plaît, plaida-t-il.

Je le lui tendis, mais il refusa.

— Signe-le tout de même.

— C'est ridicule ! râlai-je.

— Il aura sa place près du Matisse. Signe ! m'ordonna-t-il dans un sourire.

Je gribouillai ma signature, le rouge aux joues. Andrew récupéra la feuille et la glissa dans un de ses dossiers. Quand il revint vers moi, j'avais rouvert l'ordinateur pour lui montrer le fruit de mes recherches. Il s'installa sur le canapé et tendit la main pour me faire venir près de lui. Je m'assis à ses côtés, son bras droit s'enroulant autour de mes épaules.

— Celle-ci donne sur l'océan, commentai-je en faisant défiler les photos.

— Tu veux vivre sur une plage ? s'étonna Andrew.

— Ça ne te plaît pas ?

— Si… C'est juste que j'ai déjà une maison sur la plage !

— J'aime l'idée de la plage. Mais je n'aime pas ta maison…

Je pris une profonde inspiration avant de me jeter à l'eau. Cette idée me trottait dans le crâne depuis le début de la journée, et je devais trouver un moyen d'aborder le sujet :

— Et je pense que cette maison doit être « notre » maison.

— Que veux-tu dire ? s'enquit-il, un peu surpris.

— Eh bien… Un bureau pour que tu puisses travailler, mais pas de réceptions professionnelles et pas de réunions.

— Tu poses tes conditions ? plaisanta-t-il.

— Je ne veux pas passer au second plan, dis-je avec force.

Je sentis son corps se tendre et, lentement, il retira son bras de mes épaules. Je bougeai légèrement et l'observai se passer une main sur le visage. Brutalement, sa fatigue me sauta aux yeux. Le travail, l'avion, moi… En souriant, je décidai qu'Emily aurait sûrement plus d'une journée à libérer de son emploi du temps.

— Tu ne passeras pas au second plan, murmura-t-il.

— Tu ne comprends pas… Eleanor travaillait avec toi, et pourtant j'ai la sensation qu'elle était seule.

— Ne te compare pas à elle, s'il te plaît. Tu n'as rien à voir avec elle, et… ce que nous vivons n'a rien à voir avec ce que j'ai vécu avec elle.

Sa voix s'était radoucie, pourtant les traits de son visage étaient toujours durs et tendus. Je risquai une main sur sa cuisse, espérant le rassurer sur mes intentions. Il ferma les yeux une courte seconde et je posai l'ordinateur sur la table basse pour reprendre la situation en main avant qu'elle ne m'échappe.

D'un mouvement rapide, je repoussai Andrew contre le canapé et m'installai à califourchon sur ses cuisses. Ses yeux s'ouvrirent subitement et, alors qu'il allait parler, je le fis taire en l'embrassant doucement.

— Ce n'est pas ce que je voulais dire, soufflai-je sur ses lèvres.

— Kathleen…

— Tu es fatigué, constatai-je en longeant de mon index les cernes sous ses yeux.

Je traçai le dessin de ses mâchoires crispées, avant de remonter le long de ses tempes et jusqu'à son front.

— Tu travailles trop, chuchotai-je près de son oreille. Et je pense que tu as besoin de vacances.

— C'est impossible pour le moment.

— Pourquoi ?

— Parce que… j'ai du travail, des responsabilités…

— Nathan sera ravi de prendre la main sur le groupe. Nathan ou Meghan.

Je l'embrassai de nouveau sur les lèvres, sentant son corps se détendre lentement sous le mien. Ses mains se posèrent sur mes hanches, effleurant le morceau de peau que mon haut blanc dévoilait. Je bougeai un peu, appuyant ma poitrine contre son torse. Mes mains sur ses épaules, il me fixait avec une lueur étrange dans le regard, entre la surprise et l'inquiétude.

— Est-ce que tu es en train de me forcer la main ? s'enquit-il avec amusement.

— S'il le faut, je le ferai. Mais je te prie de noter que je me plie à tes règles.

— Ce qui est définitivement nouveau pour toi ! ironisa-t-il.

— Si mes souvenirs sont bons, tu m'as demandé d'assurer l'intendance.

— En effet, acquiesça-t-il en souriant.

— Et je ne cuisine pas pour les fous furieux de travail ou pour… les excessifs.

Il étouffa un rire, et je sentis son corps parcouru de soubresauts d'hilarité. Ses mains remontèrent sur ma peau, me faisant frissonner.

— Donc… tu ne veux pas que je travaille à la maison ? Et tu veux que je confie mon entreprise à Nathan ou Meghan ?

— Je veux que tu prennes du recul, soufflai-je sur ses lèvres avec douceur.

De nouveau, son regard s'illumina. Les traces de fatigue que j'avais décelées sur son visage disparurent progressivement, laissant place à un sourire franc et à des traits détendus.

— D'accord, murmura-t-il.

Il m'attira contre ses lèvres dans un baiser doux et sensuel. Ses doigts chatouillèrent mon dos et, très vite, je me retrouvai allongée sur lui. Haletante, je m'écartai à regret de sa bouche, mais Andrew agrippa ma nuque et ne me laissa pas l'opportunité de m'éloigner de lui.

— Andrew… les… maisons, balbutiai-je en le repoussant doucement.

— Plus tard…

— Mais… Tu… Enfin… tu es certain de vouloir vivre dans cette maison ?

— Tant que tu y seras, ça m'ira. Je me plie à tes conditions, me rappela-t-il en repoussant des cheveux de mon visage.

Je replongeai sur ses lèvres, souriant largement. Depuis mon adolescence, je n'avais jamais embrassé quelqu'un aussi longtemps. Andrew me caressa, réveillant toutes mes terminaisons nerveuses et m'arrachant quelques gémissements indécents, mais jamais il n'alla plus loin. Je n'en étais pas déçue, parce qu'au-delà du sexe, c'était surtout être avec lui qui m'importait.

— Dîner dans la suite ? proposa-t-il près d'une heure plus tard.

— Ça me va.

Il passa commande et j'en profitai pour retirer mes chaussures. Pieds nus sur la moquette épaisse du Peninsula, je me dirigeai vers la fenêtre.

Demain, il me faudrait encore affronter Daniel, et rien que l'idée me rendait nauséeuse. Le matin, je devais aussi accompagner Lynne pour un ultime essayage. Andrew et son idée de kidnapping me firent sourire.

— A quoi penses-tu ? demanda-t-il en enroulant ses bras autour de moi.

— A demain, avouai-je, sincère. Je dois voir Lynne demain matin, et je ne supporte pas l'idée qu'elle épouse Philip.

— Tu ne peux pas toujours obtenir gain de cause, murmura Andrew en embrassant mon cou.

— Je sais. Mais c'est un tel gâchis… Et quand je pense à Nathan…

— Nathan est un grand garçon, il fera ce qu'il a à faire.

Mon regard se perdit sur la vue de New York au crépuscule. Le ciel légèrement rose assurait une belle journée ensoleillée pour le lendemain.

— Promets-moi que tu seras prudente, dit doucement Andrew, me sortant ainsi de mes pensées.

— Je le serai. Ne t'inquiète pas. Je reviendrai ici aussi rapidement que possible.

— Je doute d'être de retour avant le milieu de la nuit.

Je me tournai vers lui sans comprendre.

— Je vais à Washington pour la signature d'un gros contrat, je prendrai un vol après le dîner.

— Tu devrais passer la nuit sur place, proposai-je. Ça te permettrait de te reposer.

— Nathan ne voulait pas que j'annule cette signature et je ne veux pas être loin de toi. Surtout après ça. Je serai avec toi la nuit prochaine, n'en doute pas. Et nous irons ensemble au mariage de Lynne. Sauf si Nathan se décide, compléta-t-il en souriant.

— Se décide ? Tu es au courant de quelque chose ?

— Nathan est un impulsif qui réfléchit.

— Ce n'est pas un peu… contradictoire ? souris-je.

— Si ! C'est pour ça que je l'ai embauché.

— A quelle heure pars-tu pour Washington ?

— J'ai un vol vers midi.

Je soupirai avant de caler ma tête sur son torse. Andrew enroula sa main sur ma nuque, me maintenant contre lui. Sa chaleur m'apaisa et, de nouveau, sa simple présence suffit à chasser mes pensées sombres. Nous restâmes enlacés de longues minutes, et il me sembla même qu'il me berçait.

Quelques instants plus tard, alors que je rangeais ma monstrueuse garde-robe dans les placards de la chambre de la suite, je l'entendis rire à gorge déployée. J'abandonnai ma tâche, triturant un vêtement entre mes mains, et me dirigeai vers son bureau. Je n'avais que très peu entendu Andrew rire ainsi, mais son visage était lumineux quand il le faisait. Il était au téléphone, hilare, et s'assit dans le fauteuil du salon. En me voyant, il me fit signe et m'attira sur ses genoux.

Quand il raccrocha, les larmes au bord des yeux, je crus qu'il n'allait jamais pouvoir reprendre sa respiration.

— Qu'y a-t-il ? demandai-je en souriant largement.

— Nathan.

— Quoi Nathan ?

— Il s'est décidé…

— Oh… Et il se décide demain ? espérai-je en songeant au dîner de répétition avec Daniel.

— Il est déjà à Washington, son avion vient de se poser.

Andrew se lança alors dans une longue explication, parsemée d'éclats de rire. Sa main joua avec mes cheveux pendant toute cette conversation, et quand enfin je compris comment Nathan allait tenter sa chance, j'éclatai de rire à mon tour.

— C'est un fou furieux ! m'esclaffai-je. Et il t'a appelé juste pour ça ?

— Apparemment, je suis devenu une sorte de baromètre de l'excès, répondit Andrew en levant un sourcil entendu.

— Oh… Aurais-je écorné ton image de marque ?

— Je le crains !

Nous échangeâmes un sourire, et je me laissai tomber plus librement dans ses bras.

— Tu n'as pas idée de tout ce que tu as provoqué dans ma vie, avoua-t-il doucement.

— Andrew, commençai-je avant que les mots ne s'étranglent dans ma gorge en croisant son regard flamboyant.

— Bien plus que tu ne l'imagines, ajouta-t-il. Et de toutes les façons possibles…

— Je n'ai pas fait ça, murmurai-je doucement.

— Bien sûr que si… Un jour, je te raconterai, promit-il en nous faisant redresser.

— Raconter quoi ? m'enquis-je sans comprendre.

— Comment tu es devenue mon incroyable et fabuleuse exception.

Je rougis violemment, subissant l'assaut de son regard intense. Je sentis mon cœur tressauter dans ma poitrine, et ce n'est qu'en devinant les doigts d'Andrew sur mes mains que je sortis de ma douce torpeur.

— J'aurais dû ajouter « sexy » ! plaisanta-t-il en tirant le vêtement que j'avais gardé dans les mains.

Il se saisit du morceau de tissu, dévoilant une nuisette noire, transparente et très courte. Je rougis de nouveau avant de lui arracher le vêtement des mains. Le *room service* s'annonça, et j'en profitai pour fuir vers la chambre.

— Ne la range pas, Kathleen ! cria Andrew dans un nouveau rire.

Je l'entendis installer notre dîner et remercier le garçon d'étage. Je finis de ranger rapidement mes affaires et le rejoignis dans la salle à manger. Il nous servait du vin et m'offrit un sourire quand j'apparus devant lui.

— Je pensais que tu allais étrenner cette ravissante petite chose noire.

— Pas tout de suite, souris-je.

Andrew finissait sa salade de fruits quand son téléphone vibra. A son froncement de sourcils, je devinai qu'il ne s'agissait pas d'une bonne nouvelle.

— Blake ? fit-il en se dirigeant vers le salon.

Je repoussai mon dessert et tentai d'écouter les bribes lointaines de sa conversation téléphonique.

— Est-ce que vous allez bien ? s'inquiéta-t-il après de longues minutes de silence.

Je me levai de table et allai le rejoindre dans le salon. Je le fixai, cherchant à obtenir une explication. Mais il secoua la tête tout en fuyant mon regard avant de reprendre sa conversation :

— Bien. Appelez l'informatique et demandez-leur de vérifier tous les mots de passe. Et profitez-en pour réclamer une liste nominative des personnes ayant accès au bâtiment.

— Un problème ? murmurai-je, anxieuse, pendant qu'il allait et venait dans la pièce.

— Et envoyez-moi cette liste dès que vous l'avez. Bonne soirée, Emily.

Andrew raccrocha et tout son corps sembla s'affaisser brutalement. Je m'approchai de lui, espérant pouvoir le rassurer par ma présence. Je posai une main sur son dos, qui se contracta à ce simple contact. Quand nos yeux se croisèrent enfin, je perçus une lueur de colère dans son regard.

— La voiture d'Emily a été forcée. Son sac et son ordinateur portable ont été volés, gronda-t-il.

— Elle va bien ? m'inquiétai-je.

— Oui. Sa voiture était au garage. Elle avait oublié un dossier et, le temps de faire l'aller-retour à son bureau, son ordinateur avait disparu.

Brusquement, Andrew me prit dans ses bras et me serra contre lui. Il soupira lourdement. Une forme de lassitude devait le gagner. Dès que nous avancions sur un sujet, dès que les choses semblaient enfin sous contrôle, un autre pan de nos vies s'effritait. Je m'accrochai à lui, le serrant à mon tour contre moi.

— J'ai hâte que cette histoire soit terminée, murmura Andrew.

— Elle se terminera, je t'assure.

Je me détachai de lui et risquai un sourire. Il me sourit à son tour, plus faiblement que je ne l'espérais, et déposa un baiser sur mon front. Il s'écarta et se dirigea vers l'un des tiroirs du meuble de bureau.

— J'ai quelque chose pour toi, et j'aimerais vraiment que tu le portes demain.

— Encore un cadeau ? plaisantai-je.

— Est-ce un problème ?

— Potentiellement. Je présume que je vais devoir te faire un cadeau à mon tour.

— Tu viens avec moi à San Francisco, jamais je ne pourrais rivaliser ! s'esclaffa Andrew. Tourne-toi, s'il te plaît.

Je lui tournai le dos et, quelques instants plus tard, je sentis les doigts d'Andrew caresser ma nuque, puis repousser la masse de mes cheveux sur mes épaules. Il embrassa la peau de mon cou, et même sans le voir, je savais qu'il souriait.

— Un air de déjà-vu, murmura-t-il.

Le contact froid du bijou me fit frémir. Le collier aux fins maillons glissa sur ma peau, entraîné par un pendentif scintillant. Je passai le bout de mes doigts dessus pendant qu'Andrew l'attachait autour de mon cou. Je pivotai de nouveau, faisant face à mon amant tout en observant le bijou.

— Merci, murmurai-je.

— J'aime te faire essayer des bijoux.

— Est-il vraiment pour moi ? m'enquis-je.

Je souris au souvenir de notre séance d'essayage. Andrew repoussa mes cheveux en arrière cette fois, et comme il l'avait fait ce soir-là, il longea la chaîne du bout de son index. Je frissonnai légèrement, sentant la chair de poule couvrir mon décolleté.

— Pour qui d'autre pourrait-il être ?

— Je t'ai trouvé tellement agaçant ce soir-là.

— Je sais, murmura-t-il. Tu étais tellement touchante à lutter de toutes tes forces contre moi.

— Et j'ai résisté, mentis-je. Je le porterai demain, assurai-je.

— J'aimerais qu'on reparle de cela, lança Andrew.

— De demain ?

Il me fixa avec cette étrange et déconcertante intensité.

Pourtant, ses traits étaient durs, secs, et il semblait distant. Je pris le bijou entre mes doigts, l'agitant nerveusement.

— Ce que tu vas faire avec Daniel… Je ne sais pas… Je n'aime pas l'idée qu'il te touche… La simple pensée qu'il puisse se pavaner avec toi me répugne, avoua-t-il.

— Andrew, c'est juste… du théâtre, une façon de le faire craquer, je te promets que ce n'est rien de plus, assurai-je en posant mes mains sur son torse.

— Peut-être, mais… Kathleen, jamais personne n'a empiété ainsi sur ma vie. Et j'ai la sensation qu'il va encore saccager quelque chose. Toi en l'occurrence.

Le visage d'Andrew se crispa et je soupirai lourdement. Je ne savais pas ce qu'il voulait… Une assurance de ma part, me prévenir de toutes ces choses que je devrais faire croire, ou juste me faire part de ses inquiétudes.

— Je sais à qui j'appartiens, dis-je avant de l'embrasser doucement. Il n'y a que toi.

Un sourire flotta sur son visage et son regard s'illumina.

— Je vais gérer ça. Je vais le faire parler, assurai-je. Et il sera arrêté samedi matin, promis-je, confiante.

— Toujours aussi stupéfiante, murmura-t-il en caressant mon visage.

— Tu es si confiant habituellement, sûr de toi… Comment peux-tu croire que je vais céder à cet homme ?

Soudain, un sourire carnassier s'étira sur ses lèvres. Son regard inquiet vira dans la seconde et il m'attira contre lui pour une étreinte.

— Ne va pas trop loin avec lui.

— Juste de la comédie ! Rien à voir avec ce que je ressens avec toi, ajoutai-je en m'écartant légèrement de lui.

Un sourire se dessina sur ses lèvres, et la chape de plomb

qui s'était abattue sur nous au moment de l'appel d'Emily sembla se dissiper. Je l'embrassai de nouveau, me perdant dans le contact de ses lèvres. Il n'avait aucune raison de s'inquiéter. J'étais à lui, sans aucun doute. Je portai mes mains en haut de sa chemise et entrepris d'en défaire les boutons. Sa respiration s'accéléra et il réduisit l'espace déjà restreint entre lui et moi. Dans ma cage thoracique, je sentis mon cœur bondir et fondre l'instant suivant.

Je repoussai sa chemise et la lui retirai, caressant son torse musclé. Andrew ôta mon haut et me guida jusqu'à la chambre. Je trébuchai, l'embrassant avec le peu de souffle qu'il me restait. Quand mes genoux heurtèrent le lit, je m'effondrai sur les draps frais, le corps d'Andrew couvrant le mien. La pièce était à peine éclairée, la lampe de chevet diffusant une douce lumière.

Je relevai les jambes, le bassin de mon amant se frottant de façon indécente contre le mien. Je gémis fortement, plongeant mes doigts dans ses cheveux. Une de ses mains déboutonna mon jean et, très vite, se posa sur mon intimité. De nouveau, je gémis contre lui, me cambrant. Il nous fit rouler sur le lit, et je me retrouvai au-dessus de lui.

— Prends les commandes, m'intima-t-il.

Je souris largement avant de me diriger vers la fermeture de son pantalon. Je l'en débarrassai, puis lui retirai son boxer. Son sexe tendu apparut devant moi, et j'en profitai pour l'embrasser furtivement. Andrew geignit et murmura mon nom. Je remontai le long de son ventre et de son torse, parsemant sa peau de baisers. Quand je fus à la hauteur de sa bouche, Andrew défit mon soutien-gorge et ses lèvres se posèrent sur la pointe durcie d'un de mes seins. Je le repoussai doucement.

— Je croyais que je devais prendre les commandes ? soufflai-je avant de suçoter la peau de son cou.

Ses yeux croisèrent les miens et cela me désorienta totalement. La chaleur de son corps et la flamboyance de son regard eurent raison de moi et je haletai légèrement.

— Vas-tu rester habillée ? me demanda Andrew avec une pointe d'amusement dans la voix.

Je me défis de mon jean et de mon sous-vêtement, et me glissai de nouveau sur Andrew. Cette fois, je devins plus entreprenante, et sentir son corps se détendre sous les caresses simultanées de ma bouche et de mes mains me donnait une puissance phénoménale. J'embrassai ses flancs, tout en caressant son ventre parfaitement plat. Je sentais son sexe bouger sous moi et ce simple contact m'électrisait.

Ses mains se perdirent dans ma chevelure, et il gémit lourdement en sentant mes baisers se diriger de plus en plus bas.

— Kathleen, murmura-t-il en jetant un regard vers moi.

— Andrew, soufflai-je avec cette intonation particulière qu'il aimait.

Sa tête retomba lourdement sur l'oreiller et je me plaçai entre ses jambes, embrassant son sexe tendu. Ses doigts bougèrent sur ma tête, m'encourageant de façon muette à aller plus loin. Aussi, quand je pris Andrew entre mes lèvres, son grognement ne m'étonna pas vraiment.

A part son souffle lourd, je n'entendais rien. Je me concentrais sur lui, sur ma capacité à lui donner du plaisir. Il gémissait à un rythme régulier, surtout quand ma langue passait sur la partie la plus sensible de son sexe. Ma bouche coulissait sur lui, en alternant les cadences rapides et plus lentes.

— Encore, quémanda-t-il alors que j'avais abandonné son sexe pour le caresser simplement avec ma main.

Avec un sourire, je reposai ma bouche sur lui, et il se cambra violemment en sentant que je l'aspirais entre mes joues. De nouveau, à bout de souffle, il grogna mon nom et ses mains m'imposèrent un rythme soutenu. Je creusai de nouveau les joues, accentuant ma pression sur son sexe, puis passai ma langue lentement sur son extrémité.

Andrew jura et cela me donna une satisfaction énorme. J'avais le pouvoir sur lui. Mon excitation redoubla, et je m'entendis gémir contre lui. Je frottai mes cuisses l'une contre l'autre, cherchant un soulagement, en vain.

— Laisse-moi te toucher, supplia Andrew.

Je le libérai et claquai ma langue contre mon palais pour lui rappeler sa propre instruction. Je menais le jeu. Je remontai le long de son corps, ma peau brûlante se frottant à la sienne. J'embrassai ses lèvres, plongeant dans son regard incandescent.

— Dis-moi ce que tu veux, murmurai-je, frottant mon intimité humide contre son sexe.

— Toi, souffla-t-il.

— Comment ?

— De toutes les façons possibles.

Soudain, il me sembla que le temps se mettait à ralentir. Les battements de mon cœur prirent un rythme fou et le regard d'Andrew se voila. Immobile au-dessus de lui, je compris que j'avais été prise à mon propre jeu et que je ne menais pas vraiment la danse.

— Andrew, murmurai-je, pantelante.

— Promets-moi, supplia-t-il. Promets-moi d'être à moi un jour.

— Je te le promets, assurai-je, la voix étranglée.

Et le temps se remit en route. Andrew me bascula sur le dos et, après m'avoir embrassée avec dévotion, s'enfonça en moi. Nous gémissions à l'unisson, tandis que le mouvement de ses hanches rencontrait parfaitement celui de mon bassin. Il nicha sa tête dans mon cou, répétant mon prénom dans un murmure sans fin.

Je me cambrai contre lui, cherchant à obtenir la délivrance. Le chaud, le froid, puis de nouveau le chaud me consumaient. Je jetai la tête en arrière, attendant qu'il m'offre le plaisir que j'attendais.

— Andrew…

— Encore, grogna-t-il en intensifiant ses mouvements.

Mon ventre se tordit un peu et il caressa l'endroit le plus sensible de mon anatomie. Je criai son nom, m'accrochant à son dos, griffant ses épaules. J'en voulais plus, maintenant, tout de suite. Ses mains s'accrochèrent à mes cuisses et il les remonta un peu plus sur lui, accentuant la profondeur de son mouvement.

En sueur, je me sentis partir vers un orgasme dévastateur. Le sexe avait toujours été incroyable avec Andrew, mais ce soir, c'était différent. Comme si tout convergeait : mon corps, le sien, mon cœur, le sien, ma promesse d'être à lui et notre vie à venir.

Il se tendit au-dessus de moi et grogna, m'entraînant dans une jouissance nouvelle. Je criai son nom, heureuse et en pleine plénitude. Il s'effondra sur moi et roula sur le côté avant de m'attirer dans ses bras.

— Je t'aime, soufflai-je, pantelante.

— Je t'aime aussi. Ne l'oublie jamais.

Après quelques minutes, ma respiration se calma. J'écoutai

le cœur d'Andrew reprendre lui aussi un rythme normal, caressant de ma main le haut de son torse.

— On devrait dormir, murmurai-je.

— On devrait, oui.

Il repoussa doucement les draps et me fit tourner pour caler mon dos contre son torse. Ses lèvres embrassèrent la peau de ma nuque et ses mains, sagement posées sur mon estomac, descendirent lentement entre mes cuisses.

— Je n'ai pas vraiment envie de dormir, souffla-t-il.

Sa main se logea entre mes cuisses et il me caressa longuement, m'amenant à un troisième et fulgurant orgasme. Epuisée par ma journée et par les attentions d'Andrew, c'est bercée par le rythme de sa respiration que je finis par m'endormir dans ses bras.

Chapitre 6

Le lendemain matin, Andrew me réveilla en couvrant mon épaule de tendres baisers. Je m'étirai en gémissant, ravie d'avoir eu une nuit de sommeil décente. Il me semblait que je n'en avais pas eu depuis des semaines.

— Bonjour, murmurai-je.

— Bonjour, belle endormie. Le petit déjeuner est servi.

— Génial… Tu es parfait pour l'intendance, le taquinai-je en caressant sa joue.

— Encore une bonne raison de m'épouser, riposta-t-il.

— Ai-je dit que je ne le ferais pas ? m'enquis-je en me tournant vers lui.

— Je tente de mettre toutes les chances de mon côté… T'ai-je dit à quel point tu étais resplendissante au réveil ?

— Tu en fais trop, Andrew ! m'esclaffai-je en me dégageant de son étreinte.

Je me levai et filai vers la salle de bains. Derrière moi, je sentis son regard me dévorer. Je lançai le jet de la douche, espérant qu'il me suive pour une ultime étreinte avant son départ pour Washington.

L'eau chaude acheva de me réveiller. Comme je l'avais espéré, Andrew se joignit à moi, mais notre douche fut, au départ, très chaste. Il se contenta de me masser les épaules et de m'embrasser épisodiquement alors que je voulais tellement plus de sa part. J'entrepris alors de le savonner à mon tour, m'aventurant lentement mais sûrement vers ma zone d'intérêt. Je le caressai doucement, son sexe grossissant dans ma main.

Andrew retrouva mes lèvres, m'embrassant presque sauvagement, sans me laisser le temps de reprendre mon souffle.

— Continue, m'intima-t-il en prenant ma main pour la reposer sur lui.

Je repris alors ma caresse, Andrew gémissant lourdement quand j'accentuais la pression sous mes doigts. Brutalement, il me fit pivoter et me colla à la paroi de la douche. Les seins écrasés contre le verre, Andrew me fit l'amour avec une frénésie particulière. Sa voix rauque me parvint, articulant mon nom pendant que je criais le sien.

Ma tête tourna et je tentai de me maintenir alors que mes jambes tremblaient. L'eau s'abattait sur mon dos et Andrew bougea encore plus vite, allant et venant en moi comme si sa vie en dépendait. L'orgasme me saisit avec une soudaineté folle, me tétanisant sur place. Andrew jouit quelques instants plus tard, avant de murmurer qu'il m'aimait dans le creux de mon oreille.

Comblés, nous sortîmes de la douche et je tentai de trouver une tenue adéquate pour mon entrevue avec Lynne. J'optai pour une robe longue et légère, choix qu'Andrew approuva d'un sourire heureux. Je m'installais à la table du petit déjeuner quand le *room service* s'annonça à la porte. Instantanément, mon corps se raidit.

— C'est la voix de Daniel, murmurai-je à Andrew.

— Je vais voir ce qu'il veut.

Je courus jusqu'à la chambre et fermai la porte, laissant un espace restreint pour entendre leur conversation. Andrew ouvrit la porte et, d'où j'étais, je ne distinguais que sa silhouette longiligne et les muscles tendus de son dos sous sa chemise.

— Un envoi en express pour vous, monsieur.

— Je ne savais pas que vous gériez aussi le *room service*, lança Andrew un peu sèchement.

— Le concierge de jour était occupé, monsieur.

Andrew bougea et je compris qu'il refermait la porte. J'entendis Daniel lancer un « bonne journée » pendant qu'Andrew ouvrait une enveloppe volumineuse. Je sortis de ma cachette et retournai à table.

— Ce type est tout de même d'une arrogance incroyable, râla-t-il. Il ose se pointer à la porte de ma suite !

— Il venait sûrement vérifier si tu étais seul ou non.

— Il peut compter sur moi… Je lui enverrai un carton d'invitation pour notre mariage !

Je risquai un sourire, espérant détendre l'ambiance. Il fallait vite changer de conversation. Je ne voulais pas qu'Andrew parte à Washington avec des idées sombres et tortueuses dans le crâne.

— Qu'est-ce que c'est ? l'interrogeai-je.

— La dernière version du contrat que je dois signer ce soir. Ça concerne un appel d'offres à Washington. On va réhabiliter un bâtiment pour en faire des logements. Ce contrat est le premier que nous gagnons en cinq ans.

— Je vais commander du champagne pour ce soir ! souris-je.

— Nathan s'en est déjà chargé.

— Es-tu en train de dire que tu préfères sa compagnie à la mienne ?

Andrew étouffa un rire avant de se servir du café. Je me versai du jus de fruits et beurrai un toast. J'étais affamée. Il releva les yeux vers moi, m'observant.

— Je devrais me méfier. Maintenant que tu es… prise, il risque de lorgner sur toi. Il aime sauver les femmes en détresse.

— Je ne suis pas en détresse avec toi ! contrai-je. Dois-je m'inquiéter de Meghan ? plaisantai-je. Si mes souvenirs sont bons, tu as toi aussi « lorgné » sur elle.

— C'était différent. Je n'étais pas marié.

— Je ne le suis pas.

— C'est tout comme.

— Devons-nous toujours en revenir au mariage ? J'ai l'impression de me faire… endoctriner !

— Est-ce que ça marche ?

— Non… Mais je sais que ça ne t'arrêtera pas. Donc, Meghan ?

— On avait bu. Sans intérêt, pour elle comme pour moi. Et sincèrement, je crois que Gregory est bien mieux pour elle !

Je m'étouffai presque avec mon toast. De toute évidence, j'avais loupé un épisode de la relation particulière entre Gregory et Meghan. Les yeux d'Andrew pétillaient devant moi et, très galamment, il m'offrit une serviette pour m'essuyer.

— Je ne comprends pas, avouai-je après avoir bu une gorgée de mon jus de fruits.

— Elle le veut.

— Et tu sais ça parce que ?

— Parce que Meghan s'est mise au sport alors que je doute qu'elle ait jamais couru de toute sa vie. Même après un taxi !

Je ris à mon tour, me promettant d'appeler Gregory pour lui faire part de cet alléchant secret. Il allait être ravi de pouvoir se frotter à la femme de l'« Empereur ».

— Tu es très… potin finalement, fis-je remarquer à Andrew.

— Je tiens à eux. Ils m'ont aidé… après Eleanor. Sans Meghan, je serais… je ne sais pas… peut-être mort noyé dans l'alcool. Et Nathan… ce qu'il a fait est au-delà de l'amitié. Je lui suis redevable.

— Je pense que je dois garder cette information pour moi ? ris-je.

— Evidemment. J'arrive toujours à lui faire peur, pour le moment. Merci de ne pas briser mon « aura ».

— Tu ne m'impressionnes plus, avouai-je dans un rire.

— Encore un défi ?

— Tu ne pourras pas relever celui-là. J'en suis certaine. Je suis habituée à tes excès, à tes manœuvres pour me mettre en échec… Je ne crains plus rien de toi.

— Tu m'en vois désolé, sourit-il, pas du tout contrit. Mais je pense que tu as tort.

— Pourquoi es-tu si sûr de toi ? m'enquis-je en voyant son regard s'illuminer.

— Parce que je gagne toujours, Kathleen. Toujours.

La sonnerie de son téléphone retentit et il grimaça. Nous avions réussi à instaurer une ambiance un peu légère et en une seconde, tout s'effondrait. L'appel fut bref, et pendant toute la conversation, Andrew ne me quitta pas des yeux.

— Finis ton café, on doit retrouver Grant dans cinq minutes.

— Où ? demandai-je alors qu'il se levait de table.

— Au garage. Le briefing sera fait dans la voiture, et on te dépose ensuite chez Lynne.

J'avalai le reste de mon café d'un trait et retournai à la salle de bains pour me brosser les dents. Dans la pièce d'à côté, Andrew préparait un sac pour son voyage à Washington. Quand je regagnai la chambre pour prendre ma veste, sa valise était fermée et il consultait son agenda pour la semaine suivante.

Je récupérai mon sac, y glissant mon téléphone et une paire de lunettes de soleil. A peine l'avais-je fermé que des coups furent frappés à la porte. De nouveau, je retournai me cacher dans la chambre pendant qu'Andrew allait ouvrir. Un des agents de sécurité de l'équipe de Gregory apparut et Andrew lui demanda d'attendre quelques instants.

— Je descends le premier, Gregory vient te chercher dans trois minutes, m'annonça-t-il.

— D'accord.

Il posa un baiser furtif sur mes lèvres et, après un dernier sourire, retrouva l'agent de sécurité. La porte de la suite claqua derrière lui et Gregory s'annonça quelques instants plus tard. Comme la veille, il m'escorta dans l'ascenseur et jusqu'à la voiture, où je retrouvai Andrew. Je saluai Grant, assis à l'avant sur le siège passager, pendant que Gregory s'installait derrière le volant.

Nous sortîmes du garage pour nous engouffrer sur la Cinquième Avenue, grouillante de monde. Les vitres teintées nous cachaient de la foule, et alors que je fixais sans vraiment les voir tous ces visages, il me sembla reconnaître un regard familier. Je fouillai rapidement dans ma mémoire, en vain. Andrew posa sa main sur la mienne, me sortant de mes pensées.

— Est-ce que tout va bien ?

— Oui… J'ai… Je ne sais pas, il m'a semblé reconnaître quelqu'un. Mais j'ai dû rêver.

— Je vous donne les instructions de ce soir, lança Grant en dégainant un bloc-notes de sa poche.

Andrew prit ma main dans la sienne et la serra fermement. Je lui offris un faible sourire, incapable de donner plus le change.

— Gregory m'a confirmé le lieu du dîner. Ça commencera à 20 heures, je viendrai vous équiper à l'hôtel à 18 h 30.

— Daniel va sûrement vouloir venir me chercher chez moi, intervins-je, un peu paniquée.

— Il faudra refuser, lui dire que vous irez directement au restaurant. Toutes mes équipes sont mobilisées là-bas, je ne veux pas prendre de risques.

— C'est parfait, approuva Andrew. C'est une bonne chose que ce type ne débarque pas chez toi.

— Et ensuite ? demandai-je.

— Vous le faites parler. Gregory sera dans la salle pour vous protéger en cas de problème. Et il sera armé.

Je déglutis lourdement et Andrew m'adressa un regard inquiet. Je me sentis blêmir et me raccrochai à sa main pour tenir le coup.

— Il faut qu'on convienne d'un signe, Kat. Au cas où.

Je ne pris même pas la peine de demander « au cas où quoi ? » à Gregory. Je savais de quoi il parlait. Curieusement, ce n'était pas tant l'anxiété d'être avec Daniel qui me rongeait, c'était la possibilité de ruiner la soirée de Lynne. Je craignais de paniquer, d'agir maladroitement, de provoquer un tsunami sans aucune raison.

— Je toucherai mon collier, murmurai-je en portant ma main dessus.

Je lançai un regard vers Andrew, et il acquiesça.

— Le dîner doit finir vers 23 heures, au plus tard minuit, reprit Grant.

— Gregory vous raccompagnera à la suite. Monsieur Blake, serez-vous là ?

— Non. Je suis à Washington pour la journée. Gregory, je veux que vous gardiez un œil sur Kathleen tant que je ne suis pas rentré.

— Sans problème, opina-t-il.

— Vous avez des questions ? demanda Grant.

— Je ne sais pas si… Enfin, je ne suis pas sûre de le faire… parler.

— Kathleen, fais ce que tu peux, me rassura Andrew. Et surtout, ne prends pas de risque inutile. S'il te plaît, ajouta Andrew dans un murmure à peine audible.

— Faites ce que vous pouvez… Le seul mystère que nous devons résoudre, c'est l'histoire des pneus, expliqua Grant. Mademoiselle Dillon, faites de votre mieux. De toute façon, l'enquête est en cours, nous finirons par trouver quelque chose.

Le silence se fit dans la voiture, et Gregory s'engagea sur une rue moins fréquentée. L'angoisse que je tentais de canaliser depuis ce matin refit son apparition. Andrew libéra ma main et enroula son bras autour de mes épaules pour m'attirer contre lui. Je me laissai volontiers faire, respirant son parfum pendant que je réfléchissais à comment faire parler Daniel.

— Je vais rester en bas de chez Lynne et si vous bougez, je vous suivrai, m'indiqua Gregory.

— Nous irons sûrement à la boutique pour les robes.

— Aucun souci.

— Et je dois en plus lui faire croire que je suis malheureuse comme les pierres, marmonnai-je.

— Tu ne l'es pas ? me demanda Andrew avec la trace d'un sourire dans la voix.

— Non. Vraiment pas… Je suis… anxieuse et stressée, et pressée d'en finir. Pas malheureuse… Je ne sais pas comment je vais pouvoir lui faire croire ça…

— Elle doit être obnubilée par son mariage. Evite de parler de toi, ça devrait suffire.

— J'oubliais à quel point tu étais fin stratège, souris-je en me redressant pour lui faire face.

Je posai mes lèvres sur les siennes, profitant d'une dernière étreinte. Je sentis la voiture ralentir, puis s'arrêter. Andrew agrippa ma nuque, me retenant contre lui. J'oubliai la présence de Grant et de Gregory, et laissai faire la langue experte d'Andrew contre la mienne. Ce n'est qu'à court d'oxygène qu'il se détacha de moi, rivant son regard étincelant au mien.

— Sois prudente. Je rentre cette nuit, dit-il doucement avant de se pencher contre mon oreille. Et je te veux dans cette délicieuse et indécente petite chose noire, chuchota-t-il.

Il parvint à m'arracher un sourire, même si mon cœur frappait frénétiquement et lourdement dans ma poitrine. Je me sentais mal, angoissée, faible, et pourtant j'avais envie d'en finir avec cette histoire.

— Je t'aime, murmurai-je à Andrew.

— Je t'aime aussi, répondit-il en plaquant un baiser sur mon front. Tu devrais y aller, tu vas être en retard.

Je m'écartai de lui à regret, pris mon sac et sortis de la

voiture pour me précipiter dans le hall de l'immeuble de Lynne. La voiture de Gregory bifurqua dans la première rue et, quelques instants plus tard, je vis son imposante silhouette s'installer dans un bar face à l'entrée de l'immeuble. Après un dernier signe de la main, je m'engouffrai dans l'ascenseur.

Lynne était resplendissante quand j'arrivai chez elle. Le teint frais, le sourire aux lèvres, elle m'accueillit en me proposant de boire un café. Oubliant ma nuit avec Andrew et concentrée sur le fait que je devais paraître abattue, j'esquissai à peine un sourire tout en acceptant son offre. Elle revint de sa cuisine avec, dans un plateau, nos deux cafés et quelques biscuits.

Je m'installai sur le canapé et elle s'assit près de moi.

— Avant tout, il faut que je te donne ça ! se réjouit-elle en brandissant un dossier cartonné devant moi.

Je lui lançai un regard soupçonneux. Lynne était une femme enthousiaste, pétillante, mais ces derniers temps, nos disputes avaient pris le pas sur notre amitié, la fragilisant toujours un peu plus. Aussi, qu'elle se montre si extravertie en ma présence m'étonna.

— Qu'est-ce que c'est ? demandai-je en prenant le dossier.

— Des propositions d'embauche.

Je fronçai les sourcils et ouvris fébrilement la chemise cartonnée. La situation aurait pu être presque drôle. Je ravalai le rire jaune qui menaçait de sortir de ma gorge et plaquai un sourire crispé sur mes lèvres.

— Merci, Lynne, dis-je avec une reconnaissante feinte.

— Je sais que… Disons que dernièrement nos discussions ont été plutôt heurtées. Je n'ai pas été d'un grand soutien après… Andrew, souffla-t-elle en se tordant les mains. Je pense que je te dois des excuses, lança-t-elle soudainement.

Je relevai les yeux vers elle. Elle semblait sincère. Elle me fixait intensément, attendant sûrement que j'acquiesce. Je lui souris de nouveau, replongeant devant les cinq propositions d'emploi qu'elle venait de me transmettre.

— Et c'est pour ça que tu veux m'envoyer en Indonésie ? plaisantai-je.

— J'ai pensé que tu n'aurais rien contre, répondit-elle en haussant les épaules. En plus, le salaire est fabuleux, remarqua-t-elle en pointant la somme.

— En effet !

— Mais il y a aussi une offre à Sydney. Notamment pour la partie événementielle. Ça n'a rien de différent de ce que tu fais habituellement. Je suis certaine que tu en es capable.

Je refermai le dossier et le posai sur la table devant moi. Je me tournai finalement vers Lynne et la pris dans mes bras. Je l'étreignis fortement, la remerciant d'être là, pour moi. Malgré toutes nos disputes, j'appréciais qu'elle se soucie de mon avenir.

— Je suis désolée, murmura-t-elle. J'aurais dû être plus… ouverte au sujet de ta relation avec Blake, ajouta-t-elle en s'écartant de moi. Au moins pour t'amener une bouteille de vin et le maudire jusqu'à la fin des temps !

— Je n'ai pas fait ça, Lynne ! ris-je devant son air décidé.

— Pourtant il le mérite !

Je bus une gorgée de mon café, stupéfiée par mon amie. Lynne avait toujours été tellement sûre d'elle dans sa façon de remettre en cause ma relation avec Andrew. Ce retournement de situation était incroyable.

— Comment te sens-tu ? demanda-t-elle.

— J'ai survécu à l'apocalypse, souris-je pour cacher mon mensonge.

— Blake ne mérite sûrement pas que tu te lamentes pour lui, plaisanta-t-elle en reprenant une gorgée de son café.

— Je présume que la chute est plus dure quand on est monté très haut, murmurai-je en repensant à la dévastation que j'avais ressentie après le départ d'Andrew.

Il y eut un petit silence et, curieusement, j'attendais que Lynne fasse ce qu'elle avait toujours fait avec moi : me remettre en place. Je lui lançai un regard et vis qu'elle me comprenait.

— Tu t'en remettras, j'en suis certaine. Il est le seul à avoir perdu quelque chose de valable dans votre histoire.

— N'en rajoute pas, souris-je. J'ai déjà accepté tes excuses.

— Je n'en rajoute pas ! Andrew Blake est un idiot s'il n'a pas vu à quel point tu étais parfaite pour lui.

— « Parfaite » ? Tu le penses vraiment ? m'étonnai-je.

— L'aurais-tu défendu si vivement si ce n'était pas le cas ? Votre histoire semblait sérieuse, j'ai bien cru qu'il allait t'embarquer avec lui à San Francisco sans que tu ne me demandes mon avis !

— Lynne, je n'ai pas besoin de ton autorisation pour faire ça ! m'écriai-je.

— Tu serais partie sans me demander mon avis ? s'étonna-t-elle en riant.

Je ris à mon tour, avant de poser ma tasse.

— Lynne, toi ou Andrew Blake, souris-je en mimant une balance avec mes bras. Sincèrement ? plaisantai-je.

— Je veux bien admettre que nous n'avons pas les mêmes… comment dire… moyens de te faire céder ! Mais tout de même !

Elle rit de nouveau et l'ambiance s'allégea progressivement. Nous finîmes nos cafés rapidement et Lynne, regardant sa montre, m'informa que nous étions attendues dans une heure à la boutique pour les robes.

— Au fait… J'ai quelque chose pour toi, lança-t-elle subitement en me tendant une enveloppe.

Je me figeai en prenant conscience de ce que c'était. Une nouvelle lettre d'Andrew. Je la récupérai avant de la tourner entre mes mains, me remémorant la dernière que je lui avais envoyée. Je lui avais demandé du temps, du recul… Et maintenant, je comprenais à quel point cela avait dû lui faire du mal.

— Comment l'as-tu eue ? demandai-je, incertaine.

— Greg l'a posée sur mon bureau hier, il savait qu'on devait se voir aujourd'hui. Tu ne l'ouvres pas ? s'étonna-t-elle en me voyant l'ajouter au dossier cartonné.

— Pas tout de suite.

Je fixai l'enveloppe devant moi, partagée entre l'envie de lire la lettre et la conviction profonde que je m'effondrerais dans l'instant en le faisant. Mon visage dut me trahir, car Lynne s'installa à mes côtés, l'inquiétude voilant son regard.

— Tu sais que tu peux tout me dire, m'encouragea-t-elle.

— C'est… compliqué, Lynne. Et je suis à peu près certaine que tu ne cautionnerais pas, de toute façon.

— Depuis quand mon avis compte-t-il autant ? s'amusa-t-elle.

— Il compte quand tu as raison.

Elle écarquilla les yeux, stupéfiée par ma révélation. Il y eut un bref silence, puis Lynne soupira.

— Tu devrais l'ouvrir. Tu meurs d'envie de le faire !

— Je crains de le faire, corrigeai-je, amère.

— Ce n'est qu'une lettre… Ce n'est pas comme si ton monde allait basculer dans la seconde, plaisanta-t-elle.

Je me tournai vers elle et, immédiatement, son rire cessa. J'aurais aimé qu'elle ait raison maintenant, mais quelque part, je devais l'admettre, j'aurais dû suivre le conseil de Lynne dès le départ. Me laisser embarquer par cette annonce et écrire à l'inconnu avait été une mauvaise idée. Poursuivre ma correspondance avec lui — avec Andrew — avait été pire encore.

Au départ, tout était sous contrôle, je devais me contenter d'être la simple concierge… Maintenant, je ne savais plus où j'en étais. Annoncer à Andrew que j'étais Marie allait être compliqué. Je redoutais qu'il m'en veuille de lui avoir caché la vérité.

— J'ai parlé à Nathan, lança soudainement Lynne. Tu avais raison, je lui ai laissé trop de place dans ma vie.

— Tu sais ce que j'en pense, murmurai-je.

— Je sais. Mais j'ai analysé la situation. J'aime Philip, j'aime la relation que j'ai avec lui. Je suis certaine que tout se passera bien. J'ai dit à Nathan hier soir qu'il ne devait pas espérer mieux de ma part qu'une simple amitié.

Hier soir… Nathan s'était sûrement décidé juste après. Il avait attendu que Lynne lui montre de l'intérêt, et maintenant qu'elle s'éloignait, il avait enfin pris les choses en main. Je réprimai un sourire en songeant à son plan. Je savais déjà à quel point cela ferait parler au sein du Peninsula.

— C'est bien que tu aies parlé à Nathan, approuvai-je. Au moins, maintenant, il sait à quoi s'en tenir.

— Tu… tu es d'accord ? Je m'attendais à… je ne sais pas, un discours sur les vertus de l'amour fou ou des choix du destin, plaisanta-t-elle.

— Je n'adhère pas à ton mariage, c'est un fait, mais c'est ton choix. Je ne voulais pas que Nathan soit une sorte de dommage collatéral.

Je finis mon café, sentant le regard insistant de Lynne sur moi. Quand je me tournai vers elle, je m'aperçus qu'elle avait pâli. Elle cacha ses mains tremblantes en les joignant l'une contre l'autre avant de baisser les yeux. Elle luttait de nouveau.

— Comment a-t-il réagi ? l'interrogeai-je.

— Bien... si on peut dire. Il m'a dit qu'il s'agissait de mes choix, et qu'il ne pouvait pas m'empêcher de les faire. Mais ce matin, en y repensant, je ne sais pas...

— Tu peux toujours repousser le mariage, Lynne.

— Non... Non, je ne veux pas. J'aime Philip.

— Et tu aimes Nathan, finis-je pour elle.

— Je ne peux pas faire ça, Kat. Je ne connais même pas Nathan, je suis certaine qu'il...

— Il n'est pas utile de connaître quelqu'un pour... ça, Lynne.

En souriant, je remarquai qu'effectivement je n'avais pas eu besoin de connaître l'identité de l'inconnu pour l'aimer. Je n'avais aucun souvenir de quand tout cela était arrivé, du moment auquel j'avais senti qu'au travers de nos lettres autre chose se passait. Mais c'était là, imperceptible, léger, flottant... Indéniable.

— On devrait y aller, proposa-t-elle en se levant.

Le silence se fit et Lynne reprit pied progressivement. Le doute qui habitait ses yeux disparut et son corps cessa de trembler. Elle me lança un regard triste, si éloigné d'elle, que j'envisageai presque d'annuler moi-même ce mariage.

Je reportai mon attention sur le dossier cartonné devant moi. La lettre d'Andrew m'attendait.

Discrètement, Lynne se tapota les yeux. Une fois de plus, elle venait de repousser Nathan et ce qu'elle ressentait pour lui. Je m'emparai de mon dossier et le mis dans mon sac.

Malgré les essayages des robes, la sensation de malaise persistait. Je décidai d'inviter Lynne à déjeuner.

— As-tu choisi ce que tu vas faire ? me demanda-t-elle après que la serveuse eut pris nos commandes.

— Que veux-tu dire ?

— Eh bien, tu vas rester à New York ou partir pour l'Indonésie ?

— Je ne sais pas, éludai-je. Je ne sais pas ce que je veux faire, mentis-je.

— Est-ce que tu es toujours amoureuse de lui ?

— Ça ne s'estompe pas en une nuit.

— J'imagine, murmura-t-elle. Mais tu y croyais tellement… Tu t'es lancée là-dedans sans le connaître.

— Je le connais mieux qu'il ne le croit, lâchai-je. Mieux que n'importe qui.

Lynne me fixa étrangement et je compris que j'en avais trop dit. Mais je savais aussi qu'elle s'inquiétait pour ses propres sentiments pour Nathan. Lui allait déployer les grands moyens dès demain. Je préférais ne pas y penser. Les conséquences de ce qu'il s'apprêtait à faire étaient bien trop… grandioses pour y songer. Je ravalai le sourire qui s'affichait sur mes lèvres et tentai ma chance :

— Tu te souviens des annonces du *New Yorker* ?

— Ces trucs que tu lis tous les jeudis ?

— Oui. En fait… j'ai répondu à une annonce.

— Tu as fait quoi ? s'exclama-t-elle vivement.

— J'ai répondu. Ne me demande pas pourquoi, j'avais juste envie de le faire.

— Tu t'es reconnue ?

— Non… Pas vraiment. Je… Il cherchait de l'aide et j'avais juste envie de me dire que je pouvais lui donner un peu d'espoir.

Je levai les yeux au ciel. Si Andrew m'avait entendue à cet instant, je doute qu'il aurait pris cette information aussi sereinement. Lynne m'écoutait attentivement, délaissant le verre de vin qu'elle était en train de tourner nerveusement.

— Nous avons correspondu… longtemps. On ne se connaissait pas et pourtant… Je sais qu'il s'est passé quelque chose, Lynne.

— Est-ce pour ça qu'Andrew et toi avez rompu ? Parce que tu avais… une autre relation ? me demanda-t-elle.

— Andrew a rompu, corrigeai-je. Il n'est pas au courant de tout ça, murmurai-je en rougissant.

— Et tu continues à lui écrire ? C'est lui la lettre ? C'est ce type ?

— Oui, oui et oui !

— Et tu es amoureuse de lui ? Je veux dire, tu es amoureuse d'un type que tu ne connais pas ? s'écria-t-elle.

— Je ne sais pas si c'est… aussi fort que ça. Mais je sais qu'il se passe quelque chose, une sorte de… connexion ? tentai-je, hésitante. Je peux me confier à lui, je peux lui dire ce que je ne dirais pas à… Andrew.

— Alors c'est comme… un meilleur ami par procuration ?

— C'est plus que ça, Lynne. C'est fort et inattendu.

— Dans ce cas, pourquoi ne pas avoir ouvert sa lettre ?

— Parce que je lui ai demandé du recul, et que je prends maintenant conscience que je regrette de l'avoir fait.

La serveuse nous apporta nos plats, mais je n'avais aucunement faim. Mes pensées me menèrent à Andrew sûrement dans son avion maintenant. Lynne me regardait comme si j'étais une sorte de monstre.

— Vous êtes-vous rencontrés ?

— Oui, avouai-je en sentant que la bombe allait exploser.

— Et est-ce que c'était… pareil ?

— C'était incroyable, Lynne. Incroyable, souris-je. C'était différent et à la fois tellement familier. Il m'a dit tant de choses dans ses lettres, il s'est ouvert…

Je me tus en repensant aux mots d'Andrew, à la façon dont il parlait de moi, de nous. Cette simple pensée m'ébranla plus que de raison. Soudain, je me demandai si tout cela en valait la peine, si Andrew n'avait pas raison en tentant de m'empêcher de dîner de nouveau avec Daniel.

— Tu parles de lui comme si tu l'aimais vraiment alors que tu viens de me dire que tu aimais…

Ses yeux s'écarquillèrent et je sus à cet instant qu'elle avait compris. Aussi brutalement qu'elle avait fait le lien, elle s'esclaffa. Son rire clair et cristallin résonna dans le restaurant et les regards se tournèrent vers nous.

— Tu as écrit à Andrew ? demanda-t-elle, hilare.

— Je ne pensais pas que cela te ferait rire, grinçai-je.

— Ce qui me fait rire, c'est d'imaginer sa tête quand tu le lui as dit !

— Je ne lui ai rien dit !

Son rire s'éteignit aussitôt et elle repoussa son assiette pour caler ses coudes sur la table. Le visage entre les mains, elle me regarda tout en secouant légèrement la tête d'incrédulité.

— Comment est-ce possible ? m'interrogea-t-elle.

— Je ne sais pas. En tout cas, il ne sait pas que je suis celle qui lui écrit.

— Je n'arrive pas à y croire, souffla-t-elle. Ce type est tout-puissant, et tu as réussi à le duper ?

— Ce n'était pas le but… Je ne savais pas que c'était lui au départ, ma découverte est récente.

Je picorai un peu de mon assiette pendant que Lynne assimilait lentement l'information. L'incrédulité, la stupéfaction et peut-être l'envie se disputaient son visage. A son tour, elle s'intéressa à son plat.

— Je sais pourquoi tu me dis ça, dit-elle doucement.

— Je n'ai jamais été une fille très subtile, souris-je.

— De toute évidence, si… Tu écris à Andrew Blake !

— C'est l'exception qui confirme la règle.

J'étouffai le rire dans ma gorge. L'exception… Le destin peut être si joueur parfois !

— Je ne vais pas rappeler Nathan, annonça-t-elle calmement.

— Vraiment ? m'étonnai-je.

— Kat, je ne veux pas être… désagréable, mais ta relation avec Andrew est avortée, tu remontes doucement la pente, tu as démissionné à cause de lui. Je sais ce que tu penses, je t'assure que je le sais. Mais tu es bien plus forte que moi, bien plus courageuse. Je t'admire d'avoir vécu ça avec Andrew, mais je suis trop trouillarde pour en faire autant. Ma relation avec Philip me satisfait pleinement.

— Te « satisfait » ? répétai-je. Tu préfères du « confortable ».

— Je préfère le « confortable », parce que je ne sais pas gérer le…

— Périlleux ? tentai-je.

Elle acquiesça simplement pendant que je souriais.

— A ton mariage, lançai-je. Je te souhaite d'être heureuse, Lynne.

— Je te le souhaite aussi… Même si j'ai franchement envie d'arracher les yeux à Blake.

— Lynne ! la morigénai-je, incapable de me retenir davantage.

— Kat, tu as la preuve que ce type est un crétin : non seulement il t'a quittée pour filer avec sa collègue faussement blonde, mais en plus il ne voit même pas que tu es toujours dans sa vie…

J'éclatai de rire. Lynne avait la capacité de relativiser toutes les situations.

— D'une part, Meghan est une vraie blonde, corrigeai-je, et d'autre part, arrête-moi si je me trompe, mais il semble que tu m'avais encouragée à sortir avec d'autres hommes. Je vais lui dire, assurai-je. Je vais lui dire qu'on s'écrit !

— Surtout pas ! s'exclama-t-elle. Sincèrement, je pense même que tu devrais cesser de lui écrire. Tu n'as rien à y gagner !

— Mais… j'aime ça, soufflai-je.

— Peut-être, mais tu n'arriveras jamais à t'enlever Andrew du crâne si tu persistes à garder ce… lien. Il faut que tu sortes la tête de l'eau, et retourner à ces lettres ne fera que t'enfoncer un peu plus. Par ailleurs, je doute qu'il prenne bien la chose, ajouta-t-elle sérieusement.

— Tu penses ?

— Andrew Blake est… un homme de pouvoir. Non seulement il risque de ne pas accepter d'avoir raté l'immanquable, mais en plus il va t'en vouloir.

Je repris un peu de mon poisson, songeant que Lynne avait raison sur ce dernier point. J'étais à la fois enthousiaste à l'idée de révéler mon secret à Andrew et inquiète de sa réaction.

— Tu as peut-être raison, soulignai-je.

— C'est un homme, Kat, et un homme puissant qui plus est… Je ne veux pas qu'il te lamine encore plus, il ne va pas vouloir perdre la face devant toi, et je ne suis pas sûre que tu sois prête à entendre des choses horribles.

Elle reprit de son assiette, me recommandant de continuer à manger moi aussi. Pour la première fois depuis longtemps, j'étais d'accord avec l'analyse de Lynne. Avec un sourire, je repensai aux recommandations d'Andrew. Ne pas parler de moi, laisser Lynne s'engourdir dans son mariage, paraître triste…

Andrew aurait été fier de voir à quel point je n'avais pas suivi ses conseils !

La fin de notre repas fut plus festive et tournée vers la lune de miel idyllique qui attendait Lynne, quelque part, sur une île au milieu du Pacifique.

Je raccompagnai mon amie chez elle en début d'après-midi et, à peine sortie de sa résidence, retrouvai Gregory. Je m'installai sur le siège passager et aussitôt il me tendit son téléphone.

— Message d'Andrew pour toi.

— Oh…

Je collai l'appareil à mon oreille, la voix mécanique du répondeur bientôt remplacée par celle profonde d'Andrew. Un sourire s'installa sur mes lèvres : il m'appelait uniquement pour me dire qu'il venait d'atterrir et que je lui manquais.

J'effaçai le message quasiment aussitôt et rendis l'appareil à Gregory.

— Je te ramène au Peninsula.

— D'accord. Mon père doit arriver vers 17 heures à l'aéroport pour le mariage. Je pense que Lynne a dû lui réserver une chambre à l'hôtel.

— Je vérifierai. En attendant, je veux que tu restes dans la suite.

— Il faut que j'appelle Daniel pour le prévenir qu'on se rejoint directement au restaurant.

Je pris mon téléphone et composai le numéro de Daniel, les mains moites de nervosité. Gregory me jeta un coup d'œil et je me décidai à fixer la route devant moi pour ne pas flancher. Pourtant, quand le déclic du téléphone résonna à mon oreille, mon cœur s'emballa. J'avais réussi à jouer le jeu au début de la semaine, mais il me semblait que tout avait changé maintenant. Je n'étais plus seule et l'idée de mettre en danger les personnes à qui je tenais me retournait l'estomac.

— Daniel ? Bonsoir, c'est Kat.

— Bonjour, Kat, c'est Jodie. Daniel a oublié son téléphone à l'appartement.

— Salut, Jodie… Je pensais que tu étais rentrée chez toi ! m'étonnai-je.

— C'est le cas, mais je devais rencontrer un fournisseur, donc j'en ai profité pour venir voir Daniel.

Je croisai de nouveau le regard de Gregory qui, sourcils froncés et mains crispées sur le volant, semblait s'énerver lui aussi. Les choses étaient pourtant déjà bien compliquées, il fallait qu'en plus Daniel en rajoute.

— Il s'agit du dîner de ce soir, expliquai-je à Jodie.

— Ah oui, le dîner. Il m'en a parlé. Il est d'ailleurs ravi de t'y accompagner. Pour l'occasion, il a même fait nettoyer son costume ! plaisanta-t-elle.

Je ris à mon tour, mais mon rire ressemblait plus à un ricanement mâtiné d'énervement qu'à une vraie expression de joie.

— Bien. Quand il repassera ce soir, pourras-tu lui dire qu'on se rejoint directement sur place ? Mon père est invité au mariage, donc il m'escortera jusqu'au restaurant.

— D'accord ! Je vais lui transmettre.

— Merci, Jodie, j'apprécie ton aide.

— Je t'en prie. A plus tard !

Je raccrochai, le cœur battant et épuisée par cette conversation. Mentir au téléphone s'avérait plus difficile que je ne le croyais. J'avais bataillé pour maintenir une voix égale et sans émotion.

— C'est réglé, annonçai-je à Gregory pendant qu'il se garait dans le sous-sol de l'hôtel.

— Bien. Je vais envoyer une voiture pour aller récupérer ton père. Moi, je vais monter la garde devant ta porte.

— Il va falloir que j'explique à mon père ce que je fiche ici, marmonnai-je, pas heureuse de devoir de nouveau mentir.

— Inutile. Je vais l'installer dans sa chambre, et je propose que tu le rejoignes quand Grant t'aura équipée. Il pensera que tu viens de chez toi.

— D'accord, murmurai-je.

Mon premier réflexe en entrant dans la suite fut de me déchausser. Tous ces mensonges, toute cette mise en scène m'épuisaient. Par-dessus tout, j'avais la sensation désagréable que la panique me gagnait peu à peu. Je traversai le salon avant de rejoindre la chambre. Un puissant parfum de fleurs me parvint et, très vite, mes yeux tombèrent sur un de ces merveilleux bouquets de roses blanches dont Andrew était coutumier. Je tirai sur la petite enveloppe, sentant un large sourire s'étirer sur mes lèvres.

« Il n'y a pas si longtemps, tu m'as demandé si je te considérais comme une femme fragile… Tu es la femme la plus forte et la plus courageuse que je connaisse. Et par miracle, je suis ton exception. Andrew. »

Je reconnus son écriture fine et secouai la tête. En quelques mots, il avait réussi à me redonner confiance. Pour une fois, j'avais envie de lui donner raison. Je pouvais faire ça, je pouvais survivre à cette soirée.

Quelques instants plus tard, et après avoir tenté en vain de me concentrer sur la lecture des journaux du jour, je finis par m'endormir. Mon corps était bien plus malmené que je le pensais par ces luttes continuelles.

C'est un bruit sec contre la porte qui me tira de mon sommeil. Titubante, je m'y dirigeai, et Grant s'annonça avec à la main une valise noire. Mon équipement sans nul doute.

— Est-ce que vous allez bien ? s'enquit-il en me fixant.

— Bien. J'ai dormi.

— Parfait. Avez-vous déjà une tenue pour ce soir ?

J'acquiesçai avant de lui montrer la robe que je comptais porter. Il l'observa brièvement, s'assurant qu'elle était compatible avec son matériel.

— J'ai le temps de prendre une douche ? demandai-je.

— Rapidement.

Aussitôt, je courus à la salle de bains et me défis de mes vêtements. La douche brûlante acheva mon réveil et regonfla ma motivation. En sortant de la cabine, j'enfilai des sous-vêtements et me glissai dans un peignoir. Grant avait déballé l'équipement électronique sur la table du salon.

Ce soir serait le dernier soir où sévirait Daniel Cooper.

— Je vais vous installer le micro, annonça Grant en s'approchant de moi.

Il nicha le minuscule micro entre mes seins, le calant sur le tissu de mon soutien-gorge. Il ajouta du ruban adhésif pour le maintenir avant de faire courir le fil sur ma hanche.

— Voilà l'enregistreur, il se déclenche dès que vous parlez.

Il me montra un tout petit appareil rouge et noir, pas plus grand qu'une clé USB, auquel il relia le fil du micro. Je sentis mon cœur frapper violemment dans ma poitrine et sursautai en sentant les doigts glacés de Grant effleurer ma peau. Il s'excusa rapidement.

— Le restaurant va être bruyant, remarquai-je.

— Aucun souci. De toute façon, il peut enregistrer toute la soirée, il a suffisamment d'autonomie.

Il fixa le petit appareil à la ceinture de ma culotte, le scotchant méticuleusement. De nouveau, ses doigts froids remontèrent sur mon corps, longeant le fil du micro. Il plaça un morceau de ruban adhésif à la hauteur de mon nombril avant de vérifier une dernière fois la fixation du micro.

— Parlez ! m'ordonna-t-il en vérifiant l'enclenchement de l'enregistreur.

— Euh… Bonjour ? chevrotai-je.

— Parfait. Ça ira. Rappelez-moi le signe dont vous avez convenu avec Gregory ?

Je touchai rapidement mon pendentif, avant de le faire glisser le long de la chaîne. De nouveau, Grant acquiesça, puis se tourna vers la table du salon.

— Je présume que je peux oublier le gilet pare-balles, commenta-t-il en le rangeant dans la valise.

J'ignorai sa remarque et remis mon peignoir sur mes épaules. Si la sieste m'avait fait du bien, cette préparation technique en avait ruiné les effets. La panique et l'angoisse que j'avais repoussées revenaient à la charge, plus virulentes que jamais. Je frémis sous son regard insistant, avant de reprendre le contrôle de mes émotions.

— Est-ce que votre enquête a avancé ? demandai-je.

— Voulez-vous une copie du rapport que j'ai transmis à M. Blake il y a environ vingt minutes ?

Il esquissa un sourire, et cela suffit à me faire sentir mieux. Je secouai la tête et nouai fermement mon peignoir autour de ma taille.

— Nous cherchons encore à trouver une explication aux pneus. M. Blake nous a assuré que la voiture était en parfait état à son départ.

— Le père de Daniel tient un garage.

— Nous le savons. Mais apparemment, ce type n'a jamais foutu les pieds dans le garage de son père. Nous étudions donc la piste d'un complice. Par ailleurs, nous avons retrouvé une autorisation de port d'arme dans son dossier. Un fusil de chasse, plutôt courant.

— D'accord.

— Mademoiselle Dillon, je ne vous cache pas que je suis plutôt dubitatif sur votre théorie.

— Pourtant tout colle, assurai-je.

— Tout sauf les pneus. Mais je suis certain que cette soirée va nous éclairer.

Il y eut un court silence. Grant attendait visiblement que je pose encore des questions, mais j'en savais suffisamment.

— Je vais aller m'habiller, dis-je.

— Bien. Rappelez-vous que Gregory sera là pour vous aider, et j'ai deux équipes à l'extérieur. Vous n'avez rien à craindre.

— J'espère, murmurai-je.

Il quitta la suite rapidement, me laissant avec un doute affreux et une nouvelle vague de panique à gérer. Je fermai la porte à clé, envisageant même d'appeler Andrew, rien que pour entendre le son rassurant de sa voix. Mais très vite, je chassai l'idée. Andrew était à Washington, et je ne voulais pas l'inquiéter à distance. Le connaissant, il envisagerait le pire et serait inutilement anxieux.

Toujours tremblante, j'enfilai ma robe de soirée, m'assurant que mon attirail resterait invisible à l'œil nu. Je devrais de toute façon limiter les gestes attentionnés de Daniel pour éviter qu'il ne découvre le subterfuge. Après m'être coiffée et maquillée, je préparai mon sac. Je laissai le dossier de Lynne dans la suite, mais gardai la lettre d'Andrew. Je ne tenais pas franchement à ce qu'il tombe dessus et découvre la vérité ainsi. Je vérifiai une dernière fois ma tenue. Le micro avait légèrement bougé, et je le réajustai rapidement.

— Tu es superbe, me complimenta Gregory en m'escortant jusqu'à la porte de la chambre de mon père.

— Merci. Vas-tu mettre un smoking, toi aussi ?

— Oui, James Bond m'a prêté le sien, plaisanta-t-il. Tu ferais une James Bond girl acceptable, tu sais ?

— Tu sais que cette conversation est enregistrée, n'est-ce pas ?

— Je le sais, répondit-il fièrement.

Je toquai à la porte, sous l'œil vigilant de Gregory. Ce dernier resta à l'écart, voulant éviter de fournir une explication fumeuse à mon flic de père, quant à sa présence perpétuelle à mes côtés. Il ouvrit la porte, et je me jetai dans ses bras pour une étreinte réconfortante.

— Eh bien, tu sembles heureuse de me voir ! remarqua mon père en riant.

— Je suis toujours heureuse de te voir ! m'écriai-je en m'écartant de lui. Joli costume, commentai-je en le désignant.

— Je bataille avec ce truc ! râla mon père en montrant sa cravate dénouée.

Le voir et discuter avec lui me firent un bien fou. Je l'aidai à nouer sa cravate, pendant qu'il déblatérait contre Lynne et sa lubie du mariage.

— Ne t'avise pas de te marier avant un long, très long moment ! me menaça-t-il gentiment.

— Ce n'est pas prévu, papa. Ma vie amoureuse est un peu compliquée.

— Le père que je suis va tenter d'ignorer que tu as une vie amoureuse…

— Mais…

— Mais le flic que je suis veut savoir sur qui je dois enquêter !

— Je te l'ai dit, c'est compliqué.

— Qui t'accompagne ? s'enquit-il en glissant deux doigts dans son col de chemise pour le détendre légèrement.

— Daniel Cooper.

— Donc, ton histoire avec Blake… ?

— Papa ! S'il te plaît… Je t'expliquerai quand j'aurai le temps. Pour l'instant, ta priorité doit être d'amener Lynne à l'autel demain matin !

— D'accord, d'accord, abdiqua-t-il. Mais demain, j'attends une sérieuse explication, jeune fille !

— Ne m'appelle pas jeune fille, protestai-je.

— Laisse croire ton vieux père que tu es encore une jeune fille !

Je rougis face à lui et détournai mon visage pour masquer ma gêne. Si mon père savait ce que j'avais fait, quelques étages plus haut avec Andrew, il ne reconnaîtrait pas sa fille.

— Cet hôtel est très chic… Même le minibar était rempli ! se réjouit-il.

— Tu es impossible ! m'agaçai-je en riant.

— Allons ! On devrait aller à ce fichu dîner ! J'ai pris l'avion pour ça !

— Très courageux, me moquai-je. Comment s'est passé ton vol ? l'interrogeai-je en me dirigeant vers la porte.

— Pas trop mal… Presque pas de turbulences et une nourriture infecte ! J'ose espérer que le dîner de ce soir rattrapera ce désastre.

J'approuvai d'un mouvement de tête et mon père m'offrit son bras pour m'escorter. Nous sortîmes de la suite, et la panique me ressaisit en voyant que Gregory avait déserté son poste. J'appelai l'ascenseur, et il apparut derrière nous, essoufflé. Effectivement, il avait tout juste eu le temps d'enfiler un smoking. Comme je l'avais fait avec mon père, je l'aidai à faire le nœud autour de son cou.

Je proposai à Gregory de partager notre voiture, excusant

ainsi sa présence entre mon père et moi. Ce dernier sembla surpris, mais je lui offris un sourire qui suffit à estomper sa stupéfaction. En quittant l'hôtel, j'envoyai un message à Andrew, lui assurant que tout allait bien et que je l'aimais.

Les rues défilaient devant moi et je pensais à la mission que je devais mener. Confondre Daniel… Tout ça avec mon père et Lynne à gérer. Plus j'y réfléchissais, et plus ce plan me semblait tordu et bancal. J'avais de plus en plus de doutes quant à ma capacité à garder mon calme si jamais Daniel se décidait à me parler.

— Est-ce que tout va bien, Kat ? me demanda mon père alors que j'étais restée plongée dans le silence.

— Tout va bien, assurai-je. Je réfléchissais.

— Au mariage ? s'enquit Gregory avec un sourire heureux.

— Non.

Gregory fronça les sourcils, et pour toute réponse, je me contentai de faire glisser mon pendentif le long de la chaîne du collier. Le sourire de Gregory s'estompa et il soupira lourdement. Il avait compris. Je savais qu'après cette soirée je devrais des explications à de nombreuses personnes. Lynne, mon père… Andrew. Je n'avais pas l'esprit clair et cela m'inquiétait pour la suite. J'avais besoin de sang-froid et de calme, et plus le temps passait, plus je redoutais ce qui allait se passer.

Chapitre 7

La voiture se gara près du restaurant et le chauffeur vint m'ouvrir la portière. Mon père sortit du véhicule à son tour et agrippa mon bras pour me conduire à l'intérieur. Gregory nous suivit à distance, et mon père sembla remarquer l'incongruité de la situation. Il se retourna plusieurs fois, son front se plissant de réflexion.

— Papa, s'il te plaît, murmurai-je pour qu'il cesse et se concentre sur la pièce dans laquelle nous entrions.

Mon père secoua la tête et je donnai nos deux noms à l'hôtesse pour qu'elle nous autorise à entrer. Je lui indiquai le nom de Daniel, vérifiant ainsi que Lynne l'avait bien mis sur la liste.

— M. Cooper est déjà arrivé, mademoiselle, annonça doucement la jeune femme.

— Oh… Parfait ! m'enthousiasmai-je faussement.

— Allons voir de quel bois est fait cet homme, gloussa mon père.

— Papa, sois gentil, s'il te plaît, le priai-je en montant l'escalier qui menait à la salle de réception.

Intérieurement, je priais pour qu'il se tienne bien. Daniel avait ce tempérament électrique et fonceur, il n'était pas utile d'allumer trop tôt la mèche. A la moindre étincelle, je savais que sa hargne et sa haine envers Andrew resurgiraient. A peine étions-nous entrés dans la salle que Lynne sauta au cou de mon père et l'entraîna à sa suite, en direction du bar. Ce dernier s'excusa rapidement auprès de moi et j'entendis son rire résonner pendant que Lynne babillait.

— Je reste juste là, Kat, souffla Gregory en désignant un emplacement près de la sortie.

— D'accord, opinai-je en ravalant un nouvel accès de nervosité.

Il se recula et je balayai des yeux la salle. La foule n'était pas encore dense, et de petits groupes étaient formés ici et là. La plupart des invités avaient déjà un verre à la main, pendant qu'un peu de musique se jouait en sourdine. Je cherchai Daniel du regard, mais il me semblait que ma vue était floue et brouillée.

Encore ma nervosité, me fustigeai-je, avant de m'ordonner de me reprendre.

— Bonsoir, Kat, murmura la voix de Daniel derrière moi.

Sa main se posa sur ma hanche et je sentis son souffle chaud balayer mon cou. Mon cœur tressauta anormalement et ma voix resta coincée dans ma gorge. Je me tournai vers lui, hagarde et paniquée.

— Est-ce que tout va bien ? s'enquit-il avec un sourire.

— Je… hum… oui. Et toi, comment vas-tu ?

— Je suis… heureux, commenta-t-il. Tu es superbe, me complimenta-t-il.

— Merci, murmurai-je.

— Veux-tu boire quelque chose ?

Il ne me laissa pas le temps de répondre et enroula son bras autour de ma taille pour m'amener en direction du bar. Je penchai légèrement la tête, croisant le regard imperturbable de Gregory pendant qu'il grignotait un petit-four. D'un simple regard, il m'encouragea à poursuivre.

Daniel me tendit une coupe de champagne et en prit une autre pour lui.

— A un nouveau départ, proposa-t-il en levant son verre.

— A un nouveau départ, bégayai-je en sentant mon ventre se tordre douloureusement. Comment va Jodie ? demandai-je subitement.

— Jodie ? Eh bien, elle va bien, répondit-il un peu surpris.

Je me réfugiai dans mon verre, cherchant une posture à tenir. Je déglutis nerveusement, et manquai de m'étouffer avec le champagne. De nouveau, Daniel n'attendit pas un mouvement de ma part, et il m'entraîna à l'écart du bar, dans une zone à peine éclairée.

— Je dois admettre que je craignais que tu annules.

— Vraiment ? m'étonnai-je. Pourquoi aurais-je fait ça ?

— Andrew Blake était pourtant sur la liste des invités.

— Tu as vu la liste ? m'exclamai-je, sous le choc.

— Aperçue seulement.

Son sourire s'effaça progressivement. Effectivement, Andrew avait été sur la liste, il aurait dû être ici. J'aurais dû le présenter à mon père, j'aurais dû me sentir fière d'être avec lui. Au lieu de ça, je faisais face à Daniel, nauséeuse et percluse de douleurs dans tout le corps.

— C'était avant qu'il ne parte… Ça n'a plus d'importance maintenant. C'est du passé, Daniel.

— Parfois le passé est important.

— As-tu des révélations à me faire ? m'enquis-je avec provocation.

Ses lèvres se soulevèrent dans un demi-sourire. Il jubilait.

Parce que je l'avais laissé entrer ici, et laissé revenir dans ma vie, il avait gagné contre Andrew. Cela me dégoûtait encore plus de lui. Aussi, quand il tenta de prendre ma main, je me décalai vivement et fuis son contact dérangeant. Dan se contenta de froncer les sourcils.

Je retournai en direction du bar, prenant de profondes inspirations pour calmer le rythme effrayant de mon cœur. Je me ruai sur le plateau de petits-fours pour justifier mon comportement fuyant.

— Je vais te présenter mon père, proposai-je en le cherchant du regard.

Quand finalement je le trouvai, il discutait avec le père de Philip, une coupe de champagne à la main.

— Excusez-moi, les interrompis-je.

— Oh ! Kat ! Tu pourras assurer à Lynne que ces petites choses à grignoter sont nettement meilleures que la nourriture de l'avion.

— Je lui dirai, souris-je. Papa, je te présente Daniel Cooper. Daniel, voici mon père, Walt.

Le visage de mon père se ferma et il se contenta de hocher la tête, alors que Daniel tendait la main vers lui.

— Ravi, grogna mon père.

— Moi de même, sourit Daniel, avant de passer sa main dans mon dos.

Je tressaillis et m'immobilisai. Papa croisa mon regard et, à cet instant, je sus qu'il se doutait que quelque chose ne tournait pas rond. Bien que faisant la conversation avec Daniel, il me jetait de petits regards inquiets, pendant que je contenais le hurlement que je voulais pousser.

— Et que faites-vous dans la vie, Daniel ? demanda mon père poliment.

— Je suis barman. Au Peninsula, précisa-t-il en me serrant un peu plus contre lui.

— Décidément, ma fille fait toujours des rencontres incroyables dans cet hôtel ! plaisanta mon père.

— En effet. Mais j'ose espérer que, maintenant qu'elle a démissionné, toutes ces rencontres s'arrêteront, asséna Daniel.

Les yeux de mon père s'écarquillèrent et il écarta la coupe de champagne qu'il allait porter à ses lèvres.

— Tu as démissionné ? s'exclama-t-il.

— Ce n'est rien, papa… A vrai dire, j'ai juste demandé ma mutation, mentis-je.

— Une mutation ? s'étonna Daniel. Où ?

— Peut-être Sydney. Mais rien n'est certain. J'envisage aussi un retour aux sources.

Je souris à l'attention de mon père, et ses traits se détendirent peu à peu. Papa tenait à ce que je reprenne mon métier de journaliste. Lui faire entendre que j'allais enfin l'écouter suffirait à l'inciter à oublier l'information de ma démission. Brutalement, je sentis les lèvres de Daniel se poser sur ma joue.

— Je te soutiendrai, Kat. En fonction de tes choix, on avisera.

— Je ne savais pas votre relation si sérieuse, commenta mon père, agacé.

— Nous travaillons sur le sujet.

Il y eut un silence et, de nouveau, mon père me lança un regard inquiet. Je le rassurai comme je le pouvais, lui souriant faiblement, tout en priant pour qu'il ne fasse pas d'esclandre maintenant.

— Je vais retourner à ces petits-fours, je présume que je vous reverrai plus tard.

Il s'éclipsa, me laissant seule avec Daniel. La sensation de malaise reprit, cent fois plus forte, maintenant que mon père n'était plus là. De nouveau, je trouvai l'idée de cette mascarade farfelue. Je n'aurais pas la force de tenir.

— Tu comptais m'en parler ? s'enquit finalement Dan.

— Daniel, on vient tout juste de…

— Quel est le problème, Kat ? hurla-t-il.

Je sentis mon corps se tendre, et fixai son regard sombre et plein de colère. Autour de nous, la foule s'était tue et je devinai que nous étions au centre de l'attention des invités.

— Ce n'est ni l'endroit ni le moment, sifflai-je.

— En effet. Allons en discuter ailleurs !

Aussitôt, il agrippa mon coude et me tira en direction du couloir menant aux cuisines. Je me débattais pour qu'il me lâche, mais sa poigne mêlée à sa rage étaient trop puissantes. Quand finalement il me libéra, rivant son regard haineux au mien, je frottai mon bras, en espérant qu'aucune trace visible ne subsisterait.

— Est-ce que c'est lui ? demanda Daniel, furieux.

— De quoi parles-tu ?

— D'Andrew Blake ! Est-ce que c'est lui ? Pourquoi es-tu ici avec moi, Kat ?

— Parce que j'avais besoin d'une escorte. Je ne suis plus avec Andrew ! criai-je, les larmes aux bords des yeux.

— Mais tu espères qu'il revienne, non ?

— Pourquoi le détestes-tu autant ? demandai-je finalement.

— Parce qu'il a ruiné ma vie, et qu'il est encore en train de le faire.

Les larmes que je retenais coulèrent sur mes joues. Toute

ma nervosité, toute ma colère contre lui, mon envie de hurler surgissaient maintenant. J'essuyai mes larmes rapidement et relevai mon visage vers celui de Daniel.

— Regarde dans quel état il te met, murmura-t-il en passant son pouce sur ma joue.

— Laisse-moi, grognai-je en écartant vivement sa main.

— Je ne suis pas lui, Kat. Je ne le laisserai pas te détruire, comme il l'a fait avec d'autres.

— Comme avec Eleanor ? le provoquai-je.

Le visage de Daniel se durcit et la vague de colère froide revint à la surface. Il tentait de préserver les apparences, espérant que je tombe dans son piège, mais j'en savais trop pour être dupe. Derrière lui, je vis Gregory croiser les bras, restant dans l'ombre, surveillant ses gestes. Il amorça un mouvement vers moi, mais je lui lançai un regard rassurant. Il ne devait pas intervenir maintenant, Daniel n'avait encore rien dit.

— Comment sais-tu ? m'interrogea-t-il, glacial.

— Aucune importance. Je le sais.

— Je l'aimais.

— Ce n'est en rien la faute d'Andrew si elle est morte.

— Bien sûr que si ! cria-t-il avant d'enfoncer son poing dans le mur derrière moi, juste à hauteur de ma tête.

Le craquement du plâtre m'effraya. Mais ce ne fut rien en comparaison de l'attitude stoïque de Daniel. Son visage n'avait même pas tremblé, et aucune douleur ne semblait le parcourir. Gregory fit un pas vers moi, mais je lui lançai un regard pour qu'il reste à distance. Daniel devait aller au bout de ses révélations.

— Elle n'était pas heureuse. Il la gardait prisonnière d'un monde qu'elle détestait.

— Elle avait le choix de partir.

— Elle avait peur de lui, corrigea Daniel. Tu ne sais pas de quoi il est capable. Je voulais la protéger. J'aurais fait tout et n'importe quoi pour elle.

La tristesse prit le pas sur sa colère. Même si la photo avait été claire sur le sujet, je comprenais maintenant à quel point il avait aimé Eleanor. Je me redressai légèrement, cherchant à me décaler, mais Daniel me retint, faisant barrage de ses bras puissants.

— Elle était tout pour moi, murmura-t-il. Et j'ai cru qu'avec toi… J'ai cru que j'allais reprendre pied.

— Dan, soufflai-je en posant ma main sur sa poitrine. Je ne peux pas être… elle.

— Tu n'as même pas essayé, rugit-il. Tu n'as même pas essayé d'être avec moi. Dès que Blake est apparu, tu es tombée dans ses bras.

— Tu racontes n'importe quoi. Tu es en colère…

— C'est sa faute ! hurla-t-il de nouveau en saisissant mon poignet avec violence.

Il le pressa entre ses doigts, et je serrai les dents pour m'empêcher de crier de douleur. Daniel me fixait, une lueur folle dans le regard, les yeux exorbités, le teint crayeux. Puis, brutalement, il me relâcha et posa sa main sur ma joue, avant de descendre le long de ma gorge. Je me sentis haleter et la panique me submergea quand son pouce s'enfonça entre mes clavicules.

— Dan… Lâche-moi, articulai-je, le souffle court.

— Tu vas devoir l'oublier, murmura-t-il à mon oreille. Andrew Blake ne sera bientôt qu'un lointain souvenir.

Sa main se crispa un peu plus sur ma gorge, m'étranglant douloureusement. Je plaquai mes mains sur ses avant-bras, le repoussant légèrement. Je retrouvai un peu d'air, et sentis le sang affluer de nouveau sur mon visage.

— Combien de fois as-tu voulu le tuer ? demandai-je.

Daniel ricana, ses épaules tressautant dans un rire étrange et moqueur. Je ne me démontai pas, et refusai d'éluder le sujet. Au loin, je vis Gregory approcher, et cette fois je ne fis rien pour le retenir. Je craignais que la folie de Daniel ne finisse par l'emporter sur tout le reste.

— Eleanor est morte parce qu'elle a pris sa voiture, repris-je. Ça n'a rien à voir avec Andrew !

— Bien sûr que si. S'il avait été là, elle serait toujours en vie !

— Tu cherches un coupable à tes propres méfaits ? ironisai-je, amère.

Daniel me fixa et pressa son corps musculeux contre le mien. Une de ses mains quitta le mur et ses yeux, noirs comme l'ébène, ne laissèrent aucun doute sur ses intentions. Il y avait une telle violence en lui qu'elle semblait irradier de son corps. Il cala sa main sous ma gorge et, cette fois, je compris qu'il ne me lâcherait plus.

Gregory dégaina son arme et, sans un bruit, il s'approcha de nous. Le visage de Daniel se crispa et ses doigts se serrèrent autour de mon cou. Je portai ma main à mon collier, dans un ultime réflexe de survie, tandis que je suffoquais. Je fermai les yeux, la respiration coupée, avant de sentir mes jambes se dérober sous moi.

La vue brouillée, j'entendis la voix de Gregory hurler mon prénom. Puis, il y eut des bruits. Une porte qui claquait rythmiquement, des respirations haletantes, des cliquetis métalliques. Tout se passait près de moi, mais j'étais comme prisonnière de mon propre corps. Après quelques minutes, je me sentis soulevée et rouvris péniblement les yeux.

— Alors ma belle… On a voulu jouer les superhéroïnes ? plaisanta Gregory en risquant un sourire forcé.

— James Bond girl, articulai-je, la voix enrouée.

Je clignai les yeux rapidement, la lumière blanche m'aveuglant. Je cherchai à me resituer, puis à me redresser, mais Gregory m'intima de me calmer.

— Je t'amène à l'écart, ensuite, je te ramène au Peninsula.

— Non… Non, je ne veux pas… Lynne…

— Lynne comprendra.

— Je ne veux pas, répétai-je en me débattant.

Gregory poussa une porte avec son dos et nous entrâmes dans une petite salle de réception déserte. Avec de la concentration, me parvenait encore le bruit de la musique du dîner de Lynne. Il me mit sur mes pieds et défit le nœud papillon autour de son cou.

— Où est-il ? demandai-je, encore paniquée.

— L'équipe de Grant l'a emmené au poste. Il va être interrogé.

— J'ai la sensation d'avoir échoué, me lamentai-je.

— Kat, tu as été parfaite. Vraiment parfaite. Tout ira bien maintenant.

Je passai ma main sur ma gorge, les doigts tremblants. Si Gregory n'avait pas été là, il m'aurait sûrement tuée. Je vacillai sur mes jambes et il me retint avant de tirer une chaise. Mon cœur frappait dans ma poitrine, et j'avais la curieuse sensation d'être à bout de souffle, sans avoir fait un quelconque effort physique.

— Calme-toi, Kat.

Encore chamboulée par ce que je venais de faire, j'observai

mon poignet meurtri, puis le haut de mon bras. Des traces bleutées étaient en train d'apparaître. Je soupirai lourdement, avant de relever les yeux vers Gregory.

— Tu auras des marques sur la gorge, commenta-t-il en se penchant vers moi.

— Andrew va être furieux, dis-je. Il craignait tellement cette soirée.

— Andrew va être superfier de toi. Il l'est déjà, tu sais.

— C'est un fiasco, Gregory !

Il s'accroupit devant moi et me força à lever le visage vers lui. L'air sérieux et déterminé, cela me rappela le jour où je l'avais rencontré. Gregory avait cette incroyable capacité à rassurer le monde entier… et à le faire rire une demi-seconde plus tard.

— Ce n'est pas un fiasco, assura-t-il. Tu as réussi à le faire parler, à lui faire dire qu'il avait une relation avec Eleanor.

— Mais rien ne nous dit que…

— Laisse les enquêteurs agir. Les perquisitions donneront des éléments, j'en suis certain.

— Je suis déçue, je crois, murmurai-je.

— Kat, sans toi, on n'aurait jamais mis la main sur ce type. Je t'assure que tu as fait le plus gros du travail.

J'acquiesçai, pas franchement convaincue, mais rassurée par les paroles de Gregory. Il avait raison : la police devait maintenant trouver les preuves qui accableraient Daniel. Mon ami se redressa et, sans rien dire, se versa un verre de ce que je devinais être du cognac.

— Ça ne te fera pas de mal, proposa-t-il en m'offrant son verre.

— Non, merci. J'ai l'esprit suffisamment embrouillé comme ça.

— Comme tu veux, répondit-il en buvant son verre cul sec.

Je me relevai de ma chaise, en prenant une profonde inspiration. J'espérai juste que le dîner de Lynne n'était pas gâché.

— Est-ce que les invités… ?

— Ça a été très discret. Daniel nous a facilité la tâche en se cachant dans ce couloir. Rien n'a filtré.

— D'accord. Je crois que je devrais y retourner… Mon père va se poser des questions.

— Tu es certaine ?

— Oui, je dois le faire pour Lynne. Elle a besoin de moi. Et j'ai besoin de me vider la tête. Pourras-tu être mon escorte ? m'enquis-je avec un sourire.

— Sûrement pas ! Le patron risque de me botter les fesses !

Je réprimai un rire, chassant les dernières tensions dans mes muscles. Je n'avais aucun doute sur le fait que je serais très certainement courbatue le lendemain matin. J'étais restée crispée toute la journée, appréhendant, à juste titre, cette soirée.

— Peux-tu au moins m'aider à me déséquiper ? demandai-je à Gregory. Je jure de ne rien dire à Meghan ! promis-je une main sur le cœur.

— Tu peux lui dire ce que tu veux, je crois que je suis transparent à ses yeux.

— Tu te trompes. Andrew m'a assurée du contraire.

— Vraiment ? s'étonna-t-il en me faisant pivoter sur mes pieds.

Je me retrouvai dos à Gregory, fixant le mur face à moi. Cette conversation presque normale me tira un nouveau sourire.

— Offre-lui des fleurs, proposai-je. Oh ! Et fais-lui à dîner, je ne connais pas une femme qui résiste à ce genre d'attention.

Gregory resta silencieux et je me demandai si je ne l'avais pas vexé. Même si nous en plaisantions, il semblait vraiment accroché à Meghan, tandis qu'elle le snobait continuellement. Je frissonnai légèrement, le froid de la pièce me saisissant.

— Des fleurs et un dîner ? s'étonna une voix derrière moi.

Je me figeai et, soudain, mes mains se mirent à trembler et ma gorge se serra. Il entoura ma taille de son bras et nicha sa tête dans mon cou. Mon cœur sursauta, s'emballa, s'arrêta même pendant une petite seconde, avant de redémarrer. Je me tournai vers l'homme qui me serrait contre lui, cachant mon visage contre son torse.

Andrew était là et, pendant de longues minutes, il me garda contre lui, me berçant dans un silence apaisant. Je respirai son parfum et m'agrippai au tissu de sa chemise. Soudain, mon corps se détendit brutalement, comme si tout reprenait enfin sens. L'adrénaline, la tension, l'angoisse, toutes ces émotions désagréables qui me hantaient depuis le début de la journée se désagrégeaient à son contact.

— Que fais-tu ici ? demandai-je en m'écartant légèrement de lui.

— Je me suis organisé pour finaliser la signature plus tôt, et j'ai repris un vol dans la foulée.

— Est-ce que Gregory t'a raconté ? demandai-je.

— J'ai appelé Grant de l'aéroport. Je ne voulais pas rester à l'écart à l'hôtel pendant que tu étais ici, alors j'ai rejoint une de ses équipes à l'extérieur. Quand j'ai vu Cooper sortir avec les menottes…

Je sentis ma gorge se serrer et, nerveusement, je passai une main sur mon cou, à l'endroit où il me semblait encore sentir les doigts de Daniel s'enfoncer dans ma peau. Doucement, Andrew repoussa ma main, fronçant les sourcils en voyant ma gorge endolorie. Il passa la pulpe de ses doigts sur mes marques, son visage se durcissant de colère.

— Il t'a touchée, constata Andrew, les dents serrées.

— Je vais bien.

Sa main remonta le long de mon cou et se posa sur ma joue. J'appuyai mon visage contre sa paume, fermant les yeux. Je m'autorisai une larme qu'Andrew effaça rapidement.

— Je n'ai jamais eu aussi peur, avoua Andrew pendant que ses doigts massaient ma nuque.

— C'est terminé maintenant, soufflai-je pour le rassurer. Demain, on fêtera le mariage de Lynne et ensuite on partira.

Son regard croisa le mien et, pour la première fois depuis que je le connaissais, j'y devinai l'angoisse et la crainte. Je posai ma main sur la sienne, réprimant le grimacement de douleur de mon poignet.

— Tu te souviens, nous avons parlé de vacances ? souris-je pour le forcer à penser à autre chose. Où veux-tu aller ?

— Où tu seras. Juste… Je veux être seul avec toi.

— D'accord.

J'écartai sa main et posai un baiser dans sa paume. Le regard d'Andrew se voila. De toute évidence, il était en train d'assimiler les événements de la soirée. Je laissai le silence nous envelopper et, de nouveau, je me glissai dans ses bras, me pressant contre son corps. L'adrénaline qui m'avait permis de tenir le choc toute la soirée était en train de se dissoudre, me laissant épuisée.

Aussi, quand les lèvres d'Andrew trouvèrent les miennes,

je répondis à peine à son baiser, un peu étourdie par mes émotions. Ce n'est qu'en l'entendant murmurer mon prénom que je pris conscience de ce qu'il faisait. Il me poussa en arrière, mes fesses percutant une des tables du restaurant. J'enroulai mes bras autour de sa nuque, attaquant violemment sa bouche. Andrew grogna et me souleva pour me déposer sur la table. Dans un geste empli d'autorité, il repoussa le tissu de ma robe sur mes cuisses et se cala entre mes jambes.

Son baiser dévastateur me tira un gémissement bruyant, et les mains d'Andrew quittèrent mes hanches pour saisir l'arrière de mes genoux. Il me tira contre son corps. L'envie et le besoin de le sentir contre moi remplacèrent la peur et la douleur physique. Il finit par quitter mes lèvres, sa bouche se dirigeant vers ma gorge.

— Andrew, murmurai-je en perdant le peu de contrôle qui me restait.

Il embrassa ma gorge, se concentrant sur les marques persistantes de mon face-à-face avec Daniel. Je grimaçai légèrement, mais la douleur s'estompait grâce au mouvement de ses lèvres sur ma peau. Je remuai un peu, frustrée de ne pas sentir plus de lui. Je me redressai légèrement et posai mes mains sur le nœud de sa cravate. En comprenant ce que je m'apprêtais à faire, Andrew retira ses mains de mes jambes et s'écarta de moi.

— Pas ici, murmura-t-il.

— Pourquoi ? gémis-je, presque désespérée.

— Tu as un micro.

Je râlai un peu, l'observant réajuster sa cravate. Il me fit un petit sourire satisfait, presque fier de m'avoir repoussée. Je descendis de la table et remis ma robe convenablement.

— Je vais t'aider à te déséquiper, proposa Andrew. Tourne-toi.

Lentement, il fit descendre le Zip de ma robe, avant d'effleurer ma peau pour en écarter les pans. Je la retins d'une main sur ma poitrine, pendant que de l'autre je décrochais le micro niché entre mes seins. Il débrancha le fil reliant à l'enregistreur et, du bout des doigts, remonta doucement en direction de mon estomac.

Je me sentis frémir au contact de ses doigts chauds, mais Andrew, concentré sur sa tâche, ne cilla pas. Il récupéra le micro, le posa sur la table et s'attela à retirer l'enregistreur. De nouveau, il effleura ma hanche, caressant subtilement ma peau, avant de retirer la bande d'adhésif qui retenait l'appareil.

Quand il le posa sur la table, je remis ma robe sur mes épaules et Andrew plaqua un baiser sur le haut de mon dos dénudé, avant de remonter le Zip. Il me fit tourner face à lui et embrassa chastement mes lèvres, attisant de nouveau cette délicieuse tension dans mon bas-ventre.

Il récupéra l'enregistreur et le mit dans sa poche. Puis, il me tendit la main, m'invitant à le suivre.

— Il faut que tu me présentes ton père, sourit-il.

— Deux hommes différents en une soirée, il va être ravi ! plaisantai-je.

— Je suis certain que tu pourras lui fournir une bonne explication.

Il ouvrit la porte de la pièce et nous remontâmes le fameux couloir où Daniel avait été arrêté. Je frissonnai légèrement, et Andrew entoura ma taille pour me serrer contre lui.

— On devrait discuter de ces vacances, murmura-t-il pour chasser mes idées noires.

Je lui souris faiblement, espérant que la pénombre du couloir parviendrait à dissimuler l'étrange sensation de malaise qui persistait en moi. Quand nous retrouvâmes la salle de réception, je constatai que la musique avait cessé et que les invités s'installaient autour de la grande table du dîner. Gregory nous accosta avec un large sourire.

— J'ai réussi à dégoter ça ! lança-t-il en me tendant un foulard de soie.

— Dois-je demander d'où ça vient ? l'interrogeai-je, soupçonneuse.

— Ce n'est pas à Meghan ? s'étonna brutalement Andrew pendant que je glissais le foulard sur mon cou.

Gregory vira pâle comme un linge, avant que le bout de ses oreilles ne rougisse fortement.

— O.K., je ne veux rien savoir, rit Andrew.

— Je croyais que tu étais transparent à ses yeux ? tentai-je.

— Je le suis maintenant, grinça-t-il.

Andrew sourit de nouveau et lui remit l'enregistreur de Grant. Après avoir vérifié que le foulard cachait mes hématomes, il prit ma main dans la sienne et il nous dirigea vers la table. Du regard, je cherchai mon père, avant de le voir en pleine discussion avec Lynne.

Cette dernière, face à moi, écarquilla les yeux, avant de pousser doucement mon père pour s'assurer qu'elle ne rêvait pas. Ses yeux naviguèrent de moi à Andrew, puis d'Andrew à nos mains jointes.

— Je vais te fournir une explication, dis-je rapidement.

— Je crois que cela ne sera pas nécessaire.

Son sourire me rassura. La moustache de mon père frémit, et il fronça les sourcils, pas heureux de la situation. Lynne passa près de moi et me lança un clin d'œil.

— J’aurais besoin de te parler dans cinq minutes, murmura-t-elle.

— Pas de souci.

Elle s’éclipsa et alla saluer d’autres invités, un sourire géant sur les lèvres. Je la suivis du regard, espérant que Nathan arriverait à ses fins. Son plan était risqué, et si Lynne n’adhérait pas, il allait s’en mordre les doigts. Je dirigeai mon regard vers mon père, qui toisait Andrew, dubitatif.

— Papa, je te présente…

— Andrew Blake, finit mon père pour moi. Kat, combien d’hommes différents comptes-tu me présenter ce soir ?

— J’espère être le dernier, monsieur, s’amusa Andrew en tendant sa main. Et pas que de la soirée…

— J’espère aussi, ronchonna mon père.

— Andrew, voici mon père, Walt, bégayai-je pour finir les présentations.

Il y eut un moment de flottement, où mon père et Andrew se fixèrent, pendant que je priais pour que le sol s’ouvre sous mes pieds. Je pressai ma main contre celle d’Andrew, lançai un regard implorant à mon père, et finalement il se décida à prendre la main d’Andrew.

— Ravi, dit-il avec un sourire crispé.

— Kathleen m’a beaucoup parlé de vous.

— Vraiment ? s’étonna mon père. Et où est donc le jeune homme de tout à l’heure ?

— Il a eu… une urgence, mentis-je. Et ce n’était qu’un ami.

— Alors, monsieur Blake… Vous avez délaissé San Francisco ? demanda mon père.

— Les attraits de New York sont multiples, répondit

Andrew en me lançant un regard heureux. Mais j'espère ramener un souvenir de New York avec moi.

Je cachai mon rougissement en baissant la tête vers le sol, brutalement intéressée par le parquet. Cette façon dont il parlait de moi avec mon père me gênait terriblement.

— Oui… Un souvenir, murmura mon père en prenant une gorgée de sa coupe de champagne. Avec le nombre de voyages que vous effectuez, vous devez avoir beaucoup de… souvenirs.

— Je ne garde que les bons souvenirs, monsieur. Ceux-là sont rares et précieux.

Je rougissais de nouveau, pendant qu'Andrew lâchait ma main pour entourer ma taille, sûr de lui.

— Je prendrai soin de votre fille, assura-t-il. Si vous m'en donnez l'autorisation, compléta-t-il.

De nouveau, je vis la moustache de mon père trembler. J'entendais d'ici les rouages de son cerveau se mettre en place. Il soupira lourdement, essayant de capturer mon regard. Je sentis mon corps se crisper, mais Andrew pressa sa main contre ma hanche, me calmant immédiatement.

— Vous savez qu'elle est la fille de son père ?

— Je sais qu'elle est têtue, s'esclaffa Andrew. Mais ce trait de caractère est particulièrement bienvenu chez elle.

Mon père manqua s'étouffer avec son restant de champagne. Je lui jetai un regard noir, pendant qu'Andrew, de toute évidence amusé par cette situation embarrassante, jubilait.

— A part vous souhaiter bon courage… et vous encourager à consulter rapidement, je ne sais pas quoi vous dire ! plaisanta mon père.

— Très drôle, papa !

Lynne passa dans mon champ de vision, et s'arrêta un peu plus loin, attendant que notre conversation se termine.

— Papa, Andrew, allez vous installer à table, Lynne veut me parler.

— Ne tarde pas, souffla Andrew avant de porter le dos de ma main contre ses lèvres.

De nouveau, un rougissement fleurit sur mes joues et j'évitai soigneusement le regard de mon père, témoin de la scène. Je m'écartai d'Andrew et me dirigeai vers Lynne. Derrière moi, j'entendis la voix de mon père indiquer à Andrew que j'étais à la recherche d'un nouvel emploi.

— Elle ne veut pas travailler pour moi, se lamentait Andrew avec exagération.

— Quand je vous disais qu'elle était têtue !

Je souriais en les entendant rire ensemble. Je rejoignis mon amie, qui, sublime, se tordait les doigts.

— Tu voulais me parler ? dis-je en jetant un coup d'œil vers Andrew.

— Est-ce que ça t'ennuie si je dors chez toi ?

J'eus un geste de recul instinctif, avant de rougir violemment. Je cherchai à fournir une explication, mais rien ne vint.

— Ecoute, je sais que tu veux sûrement profiter de tes retrouvailles avec Andrew, mais j'avais prévu de dormir seule à l'hôtel, pourtant je trouve ça… je ne sais…

— Impersonnel ? tentai-je.

— Oui, c'est ça ! acquiesça-t-elle avec soulagement.

— C'est trop impersonnel ou tu as peur de croiser Nathan ?

Elle baissa les yeux vers le sol et soupira lourdement. J'esquissai un sourire.

— O.K., Lynne. Chez moi. Mais je doute d'avoir grand-chose à grignoter, la prévins-je.

— C'est ma dernière nuit de célibataire, je n'avais pas très envie d'être seule.

— Tu n'as pas besoin de me fournir d'explication, murmurai-je, avant de glisser mon bras sous le sien. J'ai confiance. Tout se passera comme prévu demain.

Elle répondit faiblement à mon sourire, mais je devinai ses doutes et la tension persistante dans son corps. Je l'entraînai vers la table, et, après avoir salué Philip, m'installai auprès d'Andrew.

— Ton père est incroyable, sourit-il en me servant du vin.

— Je tiens beaucoup de lui, admis-je.

— Evite simplement la moustache, s'esclaffa Andrew. Et promets de ne jamais m'inviter à pêcher, ajouta-t-il après une courte réflexion.

— Mon père t'a invité à pêcher ?

— Je crois qu'il m'aime bien… Et j'ai eu une conversation palpitante avec lui.

— Dois-je vraiment savoir de quoi vous avez parlé derrière mon dos ?

— Rien que tu ne saches déjà, Kathleen.

L'entrée nous fut servie, et le brouhaha des conversations s'intensifia progressivement. Il y avait une telle foule ici, alors qu'il s'agissait simplement d'un dîner de répétition. Mais après avoir observé en détail les invités, je m'aperçus qu'il s'agissait sûrement des relations de Philip.

Après le plat, l'orchestre reprit, et quelques couples se décidèrent à danser. Je les regardais, virevoltant plus ou moins gracieusement, pendant qu'Andrew entretenait une conversation, en aparté avec Gregory. Brutalement, ma conversation avec Lynne me revint.

— Andrew, soufflai-je doucement, pour l'interrompre.

— Oui ?

— Je dors à mon appartement ce soir.

— Oh. Une raison particulière ? m'interrogea-t-il, inquiet.

— Lynne ne veut pas rester seule. C'est sa dernière nuit de célibat !

— C'est ce qu'elle croit, s'amusa Andrew. Je pense que le nouveau jeu de clés est dans mon attaché-case.

— Bien. Je ferai un détour par le Peninsula pour les récupérer.

Andrew grimaça et s'approcha de moi, sa bouche à quelques centimètres de mon cou.

— Tu sais que je vais passer la soirée à tenter de te faire changer d'avis, n'est-ce pas ?

— J'ai dit « oui » à Lynne. Et pour l'instant, elle a plus besoin de moi, que toi !

— Je ne pense pas que ce soit possible.

Je frémis en sentant les vibrations de sa voix contre ma peau. D'une main, il écarta un peu ma chevelure et caressa ma joue. J'oubliai la foule autour de nous, me concentrant sur ce contact ténu entre lui et moi.

— Seras-tu un jour tout à moi ? m'interrogea-t-il doucement.

Je me tournai vers lui, sans comprendre, mais Andrew se contenta de me sourire. Furtivement, je songeai à notre correspondance. Je lui souris à mon tour, me promettant de tout lui avouer en rentrant à San Francisco.

Mon attention fut captée par Lynne, qui discutait à voix basse avec Philip. Ce dernier lui souriait, pendant qu'elle semblait s'agacer de quelque chose. Je me demandais comment elle avait pu être séduite par lui. Je ne me souvenais plus du début de leur relation, à part que Philip était l'invité d'un événement mondain, et qu'il l'avait accostée.

Et maintenant, nous y étions. Le mariage.

Mais le mystère perdurait. Comment Lynne pouvait-elle faire ça ? Lynne doutait… Il y avait Nathan, elle l'avait embrassé, elle lui parlait. Je n'arrivais pas à comprendre comment Lynne avait réussi à se convaincre de la pertinence de son mariage. Ne voyait-elle pas ce qui était pourtant évident pour tous les autres ? La façon même dont elle avait rencontré Nathan aurait dû lui mettre la puce à l'oreille. Mais la violence du choc de l'ascenseur ne l'avait pas sortie de sa torpeur.

— Partagerais-tu tes pensées avec moi ? proposa Andrew en me servant un verre de vin.

— Est-ce que tu crois aux âmes sœurs ?

— J'ose croire que nous en sommes un parfait exemple. Je suis tombé amoureux de toi dès l'instant où tu es entrée dans ma vie.

Nous restâmes un long moment les yeux dans les yeux, savourant ce nouveau moment d'intimité au milieu de cette foule dense. Je me remémorais avec émotion notre rencontre à l'hôtel. Andrew était parfait. Et il était à moi. Tout à moi. Il s'inquiétait de savoir si je lui appartiendrais un jour.

Un jour peut-être, je lui raconterais comment j'avais été à lui.

Comment j'avais su…

Comment mon cœur tressautait stupidement quand il me touchait…

A quel point il était plus important que tout.

— Et je bénis chaque jour le ciel que tu sois dans la mienne, chuchotai-je avant de placer un baiser dans son cou.

Je retournai mon attention sur Lynne, les yeux brillants, rayonnante. Elle parlait maintenant avec la famille de son futur époux, souriant à chacun. Je soupirai. Un nouveau changement d'humeur, une nouvelle décision, une nouvelle promesse de Philip…

— Lynne a dû rêver de ce mariage depuis toute petite.

— Comme toutes les petites filles, non ? Ton tour viendra, chuchota-t-il doucement. Sois patiente.

Il me fit un sourire discret avant de se pencher sur mon épaule pour l'embrasser. Mon cœur frappa frénétiquement dans ma poitrine. Andrew trouvait toujours le moyen de revenir sur ce sujet. Mais, quelque part, je craignais de devenir une nouvelle Eleanor.

Je chassai ces idées sombres rapidement. Mon père dansait — du moins essayait de danser — avec une femme élégante, au large sourire. Sa maladresse m'attendrit. Mon cœur se serra en songeant à ces discussions gênantes que nous avions eues : le sexe, la contraception, l'achat du premier soutien-gorge. Mais papa avait été le meilleur des pères. Attentif, aimant, drôle, borné, tendre et protecteur… Je jetai un œil vers Andrew. Je m'abstiendrais de leur dire à quel point ils se ressemblaient.

Lynne dansait maintenant avec Philip. Elle donnait déjà le change, le masque de la femme éprise parfaitement calé sur son visage.

Je repensais au jour où nous avions choisi son gâteau de mariage. Ce même jour où ma vie avait pris un autre tournant. C'est à ce moment précis que les lettres avaient commencé. Tout avait commencé ce jour-là.

— Tu veux danser ?

— Euh, oui. Bien sûr.

Après avoir reculé ma chaise, Andrew me tendit la main et me conduisit vers la piste. Il me serra contre lui et, instinctivement, je posai ma tête contre son torse. J'appréciai ces moments de douceur avec lui. Sûrement parce que cela m'offrait des moments d'oubli et de paix. Quand j'étais dans ses bras, tout allait bien. J'étais protégée du monde extérieur.

— Je suis heureux d'être là, avec toi, murmura-t-il.

— Moi aussi.

— Tu es certaine de vouloir rester avec Lynne cette nuit ? me demanda-t-il en descendant sa main dans le creux de mes reins.

— Aurais-tu des idées… inavouables ? rétorquai-je.

— Tu n'as pas idée… Dès que je te vois, ça fleurit dans mon cerveau détraqué.

Je ris doucement avant de me mettre sur la pointe des pieds pour l'embrasser. Je me doutais qu'il n'allait pas abandonner si facilement.

— Il te faudra attendre la nuit prochaine… J'ai fait une promesse à Lynne.

— Je suis certain que son promis aimerait l'avoir contre lui, cette nuit ! contra-t-il.

Je tournai la tête vers Lynne et son cavalier. Ils dansaient, collés l'un à l'autre. Elle, les yeux clos, reposait sur lui pendant qu'il la berçait. Ils auraient pu faire un joli couple… Et pourtant, je n'arrivais pas à me défaire de l'idée que tout semblait trop parfait et bien huilé.

— C'est la tradition, ripostai-je. Je croyais que tu étais attaché aux valeurs éculées ?

— Quand elles vont dans mon sens !

— Et tu ne trouves pas que ça rend la chose plus belle ?

Attendre, découvrir la mariée le lendemain, et ensuite avoir une nuit de rêve…

Andrew me fixa étrangement, à la fois stupéfait et ravi.

— Laisse-moi juste le temps de demander ta main à ton père, et je promets de t'épouser demain.

— Andrew, tu te rends compte qu'un jour tu te feras prendre à ton propre piège ?

— Mais je n'attends que ça ! s'esclaffa-t-il. Te découvrir en mariée le lendemain, et ensuite avoir une nuit de rêve, me plagia-t-il.

— Tu n'es pas censé reprendre mes arguments ! boudai-je faussement.

— Tes arguments sont toujours meilleurs que les miens ! Toujours, Kathleen, ajouta-t-il plus sérieusement et un ton plus bas.

Il m'embrassa furtivement, dissipant ainsi les dernières traces de tension et d'interrogation qui me tourmentaient toujours.

J'aimais Andrew. Mon incroyable, parfait et exceptionnel inconnu.

Quand le dîner toucha finalement à sa fin, je proposai à Lynne de partager la voiture qui nous ramenait, lui et moi, au Peninsula. Elle accepta et alla saluer son futur époux, un large sourire aux lèvres. En l'attendant, je rejoignis Andrew, qui était en pleine conversation téléphonique, Gregory face à lui.

— Bien… Pas de souci, Grant, je passerai.

Il jeta un coup d'œil à sa montre, et couvrit le micro de son téléphone avant de se pencher vers moi.

— Tu es certaine de dormir chez toi ? m'interrogea-t-il.

— Certaine. Lynne est partie saluer Philip, et elle arrive.

Andrew ne sembla pas ravi de ma réponse, et soupira.

— Disons dans trente minutes, proposa-t-il, tandis que Gregory acquiesçait. Je prendrai une voiture au Peninsula et vous rejoindrai directement au commissariat.

Il raccrocha, et aussitôt enroula son bras libre autour de moi pour m'embrasser. Un peu surprise, je ne réagis pas tout de suite, avant d'entendre siffler derrière moi. Andrew grogna, puis s'écarta, fusillant du regard le malotru.

— J'aurais dû m'en douter, marmonna-t-il, le visage fermé.

— Eh bien, Kat, je ne savais pas que tu nous ramènerais une célébrité nationale ! s'exclama Philip, visiblement un peu éméché.

— On va y aller, proposa Lynne, horriblement gênée.

Elle se détacha de lui, mais il la retint et plaqua ses lèvres contre les siennes. Les mains contre son torse, Lynne le repoussa, la colère flamboyant dans son regard.

— Tu avais promis, murmura-t-elle.

— La seule promesse qui tienne est celle de demain, sourit-il avec fierté.

Elle le toisa un court instant, secouant la tête de honte et de rage contenues. Son regard papillonna vers les spectateurs de cette scène affligeante, avant de se fixer sur moi.

— Allons-y, proposa-t-elle avec un sourire factice.

J'opinai, et Andrew, son bras toujours autour de moi, m'entraîna en direction de la sortie. Gregory nous suivit, mais, dans la rue, emprunta une voiture différente. Je présumai qu'Andrew l'avait libéré de sa mission pour la soirée. Lynne s'installa à l'avant de la voiture, pendant qu'Andrew m'ouvrait la portière arrière. Il me rejoignit sur la banquette quelques instants plus tard, et, automatiquement, prit ma main dans la sienne.

La voiture démarra, et ce n'est qu'après de longs instants de silence que Lynne se décida à prendre la parole.

— Je suis désolée. Je lui avais demandé de ne pas faire de remarque sur… vous deux, lança-t-elle en se tournant vers nous.

— Ce n'est rien, Lynne, murmurai-je. Ne t'inquiète pas.

— C'était déplacé ! Je ne voulais pas vous mettre mal à l'aise, et je pense qu'il a un peu abusé du cognac de fin de soirée, sourit-elle.

— Aucun souci, reprit Andrew d'un ton plus ferme. De toute façon, nous allons devoir apprendre à gérer ce genre de remarque.

Son visage se détendit, et elle sembla vraiment apaisée par notre diplomatie. Je me tournai vers Andrew, m'apercevant que ses traits tirés et tendus dénonçaient non seulement la fatigue, mais aussi une forme de colère. Je détachai ma main de la sienne, pour la poser sur sa cuisse, la pressant afin d'attirer son attention.

Son regard brillant plongea dans le mien, et je lui fis un faible sourire. Il y répondit à peine, tourmenté, de toute évidence. Je fronçai les sourcils, penchant légèrement la tête pour l'encourager à se livrer. Il reprit ma main dans la sienne et la porta à ses lèvres, sans jamais quitter mon regard. Les traces de colère disparaissaient, au profit de l'envie et du désir. Sa bouche traîna longuement, trop longuement, sur le dos de ma main, provoquant des frissons incontrôlables dans tout mon corps.

Je me décalai vers lui, pressant mon corps contre le sien. Il libéra finalement ma main et entoura mes épaules de son bras. Son parfum me parvint, et très vite, je sentis ses lèvres caresser ma joue.

— Tu es certaine de ne pas vouloir rester ? murmura-t-il.

— Je ne peux pas, chuchotai-je, en sentant l'air crépiter autour de nous.

Il glissa sa bouche sur ma joue, atteignant la ligne de ma mâchoire. Je sursautai en le sentant poser une de ses mains sur ma cuisse, passant sous le tissu de ma robe. Mon cœur s'accéléra et, même si je voulais vraiment l'arrêter, mon corps tout entier était conquis. Son souffle chaud embrasa ma nuque et je fermai les yeux, anesthésiée par les sensations violentes qu'il provoquait.

— Bien. Dans ce cas, nous ferons vite, dit-il doucement en s'écartant de moi.

Je restai figée sur la banquette. Andrew avait abandonné ma cuisse, se contentant de garder son bras autour de mes épaules. Je lui jetai un regard, entre surprise et frustration. Il se contenta d'esquisser un sourire satisfait et empli de promesses.

Chapitre 8

Le reste du trajet se fit en silence, et très vite, nous nous retrouvâmes dans le garage de l'hôtel. Andrew laissa des instructions au chauffeur pour nous conduire chez moi, et me proposa de le suivre dans la suite pour que je récupère mes clés.

— Je vais attendre ici, dit Lynne avec un grand sourire.

— Ça me semble évident, contra-t-il avec ironie.

Je réprimai un sourire, retrouvant le Andrew présomptueux que je connaissais. Je sortis de la voiture, et il nous dirigea vers l'ascenseur de l'hôtel. Sans un mot, nous gagnâmes la suite, et dès que la porte fut fermée, il me plaqua contre elle, puis me souleva. Sa bouche retrouva la mienne, avide, exigeante, quémandant l'accès total à la mienne. Haletante, et dans un équilibre précaire, j'enfonçai mes mains sur ses épaules en gémissant.

— Andrew, murmurai-je en le repoussant faiblement.

Il me cala contre la porte avec violence, ses mains soutenant mes cuisses. De nouveau, mon dos frappa le bois de la porte et je hoquetai, sous le choc, avant qu'il ne repousse brutalement les bretelles de ma robe. Son bassin frotta contre le mien, embrasant la dernière partie de mon organisme encore inerte. Je descendis mes mains le long de son torse, tirant sur sa cravate, puis sur les pans de sa chemise. La plupart des boutons sautèrent, révélant son torse musclé.

Andrew m'avait déjà donné un avant-goût de ce qu'il souhaitait avant le dîner, mais je compris que l'attente, et ma nuit hors de sa suite, étaient en train d'exacerber son désir. Je m'attaquai à la ceinture de son pantalon, glissant ma main dans son boxer.

Il relâcha mes lèvres, gémissant lourdement dans mon cou.

— Maintenant, grogna-t-il. Je te veux, maintenant.

Il tira sur ma robe, la releva un peu plus sur mes hanches, avant d'agripper ma culotte et de l'écarter. Je geignis en sentant ses doigts aller et venir en moi. Je renversai la tête en arrière, me heurtant douloureusement à la porte. J'étouffai le cri de douleur dans ma gorge, et me concentrai sur le plaisir intense que me donnait Andrew. Resserrant mes chevilles dans son dos, je me débrouillai pour libérer son sexe de son boxer.

Je le caressai au même rythme que ses allées et venues. Il colla son front au mien, nos deux regards soudés. Nous avions vécu tellement de choses, mais rien n'avait été aussi fort, aussi puissant et aussi incontrôlable que ce soir. Même faire l'amour dans son bureau ne m'avait pas autant bouleversée.

Il accéléra, me faisant gémir et haleter de plus en plus fort. Mon bas-ventre se tordit dans une chaleur fulgurante et très vite, les yeux clos, je me sentis partir. Mon corps se détendit dans la seconde et Andrew me maintint coincée entre lui et la porte, agrippant mes cuisses.

— Est-ce que ça va ? murmura-t-il hors d'haleine.

— Je… Oui… ça va, acquiesçai-je dans un souffle.

Je retrouvai son regard sombre et brûlant, et avant que mon cœur ne puisse reprendre un rythme normal, je sentis son sexe contre le mien. Il me taquina longuement, cherchant à attiser un peu plus le désir déjà monstrueux que je ressentais. Ma peau me brûlait, mon corps réclamait délivrance et mon cœur frappait si fort qu'il menaçait de cesser de battre. J'ondulai sur lui, malgré tout, espérant lui rendre un peu du plaisir qu'il m'offrait.

Mais très vite, il me souleva de nouveau, et s'enfonça en moi. Nos cris de soulagement se mêlèrent et résonnèrent dans la pièce. Je soupirai d'aise, savourant la présence d'Andrew en moi. Toute l'angoisse que j'avais ressentie se transformait maintenant en envie chaude et brûlante. J'en voulais plus. Plus de lui, plus de violence, plus de tout…

De nouveau, je sentis les prémices de l'orgasme me menacer. J'allai à la rencontre de ses mouvements, accentuant ma cambrure pour profiter un maximum de lui. Il appuya son front contre le mien et, pantelant, me fit un sourire heureux, allant et venant en moi avec une énergie folle. Je plaçai mes mains sur son visage, l'attirant contre mes lèvres. J'étais proche de l'orgasme, et je savais que lui aussi.

Je l'embrassai doucement, à contre-courant des mouvements synchrones et saccadés de nos deux corps. Je caressai sa langue, prenant le dessus sur lui. Andrew émit un gémissement étouffé par nos bouches, ses dernières résistances tombant finalement, et dans un dernier à-coup, il m'emporta avec lui dans un nouvel orgasme.

Je quittai ses lèvres, mon dos s'arc-boutant contre la porte, pendant qu'Andrew reprenait son souffle, nichant sa tête dans mon cou.

Après quelques secondes, il me relâcha, et je titubai, à

moitié déshabillée, jusque dans le salon. Les joues rouges et couverte de sueur, je réajustai ma robe.

— Tu es vraiment certaine de ne pas vouloir rester ? demanda-t-il derrière moi.

— Donc c'était simplement pour ça ? Une façon de me convaincre ? ripostai-je en me tournant vers lui.

— Non… J'en avais envie. Et je l'aurais fait dans la voiture si Lynne n'avait pas été là.

— Avec le chauffeur ? m'exclamai-je.

— Je peux être discret, sourit-il.

Il reboucla la ceinture de son pantalon et retira sa chemise, partiellement détruite.

— J'ai aimé, avouai-je, tandis qu'il fouillait dans son attaché-case.

— Juste aimé ? s'étonna-t-il.

— Beaucoup aimé. N'en fais pas une habitude, cependant. Tes chemises n'y survivraient pas ! plaisantai-je.

— Comme si cela te posait problème ! Voilà tes clés.

Il posa un trousseau dans le creux de ma main et en profita pour m'attirer contre lui dans une dernière étreinte.

— Je dois aller voir Grant pour l'affaire. Il attend ma déposition.

— Je te retrouve ici demain matin ?

— Tu comptes m'apporter le café ?

— Peut-être… Je dois y aller, Lynne va finir par se poser des questions !

Je l'embrassai rapidement, et après quelques secondes de lutte, il se décida à me relâcher. Je quittai la suite en courant presque, déjà honteuse de ce qu'allait penser Lynne de ma longue absence. Je rejoignis la voiture, et elle se contenta de me sourire d'un air entendu. Je fuis son regard, me recoiffant à la va-vite, pendant que le chauffeur nous conduisait chez moi.

En entrant dans mon appartement, j'avais presque la sensation de ne pas être chez moi. La dévastation, les débris, mes affaires éparpillées au sol avaient disparu pour faire place à un salon immaculé, dans les tons de gris et de blanc.

— C'est joli, constata Lynne. Je ne savais pas que tu étais une pro de la décoration !

— Je me suis fait aider, répondis-je rapidement. Je vais me changer, prépare-nous un thé en attendant.

Je cavalai jusqu'à ma chambre, enfilant un jean et un sweat-shirt. J'éclatai de rire en voyant une rose blanche déposée sur mon lit. Cet homme… Il fallait que je lui apprenne les limites… Entrer chez moi pour faire ça… Je cherchai mon téléphone dans mon sac, sans succès. Je l'avais sûrement oublié à l'hôtel. Je me coiffai rapidement et me démaquillai avant de retrouver Lynne dans le salon. Lui tournant le dos, je glissai le dernier courrier d'Andrew avec les autres lettres, dans un tiroir. Apparemment, la personne qui avait décidé de ruiner mon appartement n'avait pas poussé la fouille jusque-là. J'en étais heureuse, car ces lettres représentaient plus pour moi que cet endroit.

Lynne nous servit le thé et nous nous installâmes sur le nouveau canapé, en tout point conforme au précédent.

Nous discutâmes pendant un long moment, essentiellement de son voyage de noces. Je lui parlai de notre projet de vacances à Andrew et à moi. Elle me conseilla une île déserte, à l'abri des regards indiscrets.

— Il veut que nous officialisions, dis-je finalement.

— Tu as fait le plus dur en lui présentant ton père, plaisanta-t-elle.

— C'est vrai, admis-je. Disons que se retrouver du jour au lendemain dans les journaux…

— Tu aurais préféré garder tout ça secret ? demanda-t-elle avec sérieux.

— Peut-être… En tout cas, j'aurais préféré un peu de protection. Là, j'ai la sensation d'être une sorte de gibier…

— Andrew ne laissera pas faire, me rassura-t-elle. Il sait que cacher la vérité aux journalistes ne fera qu'attiser leur curiosité.

— Je sais comment ils réfléchissent, raillai-je.

Lynne se contenta de sourire et je pris conscience qu'Andrew avait raison : donner aux journalistes ce qu'ils voulaient pourrait sûrement nous garantir un peu de calme et de respect. Par ailleurs, je savais qu'il ferait son possible pour nous préserver.

Il m'avait parlé de la possibilité de faire une photo officielle. Très sincèrement, je ne me voyais pas poser pour les photographes, façon héritière de la couronne. Si j'avais le choix, je préférerais encore assister à une soirée et apparaître à son bras. Autant faire en sorte que la chose soit naturelle et pas montée de toutes pièces.

— Et vas-tu m'expliquer la présence de Daniel au dîner ce soir ? demanda-t-elle finalement.

— C'est une longue histoire, soufflai-je.

— Nous avons tout notre temps !

— Daniel était à l'origine des menaces contre Andrew, résumai-je rapidement.

— Vraiment ? s'écria-t-elle.

— C'était l'amant de sa femme…

Les yeux de Lynne s'écarquillèrent. Je repris un peu de mon thé, me rendant compte que je ne savais pas par où commencer. Lynne n'était même pas au courant de mon expédition à San Francisco.

— J'aimerais oublier tout ça. Par ailleurs, c'est « ta » soirée !

Lynne se contenta de sourire et commença à babiller au sujet de son mariage, et immédiatement je repensai à Nathan. J'espérais que son plan fonctionne… J'espérais que Lynne se laisserait aller. J'espérais sûrement un peu trop.

— Hey ? Tu m'écoutes ?

— Euh… Oh ! pardon.

— Tu rêvais ! J'imagine très bien de qui, sourit-elle, mais si tu pouvais te concentrer sur ce que je te raconte.

— Pardonne-moi… En plus, je pensais justement à toi.

J'attrapai l'assiette de cookies devant moi et la posai sur mes cuisses. La télévision, en sourdine, éclairait la pièce. Lynne ramena ses jambes sous elle et porta son mug fumant à ses lèvres. Mon regard fut attiré par sa bague de fiançailles.

— Tu es stressée ? demandai-je en prenant un biscuit.

— Non… Je devrais, tu crois ?

— Disons que ça semblerait normal. Tu t'apprêtes à te marier… A passer le reste de ta vie avec le même homme. Personnellement, ça me stresserait !

Elle pencha la tête vers moi et me sourit avec tendresse. Je retrouvais la Lynne que j'avais appris à connaître. Cette fille simple, drôle, piquante… Tout avait tellement changé, et si vite.

Je tournai le visage vers l'écran de télévision, et soudain mon cœur s'affola. L'assiette de cookies m'échappa et s'écrasa au sol. Je me relevai précipitamment, fixant l'écran, stupéfaite.

— Où est la télécommande ? demandai-je.

— Je ne sais pas… Attends…

Je sentis Lynne remuer et soulever les coussins. Je fixai l'écran, les yeux écarquillés. C'était impossible. Il devait se tromper… Forcément se tromper.

— Où est cette putain de télécommande ? grondai-je en m'agitant vainement à ses côtés.

— Tiens… Tiens… La voilà…, s'exclama-t-elle en me la tendant. Kat, qu'est-ce qu'il se passe ?

Je montai le son de la télévision et m'effondrai à genoux à quelques centimètres de l'écran. Alors que les larmes gagnaient mes yeux, je sentis la main de Lynne se poser sur mon épaule et se resserrer.

— Mon Dieu, Kat…

Je ne rêvais pas. Si Lynne l'avait vu, alors c'était réel. Je fixai le bandeau d'information en bas de l'écran. Le nom d'Andrew apparaissait.

La voix désincarnée de la présentatrice blonde me parvint à peine. Tout ce que je voyais, c'était l'amas de ferraille et le verre brisé au sol. La voiture de l'hôtel, lui, son rendez-vous avec Grant…

— Est-ce qu'il est mort ? A-t-elle dit s'il était mort ? paniquai-je brutalement.

— Je crois que non, Kat.

— Non quoi ? Non elle n'a rien dit, ou non il n'est pas mort ? hurlai-je sans pouvoir me contrôler.

Il était là. Il était dans cette voiture, j'en étais certaine. Je le sentais. Mon corps entier souffrait et pourtant je continuais de regarder les images, happée par leur contenu.

— Andrew Blake a été victime cette nuit d'un accident de la route. Ce dernier a été percuté par une autre voiture à un carrefour. Le chauffeur de l'autre véhicule a pris la fuite, mais des témoins assurent qu'il a vraisemblablement grillé le feu rouge. Les ambulances ont évacué Andrew Blake dans l'hôpital le plus proche. Nous n'avons pas d'informations sur son état de santé.

Je m'affaissai un peu plus au sol, les larmes roulant sur mes joues. J'avais la sensation de me liquéfier, comme si toute énergie vitale me quittait. Comme si « lui » me quittait. Je me relevai doucement, songeant à tout ce qui s'était passé en presque quatre mois. Du coin de l'œil, je vis Lynne tapoter à une vitesse hallucinante sur son portable.

Nathan.

La seule source d'informations que nous avions en commun.

J'ouvris le tiroir en essuyant mes larmes. Je dégageai la première enveloppe… Sa dernière lettre. La seule que je n'avais pas ouverte. J'aurais dû lui dire. J'aurais dû lui avouer qui j'étais. Andrew ne pouvait pas… Il n'avait pas le droit de mourir sans le savoir.

— Kat, ne fais pas ça, me conseilla doucement Lynne derrière moi.

Les larmes se remirent à couler. Pas de chagrin cette fois, mais de colère contre moi et contre Lynne. Pourquoi l'avais-je écoutée quand elle m'avait conseillé de me taire ? Pourquoi avais-je écouté la fille qui s'apprêtait à épouser un homme qu'elle n'était même pas certaine d'aimer ?

Oui, Andrew m'en aurait voulu d'avoir joué à ce jeu avec lui. Oui, il aurait hurlé. Oui, il se serait senti trahi… Mais il aurait compris.

Je décachetai l'enveloppe en tremblant, ignorant sciemment le bruit de la télévision. Je ne voulais pas savoir. Jc fermai les yeux. Je « devrais » savoir. Mort, vivant… je devrais le sentir. Mon cœur accéléra de nouveau, mais mon estomac se tordit dans une atroce douleur. Je dépliai la lettre, constatant que c'était certainement une des plus courtes qu'il m'avait envoyées.

« Tu ne m'écris plus. Où es-tu ? Quelque part dans New York ?

Que suis-je censé faire maintenant ? Comment peux-tu me demander de faire comme si rien ne s'était passé ?

Ça s'est passé. Je l'ai senti. Dans tes lettres, dans tes mots, j'ai senti.

Tu me manques… Ecris-moi. »

— Que dit-il ? me demanda Lynne.

— Rien d'important, répondis-je en reniflant. Alors ? demandai-je en tremblant.

Pour toute réponse, elle me serra dans ses bras en caressant mes cheveux. J'explosai en sanglots, m'accrochant à elle.

— Lynne… S'il était vraiment mort, je le sentirais… Je te jure que je le sentirais.

— Calme-toi, calme-toi…

Je m'écartai d'elle et fermai les yeux, tentant de me concentrer sur le lien fragile et ténu que nous avions construit lui et moi. Il y avait notre histoire… Et dans notre histoire, il y avait ces lettres.

Mais je ne voyais rien… ne sentais rien… Juste le néant, le vide… le noir complet.

Elle m'entraîna sur le canapé, et subitement, j'eus la sensation d'étouffer. Ma poitrine se comprima et je haletai. Lynne me fixait, incapable de savoir quoi faire pour me calmer. Je posai ma main sur ma poitrine, suffoquant de panique et d'angoisse.

— Kat, s'il te plaît, calme-toi, m'implora-t-elle.

— Appelle Nathan, articulai-je dans un murmure.

— Il ne répond pas, dit-elle en raccrochant vivement son téléphone.

— Appelle l'hôtel alors. Quelqu'un doit savoir où il est.

— Kat…

— Appelle l'hôtel, hurlai-je.

Elle finit par composer le numéro du Peninsula et, après une courte conversation avec Sam, elle parvint à lui soutirer l'information.

— Meghan a demandé une voiture pour le Lennox.

— On y va.

— Kat… Je suis certaine que…

— On y va, la coupai-je. Du moins, moi j'y vais. Fais ce que tu veux, mais je ne vais pas attendre ici qu'on m'annonce sa mort !

Elle soupira, avant de se rallier à mon argument. J'enfilai une paire de baskets et claquai la porte de l'appartement derrière moi. Après dix minutes d'attente insoutenable, je parvins à héler un taxi. Je hurlai presque pour qu'il aille plus vite. La circulation était fluide à cette heure, et je savais que nous y serions en peu de temps. Les rues défilèrent, et pourtant il me semblait que nous nous traînions.

Lynne, à mes côtés, passait son temps sur son portable, les traits de son visage tirés. Le teint encore plus pâle qu'habituellement, éclairé par l'écran de son téléphone, elle pestait. Pourtant, malgré toute la nervosité qui émanait d'elle et de ses gestes brutaux, elle paraissait calme en comparaison de la tempête intérieure qui me ravageait.

Andrew. J'espérai seulement qu'il était encore en vie. Peu importait l'état de ses blessures, je le voulais en vie, au moins pour lui avouer la vérité.

— As-tu rappelé Nathan ? demandai-je finalement, totalement paniquée, à Lynne.

— Il ne répond pas, s'énerva-t-elle.

— Il n'est pas mort, murmurai-je, sûre de moi. Je le sais.

Je tapai mes doigts nerveusement contre ma cuisse, réfléchissant à toute allure. Comme si nous n'avions pas eu suffisamment de choses à subir… Cet accident était la goutte d'eau. Mon état de nervosité était en train de m'achever. Mes membres étaient engourdis et mon ventre jouait au Yo-Yo, imaginant soit le pire, soit… le pire. Mais la seule chose que j'entendais, c'était la petite voix de ma conscience.

Si Andrew était mort, je l'aurais senti. A chaque feu rouge que nous subissions, j'avais la sensation de me ratatiner un peu plus. Comme si on m'assommait encore, rendant l'attente et l'ignorance encore plus insupportables. Mon corps était douloureux, tendu, crispé, et chacun de mes mouvements m'arrachait des grimaces.

La voiture s'immobilisa, et je m'agaçai de subir un nouveau feu de signalisation.

— Je ne peux pas aller plus loin, annonça brutalement le chauffeur.

— Quoi ? dis-je avant de me tordre le cou et de comprendre.

— La rue est barrée…

— Bordel de merde, pestai-je avant d'ouvrir la portière.

Je me mis à courir en direction de l'hôpital, entendant au loin le chauffeur de taxi hurler pour qu'on lui règle sa course. Je refusai de perdre plus de temps, et espérai que Lynne serait en mesure de le faire.

Au bout de la rue, je distinguai des lumières vives et des flashes crépitants. Les journalistes étaient là, se préparant à transmettre le moindre scoop. L'entrée de l'hôpital était inaccessible et bondée de monde. Haletante, et les mains sur les genoux, je cherchai une solution. Donner mon nom ne suffirait sûrement pas… et dire que je venais voir Andrew Blake était l'argument clé pour me faire embarquer par la police.

— Viens par là, murmura la voix étouffée de Lynne derrière moi.

Elle me prit par le coude, sans me laisser le temps de répondre et manquant de me faire trébucher, pour m'entraîner sur le trottoir d'en face.

— Qu'est-ce que tu fais ? m'agaçai-je en redirigeant mon attention sur l'entrée principale de l'hôpital.

— J'ai eu Nathan, il vient nous chercher, répondit-elle, essoufflée.

— Est-ce qu'il a dit quelque chose pour Andrew ? Dis-moi ! la pressai-je, avec une énergie retrouvée.

— Il va bien, m'assura-t-elle. Viens, il faut qu'on contourne le bâtiment.

Je soupirai de soulagement et sentis mon corps reprendre vie instantanément. Il allait bien. Je me surpris à sourire, avant de comprendre que je voulais le voir et l'entendre. Je repris ma folle course, longeant l'hôpital. Lynne me suivit, prenant le même rythme. Elle m'indiqua l'entrée des livreurs et nous nous engouffrâmes dans un des sous-sols. Un des gardes de l'hôpital fit barrage, nous empêchant d'aller plus loin.

— On est avec Nathan Evans ! expliqua Lynne hors d'haleine.

— Personne ne rentre, ordre de la direction.

— Je suis la petite amie d'Andrew Blake ! criai-je, à bout de nerfs.

— C'est ça ! Et moi je suis le Christ ! ironisa le garde en riant.

Je râlai, prête à foncer sur lui, mais Lynne me retint. Et finalement, derrière lui, le visage terne et cendreux de Nathan apparut. Je hurlai son prénom en courant comme une folle furieuse vers lui.

J'esquivai le garde, un peu trop corpulent pour être bon à la course, et me dirigeai vers Nathan. Je fonçai dans ses bras, où il m'accueillit en amortissant le choc.

— Woah… Kat… Respirez ! m'intima-t-il en souriant. Elle est avec moi, cria-t-il au garde, qui, rouge vif, me poursuivait toujours.

— Comment va-t-il ?

— Bien… si on peut dire. Montons.

— Bonsoir, Nathan, murmura Lynne derrière moi.

Il la regarda étrangement, entre sidération et fascination, et hocha la tête. Elle baissa les yeux, le rouge aux joues. Quand finalement nous gagnâmes l'ascenseur, je trépignai dans l'espace étroit, observant les étages défiler à un rythme bien trop lent. Nathan me jeta plusieurs fois un regard, mais ne parla pas. Il avait cette étrange capacité à contrôler ses émotions. Je ne l'avais jamais vu énervé ou agacé. Quelque part, ce calme souverain, dans un espace si restreint, m'horripilait. Travailler aux côtés d'Andrew lui avait sûrement appris à se maîtriser. Quand les portes s'ouvrirent, je me précipitai dans le couloir.

— La dernière chambre, m'indiqua Nathan.

Je marchai rapidement jusqu'au bout du couloir, me

retenant de courir pour ne pas attirer plus l'attention. Je passai devant la salle d'attente, où se tenaient Meghan et Gregory, en plein conciliabule. Devant sa porte, je me mis bêtement à prier pour qu'il n'ait rien de grave, même si le sourire de Lynne, en pleine rue, m'avait rassurée. Je toquai doucement à la porte et entrai.

Andrew était couché, les yeux clos. De l'oxygène lui parvenait par le nez et sa respiration semblait calme. J'approchai doucement, fixant son visage blanc, inerte, et un sanglot s'étrangla dans ma gorge. Je posai ma main sur la sienne, la pressant un peu, mais il ne bougea pas. Je regardai le moniteur cardiaque. Le rythme était régulier, et cela me rassura.

Je contournai le lit, évitant de faire du bruit tout en espérant en faire suffisamment pour qu'il ouvre un œil. Avec précaution, je m'assis sur le bord du lit et passai une main sur son front pour dégager ses cheveux.

— Andrew ? murmurai-je.

De nouveau, il resta immobile. Je renouvelai mon geste, passant sur sa joue un peu râpeuse, avant de caresser furtivement sa bouche.

— Andrew ? répétai-je avec un peu plus d'espoir.

Ses lèvres sèches et presque gercées s'entrouvrirent, et mon cœur s'emballa subitement. Il était là. Je me penchai sur lui et embrassai sa bouche légèrement abîmée par une entaille suturée. Il geignit faiblement, et je me redressai pour laisser ma main caresser son front. Il était tellement pâle.

Il cilla un peu, ses paupières papillonnant sans jamais s'ouvrir réellement. Je repassai ma main sur son front, puis descendis sur sa joue, suivant la ligne de sa mâchoire, espérant provoquer un quelconque mouvement. Il bougea légèrement, en gémissant, puis s'immobilisa.

Je me relevai du lit et pris une chaise pour m'asseoir près de lui. Je calai sa main fraîche entre les miennes, détectant un nouveau mouvement de sa part. Il secoua la tête, et murmura mon prénom dans un souffle à peine audible.

— Je suis là, Andrew, répondis-je en tremblant.

Ses paupières s'ouvrirent difficilement, et il cligna les yeux plusieurs fois. Je posai ma main sur son front, soulagée et heureuse. Il grogna un peu et étouffa un cri de douleur en tentant de se redresser.

— Calme-toi. Tu es à l'hôpital, expliquai-je.

Il s'apaisa presque instantanément, et tourna son visage abîmé vers moi. Je risquai un sourire, plus pour en provoquer un chez lui, que par réelle envie. Il lécha ses lèvres desséchées et soupira lourdement.

— Je leur avais dit de ne pas me donner de calmants, murmura-t-il, agacé.

— C'était sûrement pour t'éviter de souffrir, soulignai-je.

Il ouvrit les yeux, avant de les refermer aussitôt. Son visage se crispa et il tenta de bouger légèrement son corps. Lentement, il se redressa sur ses coudes, avant de s'effondrer sur les oreillers en râlant.

— Tu ne devrais pas trop bouger, suggérai-je.

De nouveau, il lâcha un long soupir, à la fois agacé et contraint de se soumettre à ce que son corps lui dictait. Ses traits se durcirent, et je compris à quel point cette situation lui était insupportable.

— Comment te sens-tu ? demandai-je.

— Frais comme un gardon, dit-il d'une voix rauque.

Je souris malgré moi. J'en aurais presque pleuré de rire,

si la situation avait été plus normale. Je me penchai sur lui, faisant attention à ne pas prendre appui d'une quelconque façon sur son corps, et l'embrassai.

Il pressa doucement ses lèvres contre les miennes et repoussa le drap qui couvrait sa poitrine au niveau de son ventre. Je remarquai alors le bandage autour de ses côtes. Il grimaça et parvint après de longues minutes à se mettre quasiment assis.

— Andrew, tu devrais…

— Je veux sortir d'ici, me coupa-t-il.

Il me jeta un regard et, soudain, mon corps relâcha toute la pression de ma cavalcade jusqu'ici. Mes nerfs lâchèrent si brutalement que je fus surprise de sentir les larmes couler sur mes joues. J'étais incapable de prononcer le moindre mot, tétanisée près de ce lit. La panique me déserta, laissant place au soulagement et à une forme d'épuisement.

— Tout va bien, Kathleen. Ce ne sont que des égratignures, m'expliqua-t-il avec douceur.

— J'ai… je… J'ai… tellement peur…, articulai-je en me maudissant de pleurer devant lui.

Je m'assis près de lui, gardant ma main dans la sienne. Il leva prudemment sa main et caressa ma joue, essuyant les larmes.

— Tout va bien, je t'assure. Je vais rentrer à l'hôtel.

— Tu n'es pas en état de rentrer, ripostai-je.

Il étouffa un rire dans sa gorge et grimaça en pivotant vers moi. Je le toisai, arquant un sourcil, heureuse de voir que son corps ne lui donnait pas raison.

— Dès qu'il s'agit de me contredire, tu retrouves la parole, se réjouit-il.

— J'ai vu la voiture, soufflai-je.

— Ça semble pire que ce que c'était réellement. Les airbags ont été efficaces.

— J'ai imaginé le pire, avouai-je.

— Moi aussi, murmura-t-il. Mais je t'assure que je vais bien.

— Donc ce bandage ? C'est quoi ? De la coquetterie ?

— Juste une côte de cassée. J'avais l'épaule déboîtée, mais c'est arrangé. Et j'ai quelques coupures…

Je levai ma main vers son visage et, du bout de mon index, suivis le dessin d'une des microcoupures. Je soupirai lourdement. Il parlait de tout ça avec une telle légèreté. Comme si c'était sans importance. Son visage et les traces de son accident disaient pourtant l'inverse.

— Je veux rentrer à l'hôtel et passer la nuit avec toi, souffla-t-il dans mon cou.

— Ce n'est pas raisonnable, dis-je en libérant sa main, dans un geste de protestation.

— Passer mes nuits avec toi est sûrement la chose la plus raisonnable que je n'aie jamais faite.

— Les médecins ne te laisseront pas faire, contrai-je en croisant les bras sur ma poitrine.

— L'hôpital n'a qu'une hâte : se débarrasser de moi et des foutus journalistes qui attendent ma nécrologie !

— Pourquoi cherches-tu à jouer au héros ? m'agaçai-je en sentant ma volonté flancher petit à petit.

— Parce que je préfère être avec toi… Je savais que tu paniquerais.

Je lui lançai un regard. Je devais admettre qu'il avait raison sur ce point. De toute ma vie, je n'avais jamais eu aussi peur de perdre quelqu'un.

— Kathleen, je t'assure que je vais bien, promit-il. Tu sais, ces vacances, dont nous avons parlé…

— Je sais… Tu ne lâcheras rien, n'est-ce pas ?

— Je suis aussi têtu que toi.

— De toute façon, que je le veuille ou non, je sais que tu quitteras cet hôpital, soupirai-je en me relevant du lit.

— C'est vrai, admit-il. Mais pour une fois, je préférerais que tu sois d'accord. Les calmants m'ont totalement anesthésié, et je dois reconnaître que je ne suis pas en état d'argumenter contre toi.

Je ris de sa franchise, tandis qu'il me souriait aussi. Son visage reprenait un peu de couleur, mais les petites coupures dans son cou trahissaient les derniers événements. Subitement, il se figea et porta une de ses mains à ses côtes. Je fronçai les sourcils. Andrew avait vraiment besoin de rester au moins cette nuit à l'hôpital.

— Je vais aller chercher un médecin. Mais tu dois me promettre que tu seras raisonnable.

— C'est ta nouvelle lubie, que je sois raisonnable ?

— Ma nouvelle lubie, c'est toi ! râlai-je pour qu'il comprenne que je faisais ça pour son bien.

— Dis aux journalistes que je ne suis pas mort, ajouta-t-il alors que je m'apprêtais à sortir de la pièce.

— A part une météorite, je ne vois pas ce qui pourrait te tuer ! plaisantai-je. Je vais dire aux autres que tu vas bien, ajoutai-je avant de fermer la porte derrière moi.

Je retournai en direction de la salle d'attente, y retrouvant Meghan, dont la tête reposait sur celle d'un Gregory quasiment endormi, et Nathan, en un face-à-face silencieux avec Lynne. Quand cette dernière me vit, elle bondit vers moi, s'enquérant de l'état d'Andrew.

— Il va bien. Il veut sortir, m'agaçai-je, tandis que les trois autres se tournaient vers moi.

— Vous n'avez quand même pas cru qu'il allait rester ici sans rien faire ? s'étonna Nathan dans un sourire.

— Il est tellement borné, soupira Meghan.

— Vous devriez rentrer dormir, suggérai-je. Surtout toi, Lynne. Tu es censée être fraîche et pimpante d'ici quelques heures !

Elle haussa les épaules, comme si la journée de demain était sans importance pour elle, avant d'acquiescer.

— Travailler avec lui finira par me tuer, dit péniblement Meghan en bâillant.

Elle se pencha et ramassa ses talons aiguilles, avant d'enrouler sa veste autour de son avant-bras.

— Mais, il me paie bien… Et je présume que si je menaçais de démissionner il me paierait encore plus !

— C'est donc ça ton secret ? Menacer de partir ?

— Comment crois-tu que j'ai eu un bureau avec fenêtre ?

Nathan leva les yeux au ciel, pendant que Meghan pouffait de rire. Lynne se pinçait les lèvres, se retenant sûrement d'en faire autant elle aussi. J'avais presque envie de l'encourager à le faire. Après la frayeur que nous avions eue, rire ne pouvait nous faire que du bien.

— Rentrons au Peninsula, proposa Meghan en enroulant son bras autour de celui de Gregory.

Je lançai un regard surpris à ce dernier, et il se contenta de sourire. Pourtant, quand elle esquissa un premier pas pour sortir de la salle d'attente, il ne bougea pas, statufié au milieu de la pièce.

— Tu ne viens pas ? demanda Meghan, étonnée.

— Je n'ai pas franchement les moyens de m'offrir une suite, même la plus minable, au Peninsula, argua Gregory.

— On s'en fiche, on mettra ça sur le compte d'Andrew ! éluda rapidement Meghan.

— Il appréciera, ironisa Nathan.

— Je gère les finances, tu gères le commercial… Enfin tu essayes ! plaisanta-t-elle. Allez, Greg, viens avec nous.

Greg ?

— Passez devant, je dois parler avec Kat quelques instants.

— Comme tu veux ! soupira Meghan en entourant finalement le bras de Nathan.

Ils quittèrent la pièce, suivis par Lynne, juste derrière eux. Elle allait sûrement devoir assister à leurs petites joutes verbales. A moins que Nathan ne mette son plan à exécution un peu plus tôt que prévu…

Alors que je les regardais s'éloigner dans le long couloir éclairé de néons, Gregory se posta à mes côtés.

— Si elle se retourne, c'est que j'ai gagné, murmura-t-il, conspirateur.

— Stratégie de l'ignorance ?

— Exactement. On a un peu discuté pendant que tu étais avec Andrew. Elle n'est pas du genre à…

— … à tomber à tes pieds en te suppliant de lui faire l'amour ? finis-je pour lui.

— Ça si… C'est les relations qu'elle ne gère pas. D'autant plus que nous avons le même patron !

J'entendis le rire de Meghan résonner, et celui de Nathan retentit quasiment en même temps. Lynne s'était approchée et se tenait près de Nathan. Ce dernier se tourna vers elle et lui offrit ce qui devait sûrement être son premier vrai sourire de la soirée.

— Tu vas continuer à travailler pour Andrew ? demandai-je en espérant une réponse positive.

— Tu crois vraiment que je vais te laisser batifoler avec l'« Empereur » en toute quiétude ?

— Ça veut dire que je vais t'avoir sur le dos tout le temps ? grimaçai-je en pensant au fait qu'Andrew voudrait sûrement continuer à œuvrer à ma protection.

— Sauf si Meghan tourne la tête et que je trouve une autre femme que toi à agacer.

Lynne appela l'ascenseur, sa bonne mine et sa bonne humeur retrouvées. J'attendais que Meghan se retourne, et je redoutais de plus en plus qu'elle ne le fasse pas. Près de moi, je n'entendais plus la respiration de Gregory, comme s'il retenait son souffle.

— Je ne savais pas que tu avais passé la nuit avec elle, lui dis-je doucement.

— Je lui ai offert un massage, sourit Gregory.

— Tu suis mes conseils ?

— Tu as séduit l'« Empereur »… T'es une sorte de référence dans le milieu, désormais !

Je lui tapai l'avant-bras en riant. L'ascenseur s'ouvrit dans un petit ding, et finalement Meghan se retourna légèrement, nous saluant de la main.

— J'ai gagné, murmura-t-il tout sourire en levant la main vers elle.

Il opina et, brutalement, enroula son bras autour de mes épaules pour me serrer contre lui.

— Tu devrais aller la rejoindre… La stratégie de l'ignorance a ses limites.

— Tu crois ?

— Eh bien, tu penses avoir gagné parce qu'elle s'est

retournée… Elle, elle pense qu'elle va gagner parce qu'elle va rentrer seule. Du coup, si j'étais toi…

Je n'eus pas le temps de finir et vis Gregory foncer en direction de l'ascenseur, son pas lourd résonnant dans tout l'étage.

— Attendez-moi, criait-il au mépris des règles de silence imposées par l'hôpital.

Au loin, Meghan fronça les sourcils. Nathan jeta son bras en avant pour retenir les portes et Gregory s'y engouffra. Je n'eus même pas le droit à un dernier salut. Mais en les voyant tous les quatre dans le petit espace, Meghan riant avec Gregory, pendant que Nathan et Lynne semblaient se dévorer du regard, je me souvins des mots d'Andrew alors que lui et moi nous connaissions à peine.

Il y avait définitivement quelque chose avec les employés de cet hôtel.

Je priai pour que le Dr Hamilton soit à la fois indulgent et doté d'une forme d'esprit de conservation. J'étais certaine qu'Andrew refuserait d'obéir à un quelconque ordre médical, s'il n'allait pas dans son sens.

— Cette jeune femme m'a dit que vous vouliez déjà nous quitter, plaisanta le médecin en parcourant son dossier médical.

— En effet. J'ai un peu de mal avec la décoration de cet endroit, railla-t-il.

— Le choc a été rude.

Le médecin se tourna vers moi, tout sourire.

— Il est toujours aussi têtu ? m'interrogea-t-il.

— Il est très exigeant.

— Et il sait s'entourer.

Je rougissais furieusement, tandis que le médecin m'examinait minutieusement. De toute évidence, l'esprit de conservation ne l'étouffait pas. Andrew le fusilla du regard, et, les poings serrés, il agrippa les draps, prêt à en découdre.

— Merci, balbutiai-je, hagarde.

— Peut-on en revenir au motif de votre présence ici ? gronda Andrew.

— Monsieur Blake, votre dossier indique une nuit d'observation. Vous avez eu un accident violent et nous devons vérifier si tout va bien.

— Tout va bien, assura-t-il.

— C'est à nous de le dire, le contra le médecin.

Puis, subitement, il referma son dossier médical et le cala sous son bras. Je risquai un œil vers Andrew qui semblait bouillir et prêt à exploser dans la seconde. Il serra les poings, malmenant le drap amidonné de l'hôpital, et fixa le médecin, comme s'il allait le tuer.

— Mademoiselle, si vous le souhaitez, nous avons des chambres disponibles.

— Non, je préfère rester ici, le coupai-je.

— C'est juste à l'étage en dessous, précisa le médecin, c'est très calme et je peux vous y accompagner.

Je contournai le lit et m'assis tout près d'Andrew. Ce dernier posa une main possessive sur ma jambe, la serrant un peu trop fort, avant de toiser le médecin.

— Elle a dit qu'elle préférait rester ici, gronda Andrew. Dois-je appeler un médecin pour faire vérifier votre audition, ou juste un psychiatre pour vos tendances suicidaires ?

— Si vous avez besoin de quoi que ce soit, proposa le

médecin en ignorant ostensiblement cette dernière remarque, ses yeux toujours rivés aux miens.

J'en étais stupéfaite. Non seulement il me draguait ouvertement — ce qui était déjà assez exceptionnel dans ma vie —, mais en plus devant Andrew. Etait-il idiot ou simplement culotté ? Andrew attrapa finalement ma main et entremêla nos doigts.

— Merci de votre diligence, docteur Hamilton, dit-il d'un ton glacial. Pouvez-vous veiller à ce que mes effets personnels soient rassemblés pour mon départ demain matin ?

— Je vais voir, aviez-vous des possessions de valeur ?

— J'en ai une, approuva-t-il en portant le dos de ma main à ses lèvres.

Je frissonnai légèrement, tandis qu'Andrew mitraillait des yeux le pauvre homme. Un silence tendu s'installa, et le jeune médecin tenta de se composer une posture, en mettant ses mains dans les poches de sa blouse.

— Je vais donc faire le nécessaire, monsieur Blake, assura-t-il en se dirigeant vers la porte de la chambre.

Je réprimai un sourire, constatant la pâleur du visage du médecin. Son culot s'était évaporé et sa pomme d'Adam tressautait nerveusement dans sa gorge. Andrew reposa doucement ma main, la gardant toutefois fermement dans la sienne.

— Bonne nuit, monsieur Blake. Mademoiselle, me salua-t-il en fuyant mon regard.

Il quitta la chambre et, pendant que je riais doucement, Andrew marmonna dans sa barbe.

— Quel incroyable crétin, siffla-t-il.

— Je crois qu'il a compris le message. Tu n'as pas été très subtil.

— Je ne suis pas subtil avec les idiots de son genre. Ce type était en train de te draguer sous mes yeux !

Je retirai mes chaussures avec le bout de mes pieds et enlevai mes chaussettes. Je soulevai le drap, riant toujours pendant qu'Andrew jurait de supplicier le pauvre homme dès qu'il serait en pleine possession de ses moyens.

— Tu vas passer la nuit ici ? s'étonna-t-il.

— Ça semble évident, murmurai-je en retirant mon sweat-shirt.

Ses yeux s'illuminèrent et il me laissa un peu de place.

— De toute façon, chaque fois que j'ai le malheur de te laisser à ton propre sort, il t'arrive des ennuis, plaisantai-je.

— Ne me laisse pas, alors. Jamais, murmura-t-il en m'accueillant à ses côtés.

Je levai les yeux vers lui, toutes traces d'amusement sur son visage maintenant disparues. Le changement d'ambiance avait été imperceptible, et pourtant, nous nous engagions dans une de ces conversations qui, je le savais désormais, marqueraient notre histoire.

— Jamais, promis-je pendant que nous nous allongions tous deux dans les bras l'un de l'autre.

— J'ai eu peur, avoua-t-il. Peur de ne plus te revoir.

— J'ai eu peur aussi. Je ne sais pas ce que j'aurais fait, s'il t'était arrivé quelque chose de grave.

Il me pressa comme il put contre lui, m'étreignant amoureusement. Je posai une de mes mains sur son torse bandé, le caressant prudemment. Son corps se détendit presque immédiatement. Nous restâmes silencieux de longues secondes, et je me rendis compte que le moment était venu de lui dire pour les lettres.

Après ce soir, après avoir eu tellement peur pour lui, je ne craignais plus sa réaction. Je mis quelques secondes à former la première phrase qui me lancerait dans mon long récit.

— Andrew ? murmurai-je. Il faut que je t'avoue quelque chose… quelque chose sur moi, ajoutai-je avec hésitation, tout en me redressant.

— Un secret honteux ? m'interrogea-t-il, les yeux clos.

L'instant suivant, il bâilla et resserra sa prise sur mes épaules. Je soupirai, prenant conscience de son extrême fatigue. Je l'embrassai furtivement sur les lèvres, avant de constater qu'il venait de sombrer dans un profond sommeil.

Le lendemain matin, Andrew eut l'autorisation de sortir. Avec un sourire arrogant, il avait récupéré ses effets personnels que le médecin avait rassemblés. Gregory avait prévu une voiture pour nous ramener au Peninsula, ainsi que des vêtements propres pour Andrew.

Alors que Gregory garait la voiture dans le garage de l'hôtel, je jetai un œil à ma montre. Il était quasiment 10 heures. Lynne devait être plongée dans les derniers détails pour son mariage, prévu en fin de journée.

— Voulez-vous vous joindre à nous pour un brunch ? proposa Gregory.

— Nous ? l'interrogea Andrew.

— Nathan, Lynne et… Meghan. Nous avons pris la liberté de réserver une table dans l'un des restaurants de l'hôtel.

— Vous prenez des libertés ? s'étonna Andrew.

— Andrew, c'est samedi ! râlai-je.

— Tu veux faire ce brunch avec eux ? demanda-t-il, presque vexé.

— J'en serais ravie. Et à vrai dire, je ne veux pas manquer une miette du spectacle, souris-je.

Andrew leva les yeux au ciel, pendant que Gregory, ne comprenant pas, semblait réfléchir à toute allure. Il sortit de la voiture et la contourna pour m'ouvrir la portière.

— Tu es parfois si… fleur bleue, chuchota Andrew.

— Dit l'homme qui m'a offert des fleurs, des boucles d'oreilles, une robe…

— J'aurais préféré que tu penses d'abord à mon cœur, ironisa-t-il. Je comprends maintenant que je n'aurais jamais eu ma chance avec toi si j'avais été pauvre.

— Tu ne serais jamais rentré dans cet hôtel si tu avais été pauvre, contrai-je.

— Oh… Donc, c'est l'hôtel la clé de notre histoire ? s'enquit-il, pensif. Je n'avais pas envisagé les choses ainsi.

Il sortit de la voiture et, enroulant son bras autour de ma taille, il m'entraîna vers l'ascenseur. Gregory, silencieux, nous suivit à distance avant de nous rejoindre dans la petite cabine.

— Et tu envisageais les choses comment ? l'interrogeai-je.

— Je ne sais pas… Puisque tu penses que nous sommes des âmes sœurs, j'aime à croire que nous nous serions rencontrés sans cet hôtel.

Je pensais furtivement aux lettres, mais le moment était mal choisi pour lui annoncer la vérité. Par ailleurs, je ne voulais pas faire ça devant témoin.

— Enfin, je présume que ce qui compte, c'est le résultat, conclut Andrew. Et je suis à peu près certain que Gregory ne va pas me contredire sur le sujet !

Ce dernier sortit de sa torpeur, hagard et stupéfait, avant de nous fixer alternativement.

— Meghan est parfois glaciale, mais…

— Elle n'est pas glaciale, riposta-t-il. Juste… prudente.

— Je vous préviens, si…

— Elle m'a déjà prévenu, le coupa Gregory. Elle est très… persuasive.

— Et elle connaît des tueurs à gages ! sourit Andrew.

— J'ai été flic, j'en connais plus qu'elle.

— Il va rendre Meghan complètement chèvre ! murmura-t-il, conspirateur.

— Je crois que c'est le but.

A notre arrivée dans le restaurant, je repérai immédiatement notre table. Meghan et Nathan se chamaillaient, pendant que Lynne, les traits tirés par un évident manque de sommeil, tentait de trouver des forces dans une tasse de café. Andrew m'avança une chaise et s'installa à mes côtés, pendant que Gregory fonçait près de Meghan. Ils se sourirent largement, et elle lui servit du jus d'orange.

— Andrew, je dois dire que cette fois tu as fait fort ! sourit Nathan.

— A-t-on retrouvé le chauffard ? demandai-je.

— Rien pour le moment. Les recherches se poursuivent.

— Est-ce que ça va, Lynne ? l'interrogeai-je alors qu'elle était pâle comme la mort.

— Fatiguée, avoua-t-elle.

Je jetai un coup d'œil vers Nathan, visiblement inquiet lui aussi de sa petite mine. Je penchai la tête, l'encourageant à se lancer. Mais il secoua la sienne et plongea le nez vers son assiette.

— Veux-tu des œufs ? me proposa Andrew.

— Juste du saumon, et des bagels.

— Je vais retourner me reposer, murmura Lynne en fixant ses pieds.

— Je t'accompagne, proposa Nathan en se levant de table.

— Ça ira.

— Lynne…, murmura-t-il, contrarié.

— S'il te plaît. Ne rends pas les choses plus difficiles.

Docile, il se rassit à sa place, pendant que Lynne nous saluait. Elle se dirigea vers la sortie et je me surpris à supplier Nathan d'aller lui parler. Mais de nouveau, il refusa.

— Quand elle aura franchi cette porte, ça sera terminé ! arguai-je avec force.

— C'est déjà terminé, murmura-t-il avec tristesse.

— Je te vire dans la seconde si tu ne lèves pas ton cul de cette chaise, grogna Andrew, sans quitter des yeux le menu qu'il lisait avec assiduité.

Nathan nous questionna du regard, mais Andrew l'ignora superbement tandis que, silencieusement, je l'encourageais à foncer.

Chapitre 9

— Lynne ! hurla Nathan en se levant brutalement de table.

— Obligé de le menacer pour y arriver, râla Andrew toujours le nez dans son menu.

Devant moi, je vis mon amie se retourner vers Nathan. Elle était livide et semblait même à bout de forces, tenant péniblement debout sur ses jambes. Elle fixa son attention sur ses pieds, en attendant que Nathan la rejoigne.

— Tu crois qu'il va suivre le plan ? demandai-je à Andrew.

— Son plan est foireux, répondit-il. Il y a donc des chances que ça fonctionne.

— Taisez-vous, je veux entendre, s'agaça Meghan près de nous.

Nathan prit la main de Lynne et l'amena à l'écart. Ils s'étaient rapprochés de nous, mais les regards curieux ne se portaient plus sur eux. Debout devant elle, Nathan la fixa et relâcha sa main. Elle tanguait sur ses pieds, hésitante. Et quand elle releva finalement le visage, je vis ses larmes.

— S'il te plaît, laisse-moi, dit-elle doucement.

— Je refuse.

— Je vais me marier, contra-t-elle dans un gémissement.

— Je sais. Et je suis certain que ça va être… spectaculaire.

— Qu… quoi ? fit-elle sans comprendre.

— Tu vas promettre à un homme de l'aimer, d'être avec lui toute la vie… Eh oui, je sais que tu seras spectaculaire en mariée. Tu l'es déjà maintenant !

Elle se mordit la lèvre et essuya ses larmes. Nathan fit encore un pas, s'approchant un peu plus d'elle.

— Et tu vas faire une fête énorme, te soûler au champagne, pleurer et te sentir ridicule en écoutant les discours des uns et des autres… Mais là encore, tu seras spectaculaire. Et ensuite, cet homme aura la chance de t'avoir près de lui. Jour et nuit… Et il sera un sacré veinard d'avoir une femme comme toi dans sa vie. Parce que tu es… tu as toujours été et tu seras tout le temps… spectaculaire, à mes yeux.

— Va-t-il répéter ce mot encore cinq fois ? s'enquit Andrew dans un murmure.

— Combien de fois m'as-tu dit que j'étais ton exception ? contrai-je.

— Tu avoueras que c'est nettement mieux trouvé que « spectaculaire » !

— Chut ! nous intima Gregory en se tordant le cou pour admirer le spectacle.

Andrew lui lança un regard menaçant, mais très vite se radoucit dans un sourire. Quoi qu'il en dise, je savais qu'une partie de lui admirait ce que faisait Nathan. Lynne avait juste besoin de comprendre qu'elle faisait fausse route.

— Et je veux que ma vie soit spectaculaire, Lynne.

— Nathan, ce n'est pas…

— S'il te plaît, laisse-moi finir. Je sais que j'arrive sûrement trop tard, mais tu ne me laisses plus le choix.

Soudain, il posa un genou à terre et se saisit de sa main.

— Lynne, veux-tu m'épouser ?

— Quoi ? hurlèrent Meghan et Lynne à l'unisson.

Gregory posa une main sur l'épaule de Meghan, la forçant à se rasseoir sur sa chaise. Andrew secouait la tête, tentant de réprimer un sourire sans y parvenir. Je portai mon attention sur mon amie, qui, comme nous tous, semblait retenir son souffle.

— Ça, c'est la méthode douce, expliqua Nathan. Tu dis oui et tu reviens à table avec nous.

Lynne trembla, et un sourire flotta sur ses lèvres. Les larmes réapparurent et Nathan se redressa, sans avoir la réponse qu'il espérait.

— La méthode forte consiste à continuer à te faire croire que je suis sain d'esprit, alors que j'envisage réellement de t'enlever dans la minute, de te faire prendre un avion pour Las Vegas et de t'épouser là-bas de la façon la plus ringarde possible.

— Il est complètement cinglé, commenta Gregory, défaitiste.

Brutalement, Lynne agrippa la chemise de Nathan et l'attira contre ses lèvres. Il y eut un moment de flottement, où tous, à table, nous les fixions, stupéfaits. Finalement, Nathan entoura Lynne de ses bras et leur baiser devint passionné.

A mes côtés, Meghan se mit à siffler et à applaudir, et Gregory se leva pour en faire autant. Andrew sortit son téléphone et donna des ordres pour des réservations immédiates dans un hôtel de luxe dans le Nevada.

Au bout de quelques instants, Lynne, essoufflée et le rouge aux joues, s'écarta de Nathan. Elle avait ce regard pétillant et fou que je lui connaissais. Une telle joie irradiait de son visage et semblait contaminer le public autour d'eux, souriant largement.

— Alors, quelle méthode préfères-tu ? l'interrogea-t-il en passant ses pouces sur ses joues pour effacer ses larmes.

— J'ai toujours rêvé d'aller à Vegas, avoua-t-elle en rougissant encore plus.

— Alors Vegas, ça sera. Attends-moi ici.

Elle hocha la tête et Nathan revint vers nous, uniquement pour reprendre sa veste. Il lança un regard à Andrew.

— Tu as une semaine de congés. Pas un jour de plus.

— Une semaine ? s'étonna-t-il. Kat, je vais vous offrir la lune si vous parvenez à l'attendrir encore un peu.

Andrew leva les yeux au ciel et je lui souris largement.

— J'y travaille, plaisantai-je en fixant Andrew. Amusez-vous bien !

— Nous avons un vol dans… quatre heures, expliqua-t-il tout en jetant un œil aux billets d'avion sortis de la poche de sa veste.

— Juste le temps de faire un sac et d'annuler son mariage d'aujourd'hui, railla Meghan.

— Toi, tu es fâchée parce que tu n'es pas invitée ! riposta Nathan.

— Je suis fâchée parce que tu as osé faire ta demande sans bague ! s'exclama-t-elle. C'est… c'est… illégal ! bégaya Meghan.

— Je vais arranger ça, promit-il.

— Tu n'arrangeras rien du tout si tu restes à bavasser ici avec nous, plutôt que de la rejoindre, dit doucement Andrew.

Nathan se tourna vers Lynne, qui, immobile au milieu de la salle du restaurant, attendait le retour de son nouveau futur mari.

La minute suivante, il la retrouva et, heureux, il cala la

main dans la sienne, avant de l'embrasser chastement sur les lèvres.

— J'ai failli attendre, dit-elle en plantant son regard éclatant dans le sien.

— Je promets de ne plus jamais te faire attendre, répondit Nathan.

Main dans la main, ils se dirigèrent vers la sortie du restaurant. Quelques secondes plus tard, les conversations reprirent, des sourires fleurissant sur la plupart des visages.

— J'espère que Philip ne va pas être trop… en colère, soufflai-je à Andrew.

— Nathan le connaît. Il ne prendra pas le risque de laisser Lynne seule avec lui.

— Tu crains qu'il soit violent ? m'enquis-je.

— Non… juste manipulateur. C'est un homme d'affaires, il va tout faire pour arriver à ses fins.

Nous déjeunâmes dans le calme, et Meghan et Gregory s'éclipsèrent les premiers. Seule à table avec Andrew, je finissais mon café, pendant qu'il consultait son téléphone. Il fronça les sourcils plusieurs fois, avant de se tourner vers moi.

— Il y a un avion ce soir pour San Francisco, annonça-t-il doucement.

— Je croyais qu'on devait partir demain ? m'étonnai-je en reposant ma tasse.

— J'ai ma déposition à boucler dans le courant de l'après-midi. Et le mariage de Lynne n'est, de toute évidence, plus d'actualité. Plus rien ne nous retient ici !

— Je dois vérifier quand rentre mon père, balbutiai-je. Il doit sûrement prendre un vol demain et je…

— Kathleen, si tu veux passer du temps avec ton père, je n'y vois aucun inconvénient.

Il me regarda avec un mélange curieux de tendresse et de quasi-dévotion. Il plaça sa main sur ma joue et m'attira contre ses lèvres. Son baiser était doux, léger, presque hésitant. Je m'écartai légèrement et il passa son pouce sur ma bouche en souriant.

— Demain, alors, murmura-t-il. Demain, tu seras enfin toute à moi.

Je rougis violemment, songeant que je tenais peut-être enfin l'occasion de tout avouer à Andrew. Les lettres, Marie, notre histoire. Je sentis une boule d'angoisse désagréable se former dans mon ventre, et soudainement tout appétit me déserta. Je me forçai à sourire et pris une profonde inspiration.

— Andrew, j'ai besoin de te parler de quelque chose.

— Voilà le genre de phrase qu'un homme n'aime pas entendre de la part d'une femme.

Il me fixait avec curiosité. Il prit une gorgée de son jus de fruits, son regard ne quittant jamais le mien. Je gigotai sur ma chaise, comme si tenir une autre position allait m'aider.

— Est-ce vraiment important ? m'interrogea-t-il.

— Oui, murmurai-je. Plus que ça même, ajoutai-je en baissant les yeux.

— Ne fais pas ça, m'intima-t-il doucement. Ne baisse pas les yeux devant moi.

Avec douceur, il me fit remonter le visage et ancra son regard dans le mien. J'hésitai encore plus. J'aurais pu garder le secret, faire comme si… Mais quelque part, je savais que la fuite n'était pas une bonne idée. Si Andrew venait à apprendre que je lui avais caché la vérité, une partie de sa confiance serait brisée.

— Quand tu baisses les yeux, j'ai l'impression que tu me crains. Penses-tu que ce que tu cherches à me dire changera quelque chose entre nous ?

— Je croyais que tu aimais l'honnêteté ? contrai-je.

— C'est vrai, admit-il. Mais je crois que nous avons eu notre lot de péripéties. J'aspire à une période de… calme, maintenant. Et quoi que tu en penses, rien ne me fera changer d'avis sur toi.

Son regard quitta le mien, et mon corps reprit un fonctionnement normal. Ma respiration lourde et erratique s'apaisa. L'angoisse était toujours là, mais cette confiance absolue qu'il avait en nous me rassura. Il avait raison sur un point : nous avions besoin de repos, d'être au calme, d'avoir l'esprit libre pour nous concentrer sur nous.

Après le déjeuner, Andrew gagna sa chambre, m'indiquant qu'il devait passer quelques coups de fil à San Francisco. Il ironisa même sur les vacances de Nathan, jurant que ce dernier lui devait une vie entière de gratitude.

Je rejoignis donc la petite suite de mon père pour l'aviser de l'annulation du mariage de Lynne. Cette dernière avait sûrement parlé à Philip, mais je doutais de la loyauté de la famille de son ex-futur époux. Les invités de Lynne se comptaient sur les doigts de la main, ceux de Philip représentaient la moitié de New York. Ses parents voudraient sauver les apparences à tout prix.

Mon père montra un étonnement poli, triturant sa moustache avec réflexion, avant de conclure que de toute façon Philip ne lui avait pas inspiré confiance.

— C'est Lynne qui a décidé d'annuler le mariage, le corrigeai-je en souriant.

— Oh... d'habitude, c'est le mari qui panique !

— Elle n'était pas amoureuse de lui, pas comme elle le devait en tout cas.

— Pas comme tu aimes Andrew Blake ? demanda mon père en s'installant dans un fauteuil.

— Papa ! m'exclamai-je, gênée qu'il aborde le sujet.

— En tout cas, tu n'as pas choisi le plus mauvais des partis.

— Je me fiche de son argent, murmurai-je.

— Je sais. Je vous ai vus hier soir pendant que vous dansiez.

Je m'assis à mon tour, prête à affronter une conversation inopinée père-fille. Je baissai le regard, rougissant en repensant à ma conversation de la veille avec Andrew. Le mariage semblait important pour lui. Et moi, je prenais doucement conscience que je n'avais rien contre l'idée de lui appartenir non seulement légalement, mais aussi aux yeux des autres.

— Que veux-tu savoir ? soupirai-je. Je sais que tu as déjà enquêté sur lui.

— Hier soir, j'ai vu comment tu le regardais, et j'ai vu qu'il te regardait avec... je ne sais pas...

— Amour ? tentai-je presque amusée devant la mine désabusée de mon père.

— J'allais dire « prédation »... Je suis ton père, techniquement, personne ne sera assez bien pour toi. Mais je dois admettre qu'Andrew Blake n'est pas le pire des hommes que tu aurais pu choisir.

— Je le lui dirais, ça lui fera plaisir, me moquai-je.

Mon père se redressa et, de nouveau, se mit à jouer avec sa moustache. Ce geste, dans le monde de Walt Dillon, n'était jamais anodin. Il se dirigea vers la fenêtre et admira la vue s'étalant devant lui.

— Et tu as vraiment démissionné, n'est-ce pas ?

— Oui, avouai-je. Je vais aller vivre à San Francisco, avec Andrew, continuai-je en espérant que cette information m'excuse plus rapidement.

— Oh.

L'étonnement de mon père était réel. Me tournant toujours le dos, il soupira lourdement, comme s'il acceptait une forme de défaite. Je me levai et passai une main dans son dos avant de caler ma tête contre son épaule. J'étreignis mon père fortement, entourant sa taille de mes bras.

— Tu as raison, techniquement, il ne sera jamais aussi bien que toi, souris-je contre lui.

— Il a séduit ma fille, il ne peut pas être si mauvais, bougonna-t-il. Votre histoire semble sérieuse.

Il se tourna finalement vers moi et me fixa pour jauger ma réaction.

— Elle l'est, dis-je avec franchise.

— Ça me rassure.

— Papa, n'as-tu donc aucune confiance en mon jugement ?

— Oh si… c'est juste que j'ai payé ce smoking une petite fortune, j'espère donc le rentabiliser, expliqua-t-il en désignant le costume suspendu derrière la porte.

Il me sourit, heureux de sa plaisanterie, pendant que je l'imaginais me confiant à Andrew devant l'autel. Je réprimai un rire et mon père me serra dans ses bras. Sa chaleur, sa confiance en moi m'avaient manqué. Je sentis les larmes me piquer les yeux. Tout était parfait maintenant, et je regrettais presque d'avoir refusé de partir plus tôt pour San Francisco.

— Je te propose que nous dînions ensemble, dis-je à mon père avant de quitter sa suite. Comme ça, tu pourras apprendre à connaître Andrew.

— Je le connais assez. Exigeant et voleur de fille, râla-t-il.

— Vous vous ressemblez.

Mon père bougonna quelque chose d'inintelligible et je souris. Il râla encore plus.

— Je te récupère dans ta suite vers 20 heures.

Je quittai la chambre de mon père pour rejoindre la Peninsula Suite. J'annonçai à Andrew mon projet pour notre dîner, qu'il accepta avec plaisir.

En fin d'après-midi, il dut retourner au commissariat pour finir et signer sa déposition.

— Je reviens vite.

— Sois à l'heure pour le dîner, le prévins-je.

— Je ne manquerais ça pour rien au monde, assura-t-il en m'embrassant furtivement. Je dois filer, Nathan me conduit.

— Il ne devait pas prendre l'avion pour Vegas ? m'enquis-je en vérifiant l'heure.

— Il prend un vol cette nuit. Lynne ne voulait pas partir sans récupérer quelques affaires. Et Grant a aussi besoin de sa déposition.

— Où est Lynne, maintenant ?

— Probablement dans la suite de Nathan.

Andrew enfila son caban et, aussitôt, j'approchai de lui pour ajuster son col. Il sourit largement en me voyant faire, s'amusant de mon enthousiasme.

— Quel genre de chance ai-je de t'avoir ? murmura-t-il.

— Une chance insolente ? plaisantai-je en relevant les yeux vers lui.

— Sûrement. Ma vie était tellement planifiée… et tu as débarqué.

— « Tu » as débarqué dans mon monde ! Je menais une vie tranquille avant que tu choisisses le Peninsula !

— N'est-elle pas plus excitante maintenant ?

Son regard s'assombrit et son corps approcha du mien. Mon père avait raison, l'amour et la prédation chez Andrew étaient des notions assez proches. Je sentis mon cœur tressauter et mon corps se tendit.

— Plus intense, même ? reprit-il.

— Bien plus, avouai-je. Je doute d'en avoir fait autant…

— Je te l'ai déjà dit… Avant toi, ma vie était triste. Les mois, les semaines, les jours… tout cela se suivait sans jamais m'apporter autre chose que ce que je connaissais déjà. Tu m'as sorti de ma torpeur, tu m'as sauvé du vide dans lequel je végétais.

Il me fixait avec cette intensité étrange. Il voulait me rassurer, mais ses mots me rendaient encore plus fébrile. Il me croyait forte, et j'osai croire que je l'étais, mais à cet instant, perdue dans son regard brillant, je me sentais fragile et encore plus amoureuse de lui.

— Andrew, murmurai-je pour l'interrompre.

— Et cette façon dont tu prononces mon nom, reprit-il en caressant ma lèvre de la pulpe du pouce. Rien que ça rend ma vie bien plus belle qu'avant. Parce que, quand tu m'appelles ainsi, je ne suis plus Andrew Blake, l'homme médiatique, juste… moi. Tu me connais mieux que quiconque et avec toi, je suis un homme normal…

— L'homme que j'aime, finis-je pour lui.

Je me dressai sur la pointe des pieds pour l'embrasser et il entoura ma taille de ses bras. Ce baiser ne ressemblait pas aux autres. Bien sûr Andrew m'avait déjà dit qu'il m'aimait et me l'avait prouvé de nombreuses fois, mais cette fois, c'était différent. C'était chaud, tendre, vrai et sensuel.

— Mon exception, chuchota-t-il en s'écartant légèrement de moi.

— La tienne, définitivement, acquiesçai-je, bouleversée par l'effet du souffle de sa voix sur ma peau.

— Nathan va m'attendre, dit-il en me libérant totalement.

— Je vais aller voir Lynne… et je ferai les sacs ensuite.

— Ne remballe pas cette délicieuse petite chose noire, me conseilla-t-il.

— Obsédé ! souris-je.

— Seulement par toi.

Il se contenta de sourire et se dirigea vers la porte de la suite. Je retournai vers la chambre, prête à contacter Lynne pour discuter avec elle avant son départ pour Vegas.

Soudain, un bras entoura ma taille, et j'éclatai de rire en devinant le parfum d'Andrew derrière moi. Il embrassa mon cou et m'attira contre son torse.

— Et j'ai vraiment hâte de te voir dans notre cuisine avec cette délicieuse petite chose noire, murmura-t-il avec une trace de sourire dans la voix.

— Les cuisines, me moquai-je.

— Toi. Toujours toi. Sois sage, m'intima-t-il en plaquant un dernier baiser dans mon cou.

Il partit tellement vite que j'eus à peine le temps de me retourner pour voir sa silhouette disparaître. Je ris doucement, repensant à cette maison sur la plage.

Il fallait que je vérifie l'équipement de la cuisine, songeai-je en m'emparant de mon téléphone.

Après m'être assurée qu'elle était bien dans la suite de Nathan, au quatrième étage de l'hôtel, j'y retrouvai Lynne. Elle était… époustouflante de vie. Ses yeux brillaient d'une lueur que je ne leur connaissais pas. Elle était heureuse, libre et soulagée aussi. Nous nous sommes assîmes dans le petit salon de la suite, et elle me proposa de boire un verre, tout en me racontant les derniers développements de sa nouvelle relation.

— Comment l'a pris Philip ? m'inquiétai-je.

— Pas très bien. Je l'ai appelé, et il a tenté de me faire changer d'avis. Comment ai-je pu être aussi aveugle sur son mode de fonctionnement ? soupira-t-elle, honteuse.

— L'argent ? tentai-je.

— L'argent, les apparences… Il était plus inquiet de l'avis de sa famille que de notre vie ensemble. Peu importe, je pars ce soir, se réjouit-elle brutalement. Tu avais raison, souffla-t-elle, le rouge aux joues. Ça vaut le coup de prendre des risques.

— Et tu vas vraiment l'épouser ? lui demandai-je, un peu inquiète de cette soudaine précipitation.

— Oui. Je connais Nathan… Du moins nos conversations m'ont appris à le connaître, je ne vois pas ce que je pourrais apprendre de plus sur lui.

J'acquiesçai en souriant. Je savais que, moi aussi, à l'instant même où il poserait un genou à terre, j'accepterais sa demande. Ce qui, jusqu'ici, était une sorte de jeu entre nous s'avérait être beaucoup plus sérieux.

Nos échanges de lettres m'avaient permis de découvrir la facette cachée et protégée de sa personnalité. Même si, au départ, mon attirance avait été avant tout physique — une attirance certes mâtinée d'un agacement certain envers son arrogance —, nos écrits avaient sûrement été un déclic.

— Et il faut que je trouve un nouveau travail, soupira Lynne.

— Nathan a des relations, ne t'en fais pas pour ça.

— Non. Pour une fois, je veux faire les choses à ma façon. Je ne veux pas d'un homme qui me protège et se serve de moi.

— Peut-être que tu devrais songer à devenir hôtesse de l'air ! plaisantai-je en repensant à cette habitude déconcertante chez Nathan.

— Hôtesse de l'air ? Et pourquoi ? s'étonna-t-elle sans comprendre.

— Oh… disons que Nathan… enfin, il prend souvent l'avion, éludai-je en m'apercevant qu'elle ne connaissait pas tout de la vie de son futur mari.

— Eh bien voilà un sujet que je vais devoir éclaircir, sourit-elle.

Nous discutâmes ainsi pendant une bonne heure. Lynne m'expliqua comment elle avait dû berner le garde à l'entrée de son immeuble pour récupérer des affaires. Après l'avoir semé dans les couloirs, elle avait foncé jusqu'à son ancien appartement pour prendre quelques vêtements et ses papiers.

— J'ai vu ma robe suspendue dans la salle de bains. Comment as-tu pu me laisser embarquer dans cette horreur ? me réprimanda-t-elle gentiment.

— Ne jamais offusquer la mariée, souris-je. Je suis juste déçue de louper ton mariage avec Nathan, je suis certaine qu'il sera parfait !

Je jetai un coup d'œil à ma montre, prenant conscience de l'heure tardive. Andrew n'allait pas mettre du temps à revenir du commissariat, et j'avais promis de faire les sacs.

— Je dois retourner à la suite. Je dîne avec mon père et Andrew ce soir.

— Comment ça se passe entre eux ? demanda-t-elle alors que je me relevais du fauteuil.

— Plutôt bien. Papa a été déçu de ne pas étrenner son smoking pour ton mariage.

— J'irai le voir pour m'excuser de vive voix.

Je me dirigeai vers la porte de la chambre, quand mon amie m'arrêta avec empressement.

— Peux-tu me rendre un service et faire envoyer ce colis ? demanda-t-elle en me tendant une petite boîte.

Je la fixai sans comprendre, pendant qu'elle jouait avec le petit carton, un peu gênée.

— C'est… ma bague de fiançailles. Et la plupart des bijoux que m'a offerts Philip.

— Oh…

— Je ne me voyais pas les garder, et dans ma course folle à l'appartement, j'ai oublié de les lui laisser. Sam est au courant, il faut juste le lui déposer à son pupitre.

— Tu commences à agir comme ces clients fortunés… Tu refiles l'administratif à ces pauvres employés !

— Excuse-moi, mais est-ce que tu n'entretiens pas une sorte de relation quasi clandestine avec un client ? ironisa-t-elle.

— J'ai démissionné ! lui rappelai-je.

— … Et tu n'as jamais passé autant de temps ici ! se moqua-t-elle en souriant.

— Je suis très attachée à mes clients, j'ai du mal à quitter cet endroit !

Elle éclata de rire et me tendit la petite boîte minutieusement scotchée. Je levai les yeux au ciel, hilare.

— Merci, murmura-t-elle avec sincérité.

— De rien, Lynne.

Elle referma la porte de la suite derrière moi, son « merci » résonnant encore dans mes oreilles. Je savais qu'il ne s'agissait pas de simplement lui rendre service pour cette histoire de bijoux. Lynne et moi, nous nous étions beaucoup disputées dernièrement, mais je savais que cette colère n'était pas dirigée contre moi.

Je descendis pour déposer le colis de Lynne sur le pupitre de Sam. Expédier ses bijoux au bureau de Philip en disait long sur l'état de leur relation. Lui et son travail… même Lynne, sa fiancée, n'avait pas été assez persuasive pour devenir prioritaire.

— Livraison à *Astoria* ? me demanda Sam pour confirmation.

— Lynne a dû mettre l'adresse sur le colis.

— Sur Steinway, commenta-t-il en notant l'adresse sur le bordereau. Je le fais partir dans la journée.

Je le remerciai et après une conversation brève avec mon ancien collègue, rapidement happé par d'autres demandes clients, je m'éclipsai en direction des ascenseurs. Je me sentais mal brutalement, ressentant un mélange de malaise et d'angoisse. Je cherchai à mettre le doigt sur ce qui me tourmentait, en vain.

Ce n'est qu'en entendant le bruit caractéristique des portes de l'ascenseur se refermant sur moi que cela me saisit.

L'adresse de Philip.

Je connaissais cette adresse. Mon cœur se mit à palpiter à un rythme fou et ma gorge se serra. Mes poumons, comprimés dans ma cage thoracique, semblaient ne plus fonctionner. La panique, violente, soudaine et irrationnelle, était en train de m'asphyxier. Je tentai de me reprendre, prenant conscience peu à peu de l'ampleur de ma découverte.

Je me redressai et appuyai frénétiquement sur les boutons de l'ascenseur pour le faire arrêter. Je devais sortir de cet endroit et fuir la claustrophobie qu'il suscitait en moi. Dans un petit sursaut, la cabine s'arrêta au quatrième étage. Celui de Lynne. Parvenir à gagner sa suite suffirait sûrement à me calmer.

En titubant, je sortis de l'ascenseur. La sensation d'étouffement commençait à s'estomper, mais j'étais étourdie. Cette adresse…

C'était un des rares éléments dont je me souvenais parfaitement. Lors de mon enquête au *Daily*, c'était cette adresse que j'avais retrouvée, suivie de mes initiales, notées à la va-vite sur un bloc-notes sur le bureau de mon patron. J'avais chargé Gregory de la vérifier et il m'avait confirmé que cet immeuble de bureau ne révélait rien. Après mon arrestation, et lasse de toutes ces menaces, j'avais remisé cette affaire mêlant politique et financement douteux au placard.

Ça ne pouvait pas être ça… Forcément, il y avait une explication raisonnable. Je pris le dernier couloir me menant à la suite de Lynne, soulagée d'y trouver refuge. Je respirai bruyamment, réfléchissant à toute vitesse à ce que je pouvais faire. Mes dossiers étaient chez mon père, j'avais encore une chance de le confondre.

Mon téléphone vibra dans ma poche, et distraite par le nom d'Andrew sur l'écran, je baissai les yeux. Je m'apprêtais à décrocher quand je sentis une main se plaquer violemment sur ma bouche. Je lâchai mon téléphone, la respiration courte et le sentiment de peur intense resurgissant de manière désagréable.

— Bonjour, Kat, murmura une voix féminine derrière moi.

Je m'immobilisai, avant de me débattre encore plus, tentant de repousser la main qui me bâillonnait avec force. Je battis des pieds, remuai violemment, mais la main de Jodie se resserra plus fermement contre ma bouche, m'étouffant davantage, pendant que je devinais un objet froid contre ma hanche.

— A ta place, je cesserais de me débattre, menaça-t-elle en appuyant le canon de son arme contre mes reins.

Je me calmai quasi instantanément, mais continuai de hurler. En vain. Mes sons, étouffés par sa main, ne portaient pas, et elle m'entraîna en arrière, mes pieds traînant sur la moquette épaisse. Je me retrouvai de nouveau dans l'ascenseur et il se remit en branle, montant les étages. Jodie me relâcha et me repoussa violemment contre le mur. Mon épaule se fracassa contre l'un des miroirs et je retins un cri de douleur.

— Jodie… mais…, bégayai-je.

— La ferme ! cria-t-elle.

Brutalement, cela me revint. Le visage dans la foule… Ce regard qui semblait me fixer, même au travers des vitres teintées. Elle avança vers moi et me frappa au visage avec une violence inouïe. Le goût métallique et amer du sang tapissa ma bouche et je passai le bout des doigts sur mes lèvres.

— Un souvenir, pour ton amant, railla-t-elle.

Je la fixai, sans comprendre. Pourquoi faisait-elle ça ? Elle me toisait d'un œil mauvais, sombre et colérique.

— C'est Philip qui t'envoie ? demandai-je.

— La blonde était nettement moins intelligente, siffla-t-elle.

— C'est toi qui as agressé Meghan ?

— C'était une mise en garde pour toi et Blake. L'un comme l'autre, vous ne savez pas rester à vos places. Combien vais-je devoir en éliminer ? marmonna-t-elle.

L'ascenseur s'arrêta au dixième étage, et je me remis sur les pieds, prête à cavaler aussi vite que je le pouvais. Mais dès que les portes s'ouvrirent, je compris que mon sort était scellé. Philip apparut devant moi, un sourire narquois aux lèvres. Je reculai jusqu'au mur du fond de la cabine, tétanisée par son regard froid et dénué de tout sentiment.

— On descend, ordonna-t-il à Jodie en frappant le bouton menant au sous-sol.

— Il faut la clé, sifflai-je, pour aller au garage.

Aussitôt, Jodie en sortit une de sa poche et l'inséra dans la serrure sécurisée menant au garage. Je bougeai légèrement, espérant atteindre l'arrêt d'urgence.

— Bon boulot, mon ange, complimenta Philip en regardant Jodie.

— A ton service. Daniel laisse toujours ses clés traîner partout. Que fait-on à celle-là ?

— L'Hudson sera parfait pour elle.

— Pourquoi ? gémis-je en me décalant sur ma gauche. Pourquoi, Philip ?

— Pourquoi ? Pour l'argent, s'esclaffa-t-il. J'avais réussi à t'écarter une première fois avec ton enquête…

— C'était toi ! soufflai-je stupéfaite, les menaces, les lettres…

— Moi et ton attendrissant petit ami de l'époque. Bradley a été un homme de main remarquable.

— Quel dommage qu'il soit mort, se moqua Jodie dans un rire affreux.

— Vous l'avez tué ?

Soudain, le peu de force qu'il me restait semblait se dissoudre dans l'air ambiant. Rien ne les arrêterait. Je fixai Jodie, qui semblait hypnotisée par Philip, vraisemblablement amoureuse et dévouée corps et âme à lui et ses sombres desseins.

— Tous ces gens qui meurent… C'est incroyable, non… Un suicide, un accident, une agression.

— J'ai tenté d'être créative, se félicita Jodie. Et j'ai même redécoré ton appartement.

— Quel dommage qu'il faille encore prévoir une période de deuil pour ce cher Andrew, se lamenta faussement Philip.

— « Encore » ? répétai-je.

— C'était un terrible accident de voiture, se moqua-t-il. Ça l'a écarté pendant quelque temps, mais il est revenu. Et je vais désormais pouvoir l'écarter définitivement. Il ne peut pas acheter ce qu'il veut à Washington.

Les yeux écarquillés, mon regard passait de Jodie à Philip, sans vraiment comprendre. De toute évidence, Jodie était la plus violente des deux. Philip était malhonnête et pratiquait la fraude sans frémir, et Jodie était chargée de liquider les obstacles sur sa route.

— C'est toi qui as changé les pneus de la voiture ? demandai-je à Jodie.

— Un jeu d'enfant… Et Daniel qui se pâmait d'amour pour elle. C'était pitoyable ! J'ai profité d'une de ses visites nocturnes chez sa maîtresse.

— Daniel, murmurai-je en prenant conscience de ma monstrueuse erreur.

— Ce brave Daniel. Toujours à s'amouracher des femmes d'Andrew Blake, plaisanta Philip avec un rire gras.

— Il te fait confiance, assénai-je avec rage. Daniel te considère comme… une sœur, hésitai-je, faute de trouver mieux.

— Daniel n'est qu'un crétin. Eleanor n'aurait jamais quitté son monde pour lui. Elle aimait bien trop l'argent et la vie facile.

— Elle l'aimait lui, le défendis-je, en espérant distraire suffisamment son attention. Tu t'es servi de lui !

— Il a cru que tu l'aimais, siffla-t-elle. Je n'ai pas compris au départ pourquoi il t'accompagnait au dîner. Et puis, je t'ai vue avec ce cher Blake. La mise en scène était astucieuse. Et hier soir… Daniel m'a appelée du commissariat.

Philip lança un regard à Jodie, et je comprenais maintenant que leur relation datait. Elle œuvrait pour lui à San Francisco, pendant qu'il faisait prospérer ses affaires à New York.

Je bougeai de nouveau, me rapprochant des touches de contrôle de l'ascenseur. Au-delà de l'arrêt d'urgence, qui ne ferait que prolonger cette désagréable entrevue, j'espérais surtout activer l'alarme. En attendant, les faire parler, les distraire semblaient être ma meilleure option.

— Ce que je n'avais pas prévu, c'est que vous finiriez

par fricoter, lança Philip avec une grimace. La journaliste fouineuse et Andrew Blake… Quand Lynne m'en a parlé, je n'ai pas voulu y croire.

— Lynne, murmurai-je, tétanisée à l'idée qu'il lui ait fait du mal.

— Cette brave Lynne, elle sait tenir ses dossiers et ses plannings.

— Si vous me tuez, Andrew finira par apprendre la vérité, les menaçai-je.

— Si je te tue, il cessera de venir lorgner sur mon territoire. Je protège mon espace réservé.

— Tu veux dire tes affaires fumeuses ? le provoquai-je. Celles pour lesquelles tu as dû graisser la patte des sénateurs ?

— Tu ne me donnes pas le choix. La seule façon de préserver tout ce que j'ai construit, c'est d'éliminer les gêneurs. On va commencer par toi.

— Puis Andrew, j'imagine.

Philip se contenta de sourire, acquiesçant ainsi silencieusement à mes suppositions. Après toutes ces années, j'avais enfin face à moi la personne que je cherchais à confondre. C'était lui, qui, caché derrière cette holding, tirait les ficelles des marchés publics. Lui, qui payait des sénateurs en échange de leur silence et de leur aide. Lui, qui m'avait menacée et avait fait capoter mon enquête.

Mais comprendre aujourd'hui qu'il était encore plus virulent maintenant que trois ans auparavant m'effrayait. Combien de personnes avait-il tuées ? Bradley, sans aucun doute. Eleanor. Jodie avait avoué à demi-mot être l'auteur de l'agression de Meghan…

— Andrew, murmurai-je en songeant à son accident de la veille.

— Il est plus coriace que prévu… Je dois dire qu'il m'a causé plus de dégâts.

Il remua sa nuque en tout sens, chassant sûrement une douleur persistante. Je fis encore un pas sur la gauche et sentis, derrière moi, le panneau de contrôle de l'ascenseur. Je me surpris à sourire, fière de moi.

— Mais, une fois que j'aurais éliminé la chose la plus précieuse au monde pour lui, je doute qu'il s'en remette.

Philip me lança un regard glacial et je jetai un œil vers l'indicateur d'étage. Nous arrivions au rez-de-chaussée. A ma grande surprise, la cabine s'immobilisa. Philip et Jodie se jetèrent un regard, pendant que, pétrifiée et stupéfaite, je priais pour que les portes s'ouvrent. Curieusement, la panique avait changé de camp. J'avais peur, mais Jodie et Philip étaient désemparés.

Jodie arma son revolver, pendant que Philip se plaçait près de moi, une main saisissant mon poignet. Je me débattis avec une force nouvelle, et dès que les portes s'écartèrent l'une de l'autre, je bondis à l'extérieur, me jetant en avant.

Derrière moi, j'entendis un coup de feu et un cri horrible, presque insupportable. La voix d'Andrew me parvint, et il me souleva pour m'écarter. Il me cala contre un mur, son corps contre le mien faisant obstacle au reste du monde.

— Est-ce que ça va ? demanda-t-il en scrutant mon visage.

— Je… oui… je…

— Tu es blessée ? Est-ce qu'il t'a fait du mal ?

— Tout… tout va bien, bégayai-je, le souffle court.

Il me serra contre lui, me laissant tout juste respirer, pendant que mon cœur reprenait un rythme normal. Je m'agrippai à sa chemise, la peur et l'adrénaline s'estompant au profit des larmes. Je cachai mes pleurs en me calant contre lui, étouffant un sanglot en pensant à tout ce que Philip et Jodie venaient de m'avouer.

— J'ai eu tellement peur, murmura-t-il en encadrant mon visage de ses mains. Tellement peur…

Je distinguai son visage blême et inquiet au travers de mes larmes. De ses pouces, il les essuya, pendant que je tentais de me reprendre et de respirer normalement.

— J'ai essayé de te joindre, mais…

— Jodie m'a bâillonnée quand le téléphone a sonné, expliquai-je, toujours tremblante. Comment as-tu su ?

— Je reviens du commissariat. Grant a poussé ses recherches et la voiture d'hier a été retrouvée. Elle appartient à l'une des sociétés de Philip.

Andrew s'écarta de moi, et je me sentis défaillir. Mes jambes menaçaient de me lâcher, aussi, Andrew, instantanément, plaça-t-il un bras autour de moi et m'invita à m'asseoir sur un canapé dans le hall. Derrière moi, j'entendis Philip clamer qu'il n'avait rien fait, pendant que Grant lui lisait ses droits.

— Ils ont tué Eleanor, murmurai-je. Je pensais que c'était Daniel… mais…

— Calme-toi, m'intima Andrew en s'agenouillant à ma hauteur. Daniel sera libéré dans la journée et tu n'avais aucune raison de soupçonner Jodie et Philip.

Je m'en voulais maintenant d'avoir refoulé le sentiment diffus de culpabilité et de doute qui m'avait saisie pendant le dîner de répétition. J'avais fait arrêter Daniel, qui avait pour seul tort d'être malheureux et d'être une autre victime collatérale du duo Jodie-Philip.

— Il faut aller voir Lynne, m'écriai-je soudainement. Jodie était à son étage, et…

Andrew écarquilla les yeux, et ses traits s'affaissèrent brutalement. Il se redressa vivement et du regard chercha Nathan.

— Nathan, va voir Lynne ! hurla-t-il.

A l'image d'Andrew, le visage de Nathan se décomposa et il fonça en direction des escaliers. Les larmes réapparurent, et je priai pour que rien ne soit arrivé à mon amie. Elle ne méritait pas ça. Et de toute façon, elle n'était, elle aussi, qu'un pion dans la stratégie de Philip.

— Comment… comment as-tu su pour l'ascenseur ? bégayai-je.

— Quand tu n'as pas pris mon appel, j'ai contacté Gregory pour qu'il te cherche. Nathan a roulé comme un fou furieux jusqu'ici et quand, enfin, nous sommes arrivés… Kathleen, j'ai eu… je crois que je n'ai jamais eu autant peur de te perdre, murmura-t-il d'une voix cassée.

— Je vais bien, le rassurai-je péniblement.

— J'ai demandé l'arrêt de l'ascenseur. Grant voulait vous cueillir au sous-sol, mais j'ai pensé que l'effet de surprise…

Sa voix s'éteignit, alors qu'il replongeait dans des souvenirs désagréables. Comme moi, Andrew avait sûrement imaginé le pire. Je saisis son visage entre les mains et l'embrassai doucement, espérant ainsi effacer cet épisode sombre de sa tête.

— Tu as très bien fait, le confortai-je. De toute façon, je ne me serais pas laissé faire.

Je risquai un sourire pour détendre l'atmosphère. Philip et Jodie, tous deux menottés et agités, passèrent devant nous, maintenus par des agents de police. J'avais toujours le souffle court à force d'imaginer ce qui aurait pu m'arriver sans l'arrêt inopiné de la cabine au rez-de-chaussée. Andrew se releva vivement et esquissa un pas vers eux, une lueur glaciale et effrayante dans les yeux.

— Andrew, murmurai-je en posant la main sur son bras.

— Je vais pulvériser ce type… Pour tout ce qu'il m'a fait, et pour avoir osé s'en prendre à toi.

Il bougea et d'un mouvement de bras me fit relâcher ma prise. Il fonça sur Philip et, derrière lui, je le suppliai de ne pas faire ça. Les deux hommes se fixaient. Andrew, de toute évidence, dominé par la colère, tandis que Philip arborait une attitude fière, presque arrogante.

— Monsieur Blake, lui intima Grant en l'écartant doucement. C'est terminé maintenant.

— Allons, Andrew, restons entre personnes civilisées, siffla Philip en relevant le menton.

Ils se toisèrent de longues secondes. La silhouette longiligne d'Andrew surplombant légèrement celle de Philip. Prudemment, je calai la main sur le dos d'Andrew, espérant un apaisement quelconque.

— Retourne donc dans les bras de ta fouineuse de petite amie… Et fais en sorte de la garder en vie, celle-là, le provoqua Philip.

— Tu es une ordure, murmura Andrew d'une voix glaciale.

— Je suis de la même espèce que toi ! riposta Philip.

— Embarquez-les, ordonna Grant à ses équipes.

Jodie et Philip furent poussés en avant par trois policiers et évacués de l'hôtel.

Sans lui demander son avis, je m'installai entre les bras d'Andrew, faisant reposer ma tête sur son torse. Il m'entoura de ses bras, et je sentis son corps se détendre contre le mien.

— Je m'en veux de t'avoir entraînée là-dedans, dit-il avec tristesse.

— Andrew, ce n'est pas toi… Ça remonte à mon enquête au *Daily*. C'est Philip qui était derrière les transactions. Toi et moi… c'est juste le hasard !

Il me fixa étrangement, comme si je venais d'annoncer la plus grande absurdité de l'année. Puis, il me sourit, et ce fut ce qui m'embrasa.

— Tu as toujours l'art de te mettre dans le pétrin dès que je te laisse seule !

— J'ai tendance à croire que c'est quand tu es avec moi que je suis dans les ennuis.

— Je ne veux que ton bien, plaisanta Andrew.

J'aurais voulu rire, mais l'apparition de Grant devant moi ruina l'ambiance légère que nous tentions d'installer.

— Je vais avoir besoin de votre déposition.

— Vous l'aurez demain, répondit Andrew pour moi.

J'opinai, peu encline à replonger tout de suite dans les révélations de Philip et de Jodie. J'avais envie de passer à autre chose, d'être au calme, sans craindre de nouvelles menaces. Un peu de répit en somme.

— Comment vous sentez-vous ? me demanda poliment Grant.

— Aussi bien que possible.

Grant nous salua et Andrew lui assura que nous passerions le lendemain pour la déposition d'usage. Andrew et moi, nous nous dirigeâmes vers Nathan qui, penché au-dessus du pupitre de Sam, semblait en pleine discussion.

— Comment va Lynne ? l'interrompis-je.

— Elle va bien. Elle était un peu sonnée, mais apparemment, Jodie te cherchait, toi, et ça a permis de limiter les dégâts.

— Tant mieux, souris-je.

— Donc, je dois encore changer mes billets, pour aller déposer demain au commissariat.

— Le destin ne veut pas que tu épouses Lynne, se moqua Andrew.

— C'est un fait ! Vegas viendra à nous avant que nous allions là-bas, se désespéra-t-il.

— A quelle heure devons-nous dîner avec ton père ? s'enquit Andrew.

— 20 heures.

Je jetai un œil à l'horloge derrière moi. Nous avions encore un peu de temps. J'étais presque heureuse que mon père n'ait pas assisté à ça. Très sincèrement, je pensais que Philip aurait été salement amoché s'il avait eu le malheur de croiser mon père dans le hall.

— Montons et allons prendre un bain, proposa Andrew dans un murmure.

J'acceptai en souriant, ravie de retrouver un semblant de normalité dans notre relation. J'hésitai un instant devant les ascenseurs, les souvenirs de mon entrevue avec Philip resurgissant violemment.

— Je suis ton garde du corps, m'encouragea Andrew en prenant ma main.

Nous parvînmes rapidement au dix-neuvième étage, et dès que la porte de la suite fut franchie, Andrew commença à déboutonner les boutons de sa chemise, pendant que je restais immobile, hagarde, incapable.

— T'a-t-il touchée ? s'inquiéta-t-il.

— Non. Il m'a juste tenu le poignet, précisai-je en frottant nerveusement l'endroit en question.

Doucement, Andrew prit ma main dans la sienne, faisant ainsi cesser mon geste d'angoisse. Du bout des doigts, il caressa ma peau, déclenchant une salve de frissons nettement plus agréable que ce que Philip m'avait fait ressentir. Il porta mon poignet à ses lèvres, l'embrassant doucement, comme s'il touchait un objet fragile.

Ma respiration s'accéléra et Andrew me lança un regard pour s'assurer que tout allait bien. Je lui offris le meilleur sourire que je pouvais, mes derniers relents de stress disparaissant difficilement.

— Plus personne ne te touchera, murmura-t-il dans une promesse sincère. Juste moi.

— Je sais, avouai-je dans un souffle.

— Parce que tu seras bientôt ma femme.

— Toujours pas de genou à terre, monsieur Blake ? ironisai-je.

— Pas encore. Il nous reste des choses à nous dire.

Son visage s'illumina et il libéra ma main pour se concentrer sur mon haut. Il en agrippa l'ourlet et me le fit passer par-dessus la tête. Ses doigts passèrent sur mon cou, effleurant les marques maintenant bleutées de mon tête-à-tête avec Daniel. Il caressa ma peau, passant au-dessus de mon soutien-gorge, avant de descendre le long de mon estomac pour finir sur mon nombril. De nouveau, un frémissement me parcourut.

— Passons à la salle de bains, m'ordonna-t-il en prenant ma main fermement dans la sienne.

Je trébuchai, suivant presque en courant les grandes enjambées d'Andrew.

Il commença à remplir la baignoire, avant de retirer sa chemise. Je me défis du reste de mes vêtements, me glissant dans l'eau chaude et parfumée. Andrew s'installa derrière moi, me faisant reposer sur son torse.

— A quelle heure est le vol demain ? demandai-je.

— En début d'après-midi.

Mon amant posa les mains sur mes épaules et commença à les masser doucement. La tension nerveuse accumulée dans mon corps se dissipait lentement. L'eau, la chaleur et sa présence me rassuraient. Enfin nous sortions de notre cauchemar. Enfin, nous pouvions passer à autre chose.

— On devrait prévoir un dîner avec Janet et David, proposai-je.

— Tu te lances dans les mondanités ?

— Si on veut… J'ai juste hâte de rencontrer la seule personne qui semble t'attendrir.

— David est un chouette gamin. Juste un peu turbulent.

— Et j'inviterai Nathan et Lynne, continuai-je.

— On sort le grand jeu ?

— Oh non… j'ai l'intention d'évaluer tes capacités. Tu comprends que je ne peux pas m'engager avec un homme sans avoir un minimum d'informations.

Je parvins à pivoter et m'installai face à lui. Son magnifique visage respirait la joie de vivre, et il me semblait que cela faisait une éternité que je ne l'avais pas vu aussi détendu.

— Que veux-tu savoir ? demanda-t-il suspicieux.

— J'aimerais savoir ce que tu sais faire de tes mains.

Il leva un sourcil arrogant, pendant que je rougissais à l'idée de ses mains sur moi.

— Pas comme ça, protestai-je en l'éclaboussant. Je propose… un barbecue.

— Un quoi ? s'écria-t-il avant d'éclater de rire.

— Les femmes gèrent l'intendance, les hommes gèrent le barbecue. Je pense que ça a un rapport avec la maîtrise du feu et la testostérone.

— Alors hamburger ? C'est ça ton idée de la détente ?

— Mon idée de la détente, c'est d'être avec toi… Mais nous ne pouvons pas vivre repliés ainsi sur nous-mêmes.

— D'accord, approuva-t-il. Mais en échange, je te veux à une soirée de gala, avec photo officielle. Je veux que tout le monde sache quel homme heureux je suis, maintenant que tu es à moi.

— J'ai toujours été à toi, admis-je en me triturant les mains. Je le sentais… entre toi et moi.

Andrew pencha la tête sur le côté, visiblement interloqué par mon raisonnement. Je tenais enfin le bon moment pour tout lui dire. Il fallait que je le fasse, avant que la bombe finisse par m'exploser au visage.

— Je savais qu'il y avait une forme de lien entre toi et moi. Mon corps le savait, quand je te voyais, il se passait ce tressautement particulier, là, expliquai-je en posant la main sur ma poitrine.

— Kathleen, murmura-t-il pour m'arrêter.

— Non… laisse-moi finir, l'interrompis-je. La plupart des gens savent à quel moment ils tombent amoureux de l'autre. Personnellement, je ne crois pas le savoir. C'est comme si, dès le départ, cela avait été une évidence.

— Le soir de la conférence ? demanda-t-il surpris.

— J'ai vu ton alliance… et ensuite Meghan.

— Aurais-tu agi différemment si tu l'avais su dès le départ, pour Eleanor ?

— Sans doute pas, mais ça m'aurait aidée à te comprendre. Tu es… tellement… secret parfois.

— Je n'ai pas de secret pour toi, Kathleen. Je n'en ai jamais eu. Mon passé est là, je ne peux pas faire comme si je n'avais pas aimé autant que détesté Eleanor. Mais je te l'ai déjà dit, une partie de moi l'aimera toujours.

Le souffle court, j'hésitai de nouveau à me lancer dans le récit de nos lettres respectives.

— Pas autant que toi, évidemment, ajouta-t-il en posant les lèvres sur les miennes. Mais tu as su éveiller cette chose éteinte que j'étais.

— Dès la conférence ? demandai-je curieuse.

— Dès la conférence. Tu avais ce magnétisme indéfinissable. Et ensuite, quand tu as lu et critiqué *Powerfull*… autant te l'avouer, j'ai demandé tes notes, uniquement parce que je n'ai pas écouté un traître mot de ce que tu disais. J'étais… hypnotisé.

Je souris largement. En une phrase, il venait d'effacer tous les souvenirs étranges que je gardais de cette entrevue.

— On devrait y aller, je ne veux pas faire mauvaise impression devant ton père, lança Andrew, mettant ainsi fin à notre conversation.

Une quinzaine de minutes plus tard, il se postait derrière moi et, en se servant du miroir devant nous, m'aidait à mettre le splendide collier qu'il m'avait offert.

— Nelson va être désolé de te perdre comme client, commentai-je.

— La dernière fois qu'il m'a vu, il avait plutôt l'air ravi. Et je lui ai envoyé Nathan.

— Nathan ? m'écriai-je en riant. Mais cet homme est donc un excellent parti ! raillai-je.

— Certes, mais je le bats au barbecue !

Il sourit largement, comme si je venais de le récompenser pour une bonne action, avant d'embrasser mon épaule. Je laissai mes cheveux détachés et, comme à mon habitude, aidai Andrew à réajuster son col de chemise.

— Cravate ou pas ? demanda-t-il pendant qu'il en plaçait une à hauteur de son encolure.

— Papa pourrait t'étrangler avec, m'amusai-je.

— Ton père m'adore, Kathleen.

— Il te trouve exigeant.

— Je sors avec sa fille, je suis même à deux doigts de poser un genou à terre devant lui pour lui demander ta main… Qu'il me trouve exigeant est un compliment, finalement.

— Tu ne vas pas faire ça ? m'écriai-je, effrayée.

Il jeta la cravate sur le lit, abandonnant du même coup l'idée, et entoura ma taille de ses bras. Son regard plongea dans le mien, et je me sentais brutalement faible face à lui, cherchant un argument valable à lui opposer.

— Personne ne me dicte ce que je dois faire, Kathleen. Si je veux demander à ton père…

— Andrew, s'il te plaît, pas ce soir, implorai-je. On se connaît à peine, ça serait trop…

— Prématuré ? tenta-t-il d'une voix assurée.

— Oui. Prématuré, répétai-je en songeant aux lettres.

— Le barbecue ? risqua-t-il dans un sourire. C'est un peu l'épreuve ultime, c'est ça ?

— C'est ça, soufflai-je, toujours hésitante.

Il plaqua un baiser sur mon front, et quelques instants plus tard, nous rejoignîmes mon père.

A notre arrivée, mon père ne manqua pas de remarquer mon collier hors de prix, masquant tout juste les bleus dans mon cou. Andrew se contenta de sourire, resserrant sa prise autour de ma taille. Au cours du repas, contrairement à ce que j'avais imaginé, je me sentais de trop. Andrew semblait avoir une science débordante, non seulement pour la pêche, mais aussi pour la région où habitait mon père. Ce dernier était de toute évidence impressionné : aucun frémissement de moustache, ni de grognements intempestifs. J'eus à peine leur attention quand je m'éclipsai pour répondre à mon téléphone.

A notre retour à l'hôtel, je me sentais littéralement vidée, épuisée par cette interminable journée. Aussi, quand Andrew me proposa d'aller au lit et me serra dans ses bras, je m'endormis quasiment immédiatement.

Mon réveil auprès d'Andrew fut des plus agréables. Son visage serein et reposé était enfoncé dans l'oreiller. J'embrassai son épaule, murmurant son prénom.

— *Wake-up call*, chuchotai-je amusée.

— Je déteste le matin, marmonna-t-il, les yeux toujours clos.

— Je vais commander le petit déjeuner.

Je me redressai, mais il fut plus rapide que moi, me retenant contre lui.

— Pourquoi n'ai-je pas eu ce genre de *wake-up call* avant ? demanda-t-il ensommeillé.

— Parce que je n'avais pas pour habitude de m'attacher aussi… étroitement à mes clients.

— Ils ne savent pas ce qu'ils perdent.

Il me libéra et je sautillai à l'extérieur du lit. Je commandai un petit déjeuner copieux. Mon ventre gargouillait. Si Andrew détestait le matin, je devais avouer que c'était un de mes moments préférés. New York était encore calme, endormie, et les gratte-ciel étaient ornés de cette lumière diffuse que j'aimais tant… Tout cela allait me manquer.

Le *room service* se manifesta et Andrew, encore au lit, sirota son café en lisant son journal matinal. Je souris en me rendant compte que tout cela allait être ma vie maintenant. Voir Andrew, dormir avec lui, manger avec lui. Vivre avec lui.

— Pourquoi souris-tu ? me demanda-t-il sans lever les yeux.

— Pour rien… Je crois que certaines choses vont me manquer !

Il posa son journal et sortit du lit en rampant, se traînant jusqu'au fauteuil près de moi. Sans rien dire, il me fit reposer mon verre de jus d'orange et m'attira sur ses genoux, avant de fondre sur mes lèvres.

— Certaines choses vont me manquer aussi, admit-il le souffle court.

— Mon uniforme ? souris-je.

— Non. Toi dans cette suite. J'ai une quantité de bons souvenirs ici. D'excellents, même, précisa-t-il en frottant son bassin contre le mien.

— Il faut que tu vendes ta maison, chuchotai-je.

— C'est en cours. J'attends une offre.

— J'ai l'impression de te forcer la main, grimaçai-je.

— Ce n'est pas du tout le cas, Kathleen. Je devais vendre cette maison. Personne n'y est plus mal à l'aise que moi. Ça fait des mois que Nathan tente de me faire aller de l'avant.

— Il pourra se vanter d'avoir réussi ! plaisantai-je.

— C'est vrai… Sans lui, les choses auraient été différentes. Investir dans cet hôtel est son idée, il m'a motivé à revenir ici.

Il m'embrassa de nouveau, me laissant pantelante. Très vite, il s'écarta cependant et, du bout des doigts, caressa mes lèvres. Une fois encore, je sentis ce tressautement particulier, cette légère oppression dans mes poumons qui me faisait perdre une partie de mon contrôle.

— On devrait finir de faire nos valises, proposai-je en passant ma main dans ses cheveux.

— Oui. Un avion nous attend.

Quelques heures plus tard, assise près d'Andrew en classe affaires, j'observai son profil, tandis qu'il se concentrait sur un dossier. Je ne savais pas vraiment de quoi allait être faite ma vie, mais il était là. J'étais presque nostalgique. Mon existence avait changé de façon tellement brutale. J'avais passé les dernières années à fuir.

Andrew m'avait soutenue pendant ma déposition au commissariat. Mais c'était de croiser le regard de Daniel, tout juste libéré, qui m'avait fait le plus de mal. J'avais envisagé d'aller m'excuser, mais je doutais que cela suffise. Même s'il n'était qu'une victime dans cette histoire, je savais que sa colère contre Andrew ne faiblirait pas de sitôt.

En silence, nous avions ensuite gagné l'aéroport, assurant à Grant que nous l'aiderions de notre mieux pour boucler son enquête. Je promis, notamment, de lui faire parvenir mon dossier d'investigation, qui croupissait chez mon père.

Le soir même, de retour dans cette grande et froide maison, Andrew m'annonça qu'il avait accepté une offre et que nous avions deux mois pour quitter les lieux.

— J'appellerai quelques agences, promis-je, alors que je m'affairais à nous préparer un dîner.

— Tu n'avais pas repéré une maison ? s'étonna-t-il.

— Si… mais je vais étendre mes recherches.

— Prévois une terrasse… ou un jardin, pour le barbecue, plaisanta-t-il.

— Monsieur Blake, il me tarde de vous voir avec un tablier !

Il m'adressa un sourire heureux, avant d'enrouler ses bras autour de moi et de caler son torse contre mon dos.

— Toujours ce truc avec les cuisines ? murmurai-je pendant que ses lèvres butinaient mon cou.

— Avec « toi », je te l'ai déjà dit.

Je bougeai légèrement, me frottant contre son érection. Il grogna dans mon cou et, très vite, défit les boutons de mon jean, pour y glisser sa main. Je criai son prénom, m'agrippant au plan de travail devant moi. Il me caressa avec une lenteur affolante, réveillant toutes les terminaisons nerveuses de mon corps, tandis que mon sang bouillonnait sous ma peau. Quand il quitta mon intimité, une profonde frustration me fit gémir. Je ne voulais pas que cela s'arrête.

— S'il te plaît, le priai-je.

— Je veux être en toi, murmura-t-il d'une voix chaude.

Et l'instant suivant, il était effectivement en moi. Malgré notre position et mon envie toujours plus présente, il prit son temps, allant et venant en moi, avec une lenteur exaspérante. Dès qu'il me sentait au bord de l'explosion, il cessait de bouger, faisant durer notre plaisir.

— Andrew ! râlai-je en sentant mon bas-ventre se contracter.

— Encore, m'intima-t-il.

Je répétai une nouvelle fois son prénom, son rythme devenant haché et plus soutenu que précédemment. Ses mains s'enfoncèrent dans mes hanches m'arrachant un cri où se mêlaient plaisir et infime douleur. Il accéléra de nouveau, à un rythme proche de la frénésie et, cette fois, je lâchai prise. Andrew me soutint, mes jambes flanchant et menaçant de lâcher, avant de jouir en moi en chuchotant qu'il m'aimait.

— Je t'aime aussi, soufflai-je, toujours perdue dans les brumes de mon orgasme.

Il nicha sa tête dans mon cou et, après une ultime étreinte, il se rhabilla pendant que je réajustais mon jean.

La nuit qui suivit fut à l'image de l'épisode de la cuisine : chaude, tendre et libératrice. Nous avions enfin mis notre passé derrière nous, et plus rien ne pouvait gâcher ce que nous vivions. Comme si tout, finalement, rentrait dans l'ordre.

Le lendemain matin, Andrew s'éclipsa tôt pour rejoindre son bureau. Il devait effectuer un déplacement à Sacramento en fin de semaine et, en l'absence de Nathan, son planning se compliquait. Dans la matinée, alors que j'étais en plongée en pleine recherche d'une maison — celle sur la plage que j'avais repérée ayant été vendue —, deux événements me sortirent de ma mission.

Le premier fut un message de Lynne m'annonçant que Nathan et elle étaient finalement bien mariés, et officiellement en lune de miel.

Je souris largement en les imaginant tous les deux à Vegas. Ça n'était sûrement pas le genre de mariage que Lynne avait imaginé. Pourtant, il me semblait nettement plus prometteur que celui qu'elle avait envisagé avec Philip. Lynne avait été plutôt choquée d'apprendre que celui-ci était derrière les menaces que nous avions subies. Néanmoins, elle s'était proposée pour témoigner lors du procès.

Le second événement fut plus inattendu et me bouleversa.

« Kat, une nouvelle lettre pour toi. Il va te falloir trouver une autre planque que le Peninsula ! Greg. »

De nouveau, un sourire s'étira sur mes lèvres en imaginant la tête de Gregory. Si seulement il savait ! Il avait été d'une aide plus que précieuse depuis que j'étais arrivée au Peninsula. Sans lui, je n'aurais pas parcouru un tel chemin.

La lettre me brûlait les doigts. Je n'avais pas répondu au dernier courrier d'Andrew — officiellement toujours l'inconnu — et ses mots résonnaient encore dans ma tête. Sa tristesse, sa volonté de poursuivre cette relation si particulière.

Vu l'épaisseur de l'enveloppe, cette lettre était longue. Je me décidai à l'ouvrir, le cœur battant, jurant solennellement de dire la vérité à Andrew. Ou du moins d'essayer de le faire. Je me sentais lâche et vile de lui cacher quelque chose d'aussi important.

« Marie,

Vous n'avez pas répondu à ma dernière lettre. J'imagine que vous êtes plutôt occupée et que vous prenez le recul que vous m'avez demandé. Je ne sais pas si je dois être vexé par cet espace que vous mettez entre vous et moi, ou juste être stupéfait de votre entêtement. J'imagine que vous faites partie de ces femmes qui s'en tiennent à leur décision.

La vérité, c'est que je fais partie de ces hommes qui font tout pour que des femmes comme vous changent d'avis.

Votre dernière lettre parlait de vos sentiments envers

moi, de votre inquiétude, des lignes brouillées dans lesquelles vous vous débattiez. Dois-je vous rassurer ? Dois-je vous dire que moi aussi, je me débats dans ces mêmes lignes ?

Je crois profondément en la franchise et en l'honnêteté. Si vous ne voulez plus de cette relation étrange et unique entre vous et moi, dites-le-moi sincèrement, et je cesserai de vous importuner. Ou plutôt, j'essayerai. Parce que j'ai l'habitude de me battre pour ce que je veux, et que vous êtes désormais tout en haut de ma liste. Je crains donc ne pas pouvoir vous laisser partir. Si vous décidez, à la fin de cette lettre, que vous voulez me rencontrer, alors vous trouverez mon adresse en bas de ce courrier.

Evidemment, je préférerais la seconde option…

Mais nous avons promis d'être honnêtes l'un envers l'autre… Alors il me semble juste de replonger dans certains souvenirs.

A vrai dire, je ne sais pas par où commencer… Peut-être par le commencement…

Je vous ai laissé des indices, j'ai voulu vous faire comprendre, j'ai cherché à vous faire ouvrir les yeux sur la relation que nous avons. En vain…

J'aime penser que notre relation est incroyable et, contre toute attente, plutôt une réussite. J'ai aimé chacun de vos mots, chacune de vos phrases, toutes vos attentions charmantes et désintéressées… Votre première lettre était miraculeuse pour moi.

Et le miracle ne s'est pas arrêté là… Kathleen.

Mes doigts se crispèrent sur la lettre et je me penchai en avant pour être certaine de ne pas avoir rêvé.

— Il savait, murmurai-je, stupéfaite. Il « savait ».

Dernièrement, je t'ai promis de te raconter l'histoire, de te raconter comment j'étais tombé sous le charme de la femme incroyable et stupéfiante que tu es.

Je dois l'admettre : pour la première fois depuis que je

l'ai embauché, Nathan a eu une meilleure idée que moi. C'est lui qui a mis cette annonce dans le New Yorker. *Les mots étaient bien de moi, d'une période lointaine où je pleurais Eleanor sans savoir qu'elle voyait quelqu'un d'autre. Je l'ai aimée de toutes mes forces, mais ce n'était pas suffisant. Et, de toute évidence, je m'étais lourdement trompé, non seulement sur elle, mais aussi sur nous. Parce que ce que je ressens pour toi est à mille lieues de ce que j'ai jamais ressenti pour elle.*

Quand j'ai lu ta lettre… Je ne sais même pas comment le décrire. Sais-tu seulement que tu es sûrement la seule femme de ce pays à écrire tes lettres à la main ? Rien que ce détail en disait long sur toi. Il y a une forme d'honnêteté dans les lettres manuscrites, parce qu'il n'y a pas de corrections possibles, pas de retour en arrière, pas de doutes qu'on puisse effacer…

Sincèrement, je ne pensais pas que notre relation irait aussi loin, aussi vite. Mais tu avais raison sur les livres, sur le chocolat et sur toutes ces choses qu'il faut vivre à tout prix. J'avais oublié ces bonheurs légers et faciles et, grâce à toi, je les ai retrouvés.

J'ai cru, au départ, que tu accepterais qu'on se rencontre. Je voulais mettre un terme au plus vite à cette "double vie". Je trouvais ça dangereux et déloyal. Mais tu as refusé. Et maintenant, je t'en suis reconnaissant. En y repensant, je comprends que je te faisais peur. L'une des premières fois où je t'ai parlé, à ton pupitre, tu étais tétanisée, rien qu'en me regardant. Alors que je voulais juste apprendre à te connaître. Parce que tu me plaisais, et que tu étais une des rares femmes à provoquer cela chez moi.

Eh oui, je me souviens de notre première rencontre. De ton sourire crispé, de ma main que tu n'as pas saisie, de tes bégaiements… Et surtout, je me souviens de ton regard quand Meghan est venue me parler. Tu avais l'air tellement en colère.

Ça m'a stupéfié… Je te regardais, je te parlais, et c'était comme si tout reprenait sens. Comme si mon corps se réveillait d'un sommeil profond, comme si je sortais d'une forme d'engourdissement. Et ça, rien qu'avec ton regard.

J'ai cru que c'était passager. Mais je t'ai vue, plusieurs fois, et cette sensation étrange se reproduisait, s'amplifiait, me rendait incroyablement heureux… Mais tu semblais si hermétique, paniquée, perdue.

Et puis j'ai compris : tout ce que tu pensais de moi était faux. Mon alliance, mon mariage, ma vie, ma personnalité. Tu me voyais arrogant, sans cœur, peut-être même abusif. Les lettres ont été ma seule échappatoire, ma seule façon de te faire voir une autre partie de moi. Une partie plus privée et moins présomptueuse. Et j'ose croire que cette partie t'a plu.

Mais les lettres ne suffisaient pas. Je voulais être proche de toi. Alors, j'ai tout fait pour t'attirer auprès de moi. Avec Powerfull *d'abord, avec la soirée de gala, avec les bijoux, avec mon café matinal. Je te voulais. Et, lettre après lettre, je te voulais encore plus. Mais tu as résisté, et j'ai failli renoncer. Plusieurs fois. J'ai cru pouvoir m'éloigner, sortir de ta vie. Mais je dois admettre que je ne suis pas aussi résistant que toi. Meghan et Nathan ont perçu les changements que tu provoquais. Ils m'ont fait remarquer que j'arborais ce sourire ridicule… Pourtant, ils n'ont pas su tout de suite que c'était à toi que j'écrivais.*

Mais il y a eu cette soirée. Ce soir-là, où j'ai fait ce que je rêvais de faire depuis des semaines : regarder la neige tomber en ta compagnie. C'était tellement imprévu, tellement loin de ce que j'imaginais, tellement incroyable. Tu étais là devant moi dans cette robe, et j'ai failli te le dire à cet instant. J'ai failli te dire que je savais qui tu étais. Mais Lynne est arrivée pour annoncer notre départ, et le courage m'a manqué.

Ce soir-là, je t'ai embrassée. Ce n'était pas réfléchi ni calculé, mais je me souviens de ce que j'ai ressenti en te voyant dans cette robe. Je voulais t'embrasser. Là, devant toute cette salle. J'étais de nouveau stupéfait et heureux, et j'étais fier de te présenter à tout le monde. J'ai été admiratif de ton comportement, malgré Matt, malgré Abby. Malgré mes pieds que tu as écrasés, j'ai compris que je ne pourrais plus être loin de toi.

A l'instant où j'ai quitté tes lèvres, j'ai su que je voulais renouveler l'expérience. Je l'aurais renouvelée dans l'instant si j'avais pu, mais tu semblais tellement surprise. Je ne voulais pas ruiner le moment. Tu m'avais laissé entrer dans ta vie et je craignais que tu me repousses.

Je ne savais pas ce que tu pensais, j'avais tellement de mal à te comprendre et à comprendre ce que tu provoquais en moi… Ça a été mon alibi pour continuer notre correspondance. D'ailleurs, tu dois probablement te demander depuis quand je suis au courant.

Te souviens-tu de ce carton que tu as signé dans ma suite ? Ce carton qui signale que l'équipe de l'hôtel est à notre service. C'est une des premières choses que j'ai vues en rentrant dans ma suite. Peut-être est-ce, là encore, une forme de destin. Il y avait ton prénom dessus. Je ne dirais pas que je n'ai eu aucun doute. Mais je sais qu'il n'a pas duré longtemps.

J'ai eu de quoi comparer ensuite. Tes notes sur Powerfull *ont été vraiment utiles ! Et je t'ai vue lire les annonces du* New Yorker*. Tout concordait si parfaitement. Je t'ai même fait écrire sur mon dossier devant moi… Mais depuis le départ, dès la première lettre, je savais que tu étais Marie.*

Peut-être m'en voudras-tu d'avoir gardé le secret ? Mais une fois encore, je ne l'ai fait que pour nous. Sans ces lettres, tu n'aurais jamais eu l'occasion de me connaître. Et tu ne m'aurais pas offert une chance. Nos mondes étaient trop différents.

Quand je suis revenu après le gala, j'ai cru t'avoir perdue. Tu étais avec Daniel, tu semblais indécise, tu jouais avec moi. Tu m'as parlé de cette fameuse relation professionnelle que tu privilégiais… Je me suis sincèrement retenu de ne pas te faire virer dans la minute, parce que je savais que ça aurait été pire. Je n'aurais alors plus eu d'excuses pour te voir, pour te parler ou pour t'attirer dans mes filets.

J'admets que j'ai été excessif avec cette histoire de billets pour le match. Mais je te voulais tellement, et j'étais certain que ce type ne te méritait pas. Après le théâtre, quand tu as accepté de passer la nuit avec moi, j'étais décidé à ne plus te laisser. Sincèrement, je ne me souviens pas d'avoir été aussi heureux. Te sentir contre moi, t'entendre rire, c'était parfait.

Et j'étais décidé à tout t'avouer. Mais nous venions tout juste de commencer quelque chose, et je craignais que cela ne ruine le peu de confiance que tu avais en moi. Peut-être ai-je eu tort… Je me suis toujours accroché à l'idée que tu trouverais la solution, et que je n'aurais pas à tout te dire.

Mais, pour être franc, je ne voulais pas que ces lettres cessent. C'était le seul moyen pour moi de savoir ce que tu ressentais. Tu m'as dit une fois que j'étais secret. Je ne l'ai jamais été aussi peu qu'avec toi. Mes lettres ne parlaient que de toi, de ce que je ressentais pour toi. Je n'ai pas su trouver les mots justes et à la hauteur de mes sentiments pour toi. Comment aurais-je pu ? C'était tellement inédit et fort.

Te quitter, cette nuit-là, la nuit où Nathan m'a appelé pour annoncer que Meghan avait été agressée, a été, de toute ma vie, la chose la plus difficile à faire. Affronter ton regard, te dire des choses horribles, remettre mon alliance… Je l'ai regretté à l'instant même où j'ai franchi ta porte. Mais je tenais à ta sécurité, je ne voulais pas qu'il t'arrive quoi que ce soit. Pas à toi, pas à la femme que j'aimais.

A l'hôpital, j'ai tenu bon. C'était un sentiment curieux : j'étais heureux de te voir, la simple vision de ton visage me rend toujours heureux mais j'étais tellement en colère. Je voulais te faire échapper au côté sombre de ma vie, et tu venais me défier. Tu étais stupéfiante, et quand tu es partie, j'ai sincèrement cru que je ne te reverrais plus.

Ce sentiment s'est renforcé quand j'ai appris ta démission et ton déménagement. Malgré tous mes efforts, je n'ai pas pu obtenir ta nouvelle adresse. Gregory est d'une loyauté sans faille envers toi. J'ai encaissé le coup. J'ai travaillé plus, je t'ai écrit en espérant garder ce lien entre toi et moi parce que c'était tout ce qui me restait désormais. Là encore, j'étais heureux que ce secret n'ait pas été éventé.

Ces quelques jours sans toi ont été difficiles. Plus que ça même : j'étais totalement anesthésié, incapable de vivre normalement. Tout me ramenait tout le temps à toi, à nous. Pourtant, je savais que c'était dangereux et c'était inconcevable pour moi de mettre ta vie en péril. Et pour être franc, personne n'a jamais mis sa vie en jeu pour moi. Aussi, quand tu es apparue dans mon bureau, j'ai tenté de faire illusion.

Mais tu m'as eu dès le départ… A l'instant même où tu m'as mis le nez dans mes mensonges — que ce soit ma soirée avec Meghan ou ma vie sans toi —, j'étais de toute façon perdu. J'ai dit aux journalistes que tu n'étais qu'une amie… C'était la dernière chose que je voulais de toi. Ton amitié n'aurait jamais pu me suffire. Tu as promis d'accepter mes recommandations. Et je sais — n'essaye pas de me contredire — que cette promesse est vaine. Mais c'est ce que j'aime chez toi. Ton esprit libertaire, avec ses valeurs éculées que nous chérissons l'un et l'autre, ta loyauté envers tes vieux amis — Gregory et Lynne — comme envers les plus récents — Nathan et Janet —, ta façon de prononcer mon prénom quand je te fais l'amour, tes joues qui rougissent au moindre compliment, tes hésitations, tes décisions intuitives, ton sens de l'ironie.

J'aime tout ça chez toi… Parce que toutes ces petites choses font que tu es toi, mon exception.

Et surtout, j'aime ton rire. J'aime la façon dont tes yeux pétillent, tes traits relâchés, les tressautements de ta gorge. Et j'aime encore plus être celui qui te fait rire. Parce que dans ces instants-là je suis à la fois le type le plus heureux du monde et le plus puissant. Tu sembles tellement libérée… J'aime vraiment ça. Te savoir heureuse, te rendre heureuse.

Je ne sais pas à quel moment tu as découvert que j'étais derrière les lettres, mais j'ai compris à ta venue à San Francisco, à l'instant où tu as regardé par la fenêtre, que tu le savais. Là encore, j'ai espéré que tu me le dises. Tout était réuni pour tout s'avouer : le livre que tu m'avais offert sur le chevet, la vue sur le Pacifique, notre histoire qui reprenait. Tout allait être simple.

Mais une fois de plus, il y a eu ce silence entre nous. Je n'étais pourtant pas inquiet. Par la force des choses, tout serait finalement rentré dans l'ordre.

Pourtant, il y a eu cette histoire avec Philip et avec Daniel. Ne pas entendre le son de ta voix, ne pas savoir que tu allais bien m'ont rendu fou furieux. D'ailleurs, à ta place, je ne rentrerais pas dans la bibliothèque tout de suite… Je crains que les dégâts ne soient trop importants. Je ne sais pas ce qui a été le plus dur à gérer : ton absence, le sentiment de trahison ou la sensation que plus rien ne comptait vraiment. Je ne veux pas te perdre. Parce que je deviendrais cinglé sans toi.

Gregory n'a rien voulu me dire et quand j'ai avoué à Nathan que tu étais derrière les lettres, il a eu ce réflexe qui m'insupporte toujours… Il a pris ton parti. Il m'a dit que j'aurais dû tout te dire, tout t'avouer… Alors j'ai pris un vol pour New York, ne sachant pas vraiment ce que j'allais trouver là-bas. Entre-temps, j'ai eu ta lettre, disant que tu voulais couper les ponts, et c'était insupportable. Je ne voulais pas que nos deux histoires s'arrêtent… Aucune, ni l'une ni l'autre. J'ai cru te perdre. Et rien que cette idée me rendait dingue.

Je te voulais… Et tu étais à moi. Comment as-tu pu croire que j'allais te laisser partir sans rien faire ? Comment as-tu pu croire que j'allais acquiescer sans rien dire ? J'étais fou furieux, dans une colère sans nom… Mais pas contre toi : contre moi-même. Parce que c'était encore une forme d'échec pour moi. D'abord Eleanor, puis toi et enfin Marie. Ma dernière lettre n'était qu'un appel au secours.

Tu le savais, et moi aussi… Pourtant on se faisait encore du mal. Tu tentais de me faire croire que tu ne ressentais rien, alors que tu avais débarqué chez moi sans prévenir. Et je tentais de te faire croire que notre relation était normale, alors qu'elle était stupéfiante — à ton image — et exaltante — encore à ton image.

J'ai rarement ressenti la peur ou la panique. J'ai l'habitude de prendre les décisions et de maîtriser tous les aspects de ma vie. Pourtant, dernièrement, j'ai ressenti cette peur irrationnelle de te perdre. Quand j'ai compris que tu étais dans cet ascenseur, quand j'ai pris conscience que Philip pouvait te faire du mal, je me suis juré de toujours tout faire pour te préserver. Je me suis promis de t'aimer chaque jour un peu plus, d'être à tes côtés, de te faire des enfants, de profiter de la vraie vie.

J'avais la sensation d'étouffer, et ce n'est qu'en te sentant dans mes bras, qu'en entendant ta voix, que mon monde a recommencé à tourner rond. Tu m'offres une forme d'équilibre et tu m'empêches de tomber dans la folie furieuse… Tu es addictive.

Et maintenant… c'est étrange, mais, curieusement, une partie de moi veut garder les lettres, veut en garder l'aspect personnel, presque secret. Mais une autre partie souhaite que tu apprennes à me connaître. Combien de fois ai-je rêvé de pouvoir voir ton visage pendant que tu me lisais ?

Je ne peux te répéter que ce que je t'ai déjà dit : je ne connais rien qui pourrait changer l'amour que je te porte. Te souviens-tu de la première fois où je t'ai considérée comme mon exception ? C'était lors de la soirée de gala. Mais bien avant ça, tu l'étais déjà.

La seule femme à faire des lettres manuscrites,

La seule à m'avoir tenu tête… Plusieurs fois.

La seule à avoir risqué sa vie pour me préserver.

La seule à éveiller ces choses incroyables en moi.

La seule à m'avoir défié de maîtriser un barbecue.

Tu avais raison au sujet du destin et des choses inattendues qui peuvent nous arriver. Tu as été et tu resteras sans aucun doute la plus belle des surprises que le destin m'ait réservée.

Maintenant, tu sais tout ou presque… Il y a sûrement tout un tas de choses que tu veux savoir, mais avoir ton visage face à moi, entendre le son de ta voix, embrasser tes lèvres, te sentir trembler contre moi et profiter de ton rire, sont désormais tout ce qui compte pour moi. Et ça, les lettres ne peuvent pas encore me l'offrir.

A la femme que j'aime, ma rare, précieuse et exceptionnelle Kathleen.

Mon adresse
Century Drive, 2
Strawberry, CA.
Ton… Andrew. »

Je reposai la lettre sur mes genoux, hagarde et abasourdie. Depuis tout ce temps, il savait. Je pensais mener la danse, alors qu'il m'entraînait sur le chemin qu'il voulait que je prenne. Il avait raison, il m'avait laissé des tas d'indices… le livre, la vue sur San Francisco, ses expressions. Je me sentais presque stupide. « Presque » parce que mon cœur frappait dans ma poitrine encore plus fort qu'habituellement surpassant toute autre sensation. Cette lettre serait la dernière.

Et le sentiment de nostalgie réapparut soudainement.

Je la pliai délicatement et la glissai dans ma poche avant de me précipiter au rez-de-chaussée pour prendre mes chaussures. Andrew m'attendait à cette adresse, et je voulais juste le voir sourire en même temps que moi. Je commandai un taxi tout en enfilant une veste, pestant d'attendre cinq minutes qu'un chauffeur arrive.

Je tentai de me concentrer de nouveau sur la lettre, mais l'excitation et la frénésie avaient pris le pas sur la sérénité nécessaire à une relecture. Quand finalement le taxi arriva, je bondis et fonçai vers lui. Je lui indiquai l'adresse, lui promettant un alléchant pourboire s'il décidait de ne pas suivre à la lettre le code de la route.

Après trente minutes de route pendant lesquelles j'étais au bord de l'apoplexie, le taxi s'arrêta finalement. J'éclatai de rire en découvrant l'endroit où Andrew m'attendait. Il l'avait fait… lui et son excessivité. Je réglai le taxi et en sortis pour me diriger vers la terrasse de la fameuse maison que j'avais repérée quelques jours auparavant.

La maison sur la plage… où Andrew m'attendait, sourire aux lèvres. J'avançai vers lui, partagée entre hilarité et éblouissement. Il était sublime, parfait et à moi.

— Tu le savais, soufflai-je, toujours stupéfiée par sa lettre.

— Je le savais, oui. C'est pour toi, dit-il en me tendant une magnifique rose blanche.

— L'inconnu tente de me charmer ? m'amusai-je en portant la rose à mon nez.

— Je croyais que c'était déjà fait, plastronna-t-il.

— En effet, admis-je. Je suis très, vraiment, très impressionnée, avouai-je avec une certaine émotion.

J'étais presque gênée par la situation. C'était stupide, mais me retrouver nez à nez avec Andrew maintenant que nous savions tous les deux pour les lettres avait quelque chose d'improbable.

— Et c'est toi qui as acheté la maison ? demandai-je.

— Cette nuit. Pendant que tu dormais. Je fais beaucoup de choses pendant que tu dors.

— Ecrire par exemple ?

— Te regarder surtout. Tu es tellement apaisée quand tu dors. Et oui, j'écris, admit-il. J'écris sur toi, essentiellement.

— J'ai cru que tu m'en voudrais au départ… Que tu penserais que je t'avais manipulé, d'une manière ou d'une autre.

Andrew posa la main sur ma joue et caressa ma peau avec ce petit sourire heureux sur les lèvres. Derrière nous, j'entendis le bruit rythmé des vagues. L'air était un peu frais et je sentis la chair de poule gagner ma nuque.

— Quel genre de chance ai-je de t'avoir ? demanda-t-il avec une lueur d'amusement dans le regard.

— Une chance insolente, répondis-je automatiquement.

— Bien, je vais donc pousser ma chance.

Andrew libéra ma joue et posa doucement un genou à terre. Je sentis mon cœur repartir à une vitesse folle, tandis qu'il sortait un écrin de sa poche. Mes mains se mirent à trembler et, une fois encore, je constatai qu'Andrew pêchait par excès. Jamais, il ne ferait les choses comme tout le monde…

Mon exception.

Table des personnages

Kathleen — Kat — Dillon : Après avoir abandonné sa carrière de journaliste, Kathleen, jeune femme de 25 ans, est devenue concierge de nuit dans un palace new-yorkais, le Peninsula. Romantique et profondément attachée à l'importance du destin dans sa vie, elle espère, un jour, se reconnaître dans une des petites annonces du *New Yorker*. Prenant conscience de la monotonie de son existence et hantée par une annonce qui l'a bouleversée, elle finit par y répondre. C'est également au Peninsula qu'elle rencontre Andrew Blake, puissant magnat de la presse, client de son hôtel, un homme séduisant qui trouble la routine professionnelle de Kat.

Andrew Blake : Client du Peninsula et chef d'entreprise puissant. Magnat de la presse sur la côte Ouest, Andrew Blake est aussi arrogant que riche. Il alimente les rumeurs, attise les convoitises, mais peut se montrer particulièrement fragile quand on s'attaque à ceux qu'il aime.

Lynne Hoffman : Collègue de Kat, en charge de l'événementiel, Lynne est très terre à terre et raisonnable. Trop pour Kat qui lui reproche une vie terne et sans passion. Fiancée à Philip Kingston, elle prépare assidûment son mariage.

Nathan Evans : Bras droit dévoué d'Andrew Blake, Nathan est un charmeur, bourré d'humour. C'est au Peninsula, à l'occasion d'une rencontre fortuite et brutale, qu'il s'éprend de Lynne, collègue de Kat.

Daniel Cooper : Engagé comme barman intérimaire au sein du Peninsula, Daniel se rapproche très vite de Kathleen.

Gregory : Ancien policier, Greg a connu Kathleen quand elle était encore journaliste. Désormais responsable de la sécurité du Peninsula, il agit comme un grand frère avec elle.

Meghan Stanton : Belle, brillante et tout à fait consciente de l'être, Meghan peut sembler, de prime abord, glaciale, voire pédante. Elle se révèle chaleureuse et sensible au charme de Gregory au fur et à mesure de l'évolution de la relation d'Andrew avec Kathleen.

Sam : Collègue de jour de Kathleen, c'est lui qui l'a formée à son poste. Ils sont très amis.

Jim Cooper : Père de Dan.

Jodie : Meilleure amie de Daniel depuis l'enfance. Elle est ravie de la relation qu'entretiennent Kathleen et Daniel, quitte à être intrusive.

Matt et Abby : Collègues d'Andrew. Matt se montre particulièrement désagréable et dubitatif sur la relation d'Andrew avec Kathleen.

Walt Dillon : Père de Kathleen, policier. Eloigné géographiquement, il demeure pourtant très protecteur envers sa fille. Il espère la faire revenir à son métier de journaliste.

Eleanor Blake : Décrite comme étant enthousiaste et pétillante par son mari, Eleanor est décédée dans un accident de voiture, laissant Andrew dans l'incompréhension et le chagrin.

Emily : Assistante d'Andrew Blake.

Nelson : Vendeur de bijoux, représentant de la maison Cartier. Il a ses habitudes au sein de l'hôtel et est surnommé « l'homme qui valait trois milliards ».

Bradley : Ancien amant et collègue de Kat, quand cette dernière était encore journaliste. Mis au courant du sujet sur lequel elle enquête, il est finalement retrouvé mort. C'est son décès qui poussera Kat à changer de métier.

Janet : Belle-sœur d'Andrew, sœur d'Eleanor. Elle a un fils, **David**. Malgré l'accident qui a coûté la vie à Eleanor, Andrew et elle sont restés proches.

Grant : En charge de l'enquête sur les menaces que reçoit Andrew et sur l'hypothèse émise par Kathleen.

Remerciements

Le plus simple aurait été d'écrire « merci à vous toutes ». Mais, évidemment, au grand désespoir de mon éditrice, je ne suis pas une adepte de la simplicité ! Je vais donc tâcher d'être efficace !

A mes relectrices, Aline, Gaelle, Garance, Loubna et Valérie, mes chipoteuses du détail, mes traqueuses d'incohérence, mes pourvoyeuses d'idées, mes râleuses invétérées « mais-tu-ne-peux-pas-couper-là ! ». Si, je peux !

A mon mari, homme de l'ombre, soutien indéfectible, assistant marketing, supporter de la première heure, motivateur de l'extrême « va écrire, va écrire ! ».

A mon éditrice, coupeuse de phalanges à ses heures perdues, dévoreuse de pizza, reine du bordel organisé, voix de la conscience et récemment propriétaire d'une armure en titane « mais non, personne ne va vouloir ma mort ». Maintenant, si !

Aux équipes d'HQN, pour avoir donné une chance à Andrew et Kate d'avoir un « destin », pour leur disponibilité, pour leurs réponses à toutes mes questions (y compris les plus tordues !), pour m'avoir laissée libre d'écrire… autant ! « Vous ne respectez pas la norme. » Oui, je sais, ça fait mon charme !

Au fan club twitterien : Anaïs, Barbara et toutes celles que j'oublie et qui vont me maudire jusqu'à la fin des temps. J'avais dit que je le ferais… Voilà, c'est fait ! Ne manque plus que le Post-it rose !

A vous toutes, à toutes les Kathleen du monde, à toutes les rêveuses, à toutes les passionnées, à toutes celles à qui j'ai pris des heures de sommeil, à toutes les belles rencontres que j'ai pu faire grâce à *Dear You*. Merci pour votre soutien continu, pour vos remarques, pour avoir partagé vos émotions.

Quelque part, et pour paraphraser Andrew : vous êtes mes exceptions. Merci et à bientôt !

Composé et édité par HARLEQUIN

Achevé d'imprimer en Allemagne
par GGP Media GmbH, Pößneck
en octobre 2014

Dépôt légal en novembre 2014

Pour l'éditeur, le principe est d'utiliser des papiers composés de fibres naturelles, renouvelables, recyclables, et fabriquées à partir de bois issus de forêts qui adoptent un système d'aménagement durable. En outre, l'éditeur attend de ses fournisseurs de papier qu'ils s'inscrivent dans une démarche de certification environnementale reconnue.